作者简介

东西,原名田代琳,男,1966年3月出生。主要作品有:长篇小说《耳光响亮》《后悔录》《篡改的命》《东西作品集(8卷)》等。中篇小说《没有语言的生活》获首届鲁迅文学奖,凭《后悔录》获第四届华语文学传媒"2005年度小说家"奖,凭《篡改的命》获第六届"花城文学奖·杰出作家"奖。多部作品被改编为影视剧。部分作品被翻译为英文、法文、韩文、越南文、德文、日文、意大利文、希腊文、泰文出版或发表。现为广西民族大学驻校作家、广西大学君武文化研究院研究员。

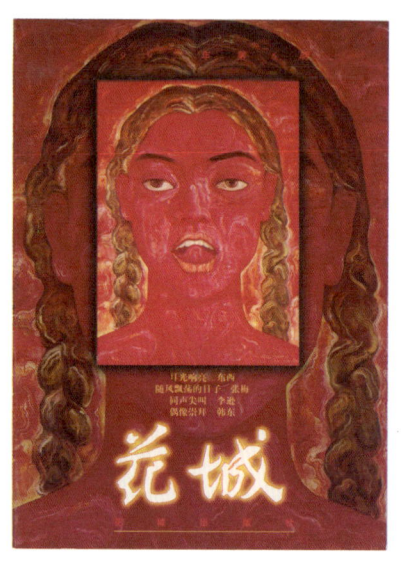

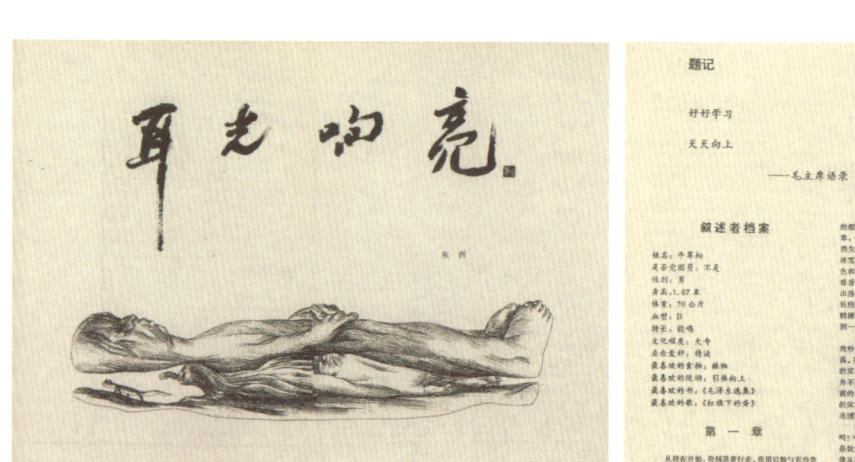

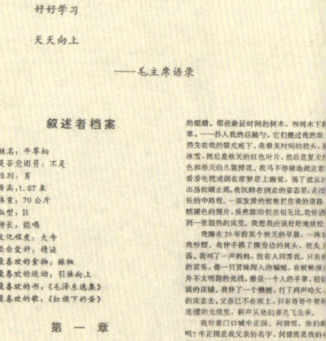

《耳光响亮》首发于《花城》杂志1997年第6期

长春出版社版(1998年)

华文出版社版(2003年)

华文出版社版(2004年)

深圳报业集团出版社版
(2005年)

江苏文艺出版社版
(2011年)

上海文艺出版社版
(2016年)

电视连续剧《耳光响亮》剧照

根据《耳光响亮》改编的电影《姐姐词典》剧照

《花城》首发　纪念珍藏版

耳光响亮

东　西　著

SPM
南方出版传媒
花城出版社
中国·广州

图书在版编目（CIP）数据

耳光响亮 / 东西著. -- 广州：花城出版社，2018.4
（《花城》首发）
ISBN 978-7-5360-8512-1

Ⅰ. ①耳… Ⅱ. ①东… Ⅲ. ①长篇小说－中国－当代 Ⅳ. ①I247.5

中国版本图书馆CIP数据核字(2018)第047185号

出 版 人：詹秀敏
策划编辑：林宋瑜
责任编辑：揭莉琳　林　菁　刘玮婷
技术编辑：凌春梅
装帧设计：刘红刚

书　　名	耳光响亮 ERGUANG XIANGLIANG
出版发行	花城出版社 （广州市环市东路水荫路11号）
经　　销	全国新华书店
印　　刷	恒美印务（广州）有限公司 （广州南沙经济技术开发区环市大道南路334号）
开　　本	880毫米×1230毫米　32开
印　　张	11.125　6插页
字　　数	220,000字
版　　次	2018年4月第1版　2018年4月第1次印刷
定　　价	58.00元

如发现印装质量问题，请直接与印刷厂联系调换。
购书热线：020-37604658　37602954
花城出版社网站：http://www.fcph.com.cn

叙述者档案

姓名：牛翠柏

是否党团员：不是

性别：男

身高：1.67米

体重：70公斤

血型：B

特长：能喝

文化程度：大专

业余爱好：猜谜

最喜欢的食物：辣椒

最喜欢的运动：引体向上

最喜欢的书：《毛泽东选集》

最喜欢的歌：《红旗下的蛋》

目录
Contents

第一章 / 1

第二章 / 59

第三章 / 113

第四章 / 167

第五章 / 225

第六章 / 279

尾　巴 / 321

附　录 / 331

  活着为了讲述——首发责任编辑手记（林宋瑜）/ 333

  愉快的阅读　疼痛的思考——读东西的长篇小说《耳光响亮》（洪治纲）/ 339

  一部好小说能把植物人说活——东西访谈录（东西、王逸人）/ 343

第一章

第一章

从现在开始，我倒退着行走，用后脑勺充当眼睛。那些象征时间的树木，和树木下纷乱的杂草，一一扑入我的后脑勺，擦过我的双肩，最后消失在我的眼皮底下。我看见时间的枝头，最先挂满冰雪，然后是秋天的红色叶片，然后是夏天的几堆绿色和春天的几簇鲜花。我马不停蹄地倒走着，累了就看看电视或倒在席梦思上睡觉，渴了就从冰箱里拿出易拉罐止渴。我沉醉在倒走的姿态里，走过二十年漫长的路程。一顶发黄的蚊帐拦住我的退路，它像一帧褪色的照片，虽然陈旧但亲切无比。我钻进蚊帐，躺到一张温热的床上，想好好地放松一下自己。

我睡在二十年前某个秋天的早晨，一阵哀乐声把我吵醒。我伸手摸了摸旁边的枕头，枕头上空空荡荡。我叫了一声妈妈，没有人回答，只有低沉沙哑的哀乐，像一只冒昧闯入的蝙蝠，在蚊帐顶盘旋。窗外不太明朗的光线，像是一个人的手掌，轻轻抚摸对面的床铺。我伸了一个懒腰，打了两声哈欠，朝对面的床走去。父亲已不在床上，只有哥哥牛青松还睡在迷蒙的光线里，鼾声从他的鼻孔飞出来。

我对着门口喊牛正国，何碧雪，你们都哑巴了吗？牛正国是我父亲的名字，何碧雪是我的母亲，这是我第一次直呼他们的大名。屋外静悄悄的，他们好像从这个世界消失了。我抓起床头的衬衣，匆忙地穿到身上，把第五颗纽扣塞到第四颗扣眼，用第一颗扣眼套住了第三颗纽扣，胸前的衬衣乱得像一团麻，正如我乱七八糟的心情。呜呜地哭着，我走出卧室，看见母亲坐在一张矮凳上。她坐得很端正，双手伏着膝盖，两只耳朵夸张地晃动，认真地聆听收音机里的声音。收音机像一只鸟悬在她的头顶，声音如雨点浸湿她的头发和眼睫毛，仿佛有一层薄薄的烟灰慢慢地爬上她脸蛋，她的脸愈来愈难看愈来愈严肃。她轻轻地对我说：毛主席逝世了。

说这话时，她并不看我，试图从凳子上站起来，但她的身子晃了几晃，几乎又跌到凳子上。等她终于站稳，我发觉她的双腿像风中的铁丝不停地颤抖。我突然感到全身发冷，对母亲说爸爸不见了。母亲的目光扑闪一下，说他可能去学校了吧，但他从来没走得这么早。我朝窗外望了一眼，夜色在我凝望的瞬间匆匆逃走，白天的光线铺满街道，窗口下那团光线照不到的地方，依然黑沉沉的，像是夜晚脱下的一堆衣裳。

中午,朝阳广场上聚满了悼念毛主席的人群,我跟随母亲坐在兴宁国营棉纺织厂的队列里。太阳像一个快要爆炸的火球,烤干了木器厂的粉末,烧烂了路旁废弃的单车轮胎。许多人把书本和报纸盖在头上,他们的脸膛一半明亮一半阴暗,撕报纸的声音和放屁的声音混淆在一起。悼念大会还没有正式开始,我站在母亲的肩膀上,看见整个广场被黑压压的人头淹没,妇女们结着辫子,男人们留着小平头,偶尔有几个光脑袋夹杂在人群中,像是浮出水面的匏瓜。会场的右角,静静地裂开一道口子,杨美一丝不挂地朝会场中央走来,用一张破烂的报纸蒙住双眼,身上的污垢像鱼的鳞片闪亮。在朝阳路、长青巷,几乎所有的人都认得这个从不说话从不穿衣服脑子里有毛病的杨美。没有人阻挡他,他所到之处人群纷纷闪开。眼看着他要走进棉纺厂女工的队列了,几个未婚的女工发出尖叫。这时,一位肥胖的公安从人群中闪出,像一座山堵在杨美的面前。杨美撞到公安的身上,就像撞到一只吹胀的气球上被弹了回去。杨美撞了几次,没有把面前的气球撞倒,便扭过身子准备改变路线。

公安用他宽大的手掌扯下杨美脸上的报纸,问他为什么蒙住眼睛?杨美的两颗眼珠望着天空,眼眶的下半部填满了白眼仁。一群小孩围住杨美喊:聋子、哑巴、坏蛋、神经病。公安说你也懂得害羞,懂得害羞就赶快回家去穿裤子。公安推了一下杨美。杨美突然蹲下身子,大声地哭起来。杨美的哭声中，飘出一串清晰的语言：主席不只是你们的主席，也是我的主席。你们可以悼念他，我为什么不可以悼念他？你们可以叫我坏蛋、神经病、流氓，不可以不让我参加追悼会。公安伸手去拉杨美，杨美的胳膊拐了几拐。公安说我不是不让你参加追悼会，只是你这样太不雅观。如果你真要悼念毛主席，那么请你先穿上裤子。杨美抬起头，望了公安一眼，说真的？公安说真的。杨美抬手抹泪，从地上站起来，说我这就去穿，我这就去穿裤子。

公安护送杨美走出会场。杨美用手掌盖住他的鸟仔，他的双脚已经跨出去几大步，但他的眼睛还留在女工的队列里。他的嘴角飞出几声傻笑，双手举起来做了一个猥亵的动作。我偷偷发笑，被母亲扇了一巴掌。我用双手捂住左脸，疼痛在我的掌心跳来跳去。这时，我看见兴宁小学校长刘大选朝着我们走来。

刘大选站在我母亲面前，双手背在身后。他说牛大嫂，牛老师呢？母亲说他不是到学校去了吗？刘大选说没有，学校里根本没有牛老师。全校的老师都到齐了，只差他一个。这么大的事情，他怎么不参加呢？母亲低下头，说也许他病了，他到医院看病去了。刘大选说是真病还是假病？母亲说真病，一大早他就上医院去了。说不定这一刻，他正站在病人的队列里，和大家一起开追悼会哩。刘大选说这样就好。说完，他转身走开，可是我的左脸还在火辣辣地痛。

第一章

追悼会的最后一个仪式,每个人都要走过毛主席像前,向他老人家三鞠躬。白色的头,花白的头、黑色的头、没有头发的头低下去又昂起来,他们脸上挂着泪水,慢慢地离开毛主席像,爬上单位的货车。货车弹了几下,伤心地离开广场。母亲的眼泪像断线的珠子,她用手帕怎么也抹不干。我对母亲说,你的眼泪把你的脸都洗干净了。母亲说你是小孩,懂什么,你的外婆她死得好惨啦。

回家的路上,江爱菊伯妈不停地用衣襟抹泪。她说我怎么哭也哭不过何碧雪,因为我只有一双眼睛,而她和她的儿子共有四只眼睛,你想想两只眼睛怎么哭得过四只眼睛呢?母亲突然破涕为笑,说老江呀,我们家老牛不见了,我真害怕出什么事。江爱菊说不会的,好好的太平世界,怎么会出事呢?母亲说好几个领导人在这一年死了,1月8日周总理逝世了,7月6日朱德逝世了,现在毛主席也逝世了。他们都逝世了,我们可怎么办?江爱菊说怎么办?我们可不能跟着他们死,何碧雪,你可别想不开啊。母亲说怎么会呢。

我们并没有把父亲牛正国的失踪当一回事,我们包括我的姐姐牛红梅,我的哥哥牛青松。我们想品行端正言行一致胆小如鼠的牛正国,绝对失踪不了,他那么热爱这个世界,何况他的妻子何碧雪风韵犹存,那么美丽动人,更何况他的三个孩子,也就是我们,那么出类拔萃。这样想过之后,我们决定杀一盘军棋。我们在餐桌上摊开塑料棋盘，然后为谁执红子谁执白子发生了争吵。那时候我们十分崇拜红军，连做梦都想当一次红军。我从牛青松手里抢过红色的军旗、司令和军长，牛青松说拿去吧，你把红的都拿去吧，红军也有吃败仗的时候。牛青松很快就把那些棋子竖起来，每一颗棋子都荷枪实弹充满杀气。摆着架势正准备厮杀的时候，我们才发觉没有公证。我们对着牛红梅的卧室喊牛大姐，快来给我们做一盘公证。牛大姐并不答应我们，她原先开着的卧室的门，在我们的叫喊声中砰的一声关闭。那扇咖啡色的门板，在我们的眼皮底下晃了几晃，冷冰冰的，像九月里的一根冰棒。我们不约而同地站起来，挤到门板前，从裂开的门缝朝里张望。为了争抢门缝，我们彼此动用了胳膊肘子和嘴巴。牛青松骂了一声我操你妈。我骂他野仔。骂过之后，我们又相视一笑。我们说她在换裙子。她在打扮。她又要去会她的男朋友了。

我们同时从门板边退回来，然后同时用肩膀撞过去。我们嘴里喊着一二三，肩膀便撞到门板上，沉闷的撞击声擦过我们的耳朵。门板一动不动。我们说再来。我们于是又喊一二三，又把肩膀撞向门板。门板还是一丝不动。我们便站在门前，齐声对着门里喊：牛红梅，请你给我们做一盘公证，仅仅一盘，我们求你了。我们已经摆好了棋子，现在我们斗志昂扬，开弓没有回头箭，拉开了架势就得杀。希望你认清当前的形势，为我们做一盘公证。我们现在是请你，等会儿我们会强迫你。不管你愿意不愿意，你都得给我们做一盘公证。牛红梅，你听到了吗？

门哗的一声拉开，牛红梅像一只母狮子从卧室里冲出来，吓了我们一个倒退。牛红梅说听到了听到了我听到了，你们要拿我怎样？她把手里的木梳子当作武器，在我们眼前劈来劈去，然后劈到她的头发上，开始认真地梳头，把我们给彻底地忘记了。她突然变得温驯起来，一边梳头一边说，我没有时间给你们当什么公证，我还得出门办事。我们说办什么事？你一定又是去会那个男人。牛红梅笑了笑，脸上的两个酒窝像两个句号深深地烙在我的脑海。她说会男人又怎么样？你们长大了还不是要会女人？这时，我们才发现牛红梅已经换上了一套裙子。淡蓝色的裙子上，布满了大大小小的白点。我们说你打扮得像一只花母鸡。牛红梅把头一甩，长长的头发飘起来又落下去。她丢下梳子走出家门。我们对着她的背影喊牛红梅牛红梅。她根本不理我们。在我们的呼喊中，她显得很得意，屁股一扭一扭地，就像现在舞台上的那些时装模特儿，一扭一扭地走向大街。

母亲突然从我们的身后钻出来，对着走向大街的牛红梅喊道，你给我回来，都什么时候了，还有心思去约会。牛红梅转过身，眯着眼睛望了一眼西斜的太阳。我们发觉那一刻的阳光全部落在她的脸上，我们已经看不到她的脸蛋了。几秒钟之后，她的脸蛋又才从阳光里露出来。她说不就是下午四点吗?为什么不能约会。母亲说不能约会就不能约会,你给我回来!

牛红梅穿着那身漂亮的裙子走回家中。我们对她做了一个鬼脸,说给我们做一盘公证吧。她说去你妈的。说完,她把我们餐桌上的棋子全部掀翻。我们只好跨出家门,跑到巷子里打架。牛青松鼓足气,先让我在他的肚皮上打一拳,然后我再鼓足气,让他在我的肚皮上打一拳。我们像两位气功大师,你一拳我一拳地打着。母亲的声音从家里飘出来,她在叫我们的名字。我们肚皮下的气一下子就漏光了,像泄气的单车轮胎,懒洋洋地滚回家里。母亲说都什么时候了,你们还在打架。我们说不就是四点半吗,为什么不能打架?我们想下军棋,但又没有人给我们当公证。我们不打架我们干什么?母亲说你们就知道打打打,你们知不知道你们的爸爸失踪了?

母亲的脸上布满了乌黑的阴云,她刚刚哭过毛主席的眼睛,现在红肿得像熟透的桃子。牛红梅突然大笑起来,说我还以为出了什么大事。说完,她用手拍了拍裙子,准备继续去会她的男朋友。母亲说你给我好好地待着,这不是大事什么才算大事?母亲只说了半截话,眼泪便一颗接一颗地掉下来。我说爸爸没有失踪,他的单车还放在车棚里。我的发现像一丁点儿火星,照亮了母亲的脸膛,她双目圆瞪,问我真的吗?我说真的。母亲说真的就好。母亲一边说着真的就好,一边跑出家门扑向车棚,我们紧紧地跟在她身后。

父亲的那辆旧单车乖乖地站在车棚里，单车的坐包已经掉了一半，车头的铃铛锈迹斑斑。很难想象就在昨天，我们的父亲还骑着它穿街过巷，到兴宁小学去上班。我用手摁了一下铃铛，铃铛被铁锈紧紧卡住，没有发出声音。我用脚踢了一下单车的前轮，前轮一动不动，像是焊牢在铁架上似的。牛青松返回家里，从父亲的书桌上找来一把钥匙。他把钥匙插进车锁里，扭了好久都没把车锁打开。我们每个人都试着扭了一次，车锁像一口咬紧的铁牙纹丝不动。我们的手上全都沾满了铁锈。

牛青松说再扭不开，我就把锁头砸了。他的话音未落，锁头嗒的一声自动弹开，我们都大吃一惊。牛青松想把单车推出车棚，但单车的轮子根本不能转动，车刹、泥巴、铁锈已经把车轮黏死，看上去，它就像一辆几年没有人动过的单车，它仿佛在一夜之间衰老了，显得白发苍苍，老态龙钟。可是就在昨天下午，我分明看见父亲踩着它回家，清脆的铃声犹在耳畔。

母亲像一个受骗上当的人突然醒悟，说这说明不了什么问题，单车不能证明你们的爸爸没有失踪。牛青松把单车丢回车棚。然后，我们跟在母亲的身后，她走我们也走，她停我们也跟着停。但是我们没有跟着她哭。她搬过一张板凳拦在门口，像一位英雄坐在板凳的中央，说从现在起，没有我的命令，谁也不准离开家门半步。我们待在各自的位置上，耐心地等候父亲归来。

我认真看着每个从我家门前走过的行人,他们的面孔有的陌生有的并不陌生。夕阳已经从高楼的另一面落下去了,世界寂静得可以。我的胸口像一只老鼠在蹦蹦跳跳,生怕天突然塌下来,地突然陷落下去,害怕高楼被风刮倒,汽车撞死行人,害怕冬天打雷,夏天落雪。那一刻我像被雨淋湿的病孩,胆战心惊浑身发抖地守望我家的大门。母亲一声不吭,牛红梅和牛青松也一言不发。他们不时地朝大门之外望一眼,什么也不说心中有团火。渐渐地我有些困倦了,像一只猫伏在母亲的膝盖上睡去,把那些重要的事情,全部丢到了后脑勺的后面。

睁开眼,天已经全黑。我想怎么一眨眼工夫,天就黑了呢?天黑了,我的父亲怎么还不回来?忽然,母亲推了我一把,摇摇晃晃地站起来,大声地喊道,快来看,你们的爸爸他回来了。我们全都挤到门口,朝巷道张望。我们看见父亲正从巷道的那一头走来,昏暗的路灯轻轻地落在他的头发上、衣服上。他时而明亮时而阴暗地走向我们,我们已经听到他那亲切而又熟悉的脚步声。我甚至提前享受了一下父亲迈进家门时的喜悦。

母亲急不可待地扑出家门,把头偏向左边又偏向右边,她好像要仔细地看一看,来人是不是父亲。看了一会儿,她便迈开大步咚咚地迎上去。我们一个接一个地冲出家门,紧跟在她的身后。远远地,我朝着那个人叫爸爸。那个人没有回答,越走越近,他的眉毛、眼睛、鼻子和嘴巴清楚地摆在我们面前。他说谁叫我爸爸?然后友善地低下头,伸出他的右手扣在我的头顶上。母亲说你不是他们的爸爸。他们的爸爸今早出门,到现在还没有回来,我们等了他一天,他还没有回来。我是他的妻子,他们是他的儿女。我们没有跟他吵架,也没有跟他过不去。他工作积极,身体健康,尽管家庭收入一般,但日子还过得下去。不知道什么原因,他突然就失踪了。我想了一天都想不明白。母亲一边哭着一边跟那个陌生的男人倾诉。我们都觉得她说得太多了,但没有人阻拦她。那个人说问题也许没有你说的那么严重,也许他到亲戚家办事去了,也许他喝醉了酒,正躺在朋友家睡大觉。母亲说不会的,他从来不喝酒。那人说可惜我不是他们的爸爸,我得先走了。

  那个人从我们的身边离开,愈走愈远,快要走到小巷尽头的时候,他转过身来朝我们挥了挥手。这时的小巷空无一人,路灯依旧昏黄着,风扫动着地上的废纸和几块白色的塑料布。母亲不停地揉着她的眼睛,说我怎么就看花了眼呢?我分明看清楚了,他是你们的爸爸,可是走近一看,他不是。我们也学着母亲的样子,不停地揉我们的眼睛。我们一边揉着眼睛一边有气无力地往回走,所有的激情从我们的脚板底溜走了。牛青松说睡觉吧,也许睡一觉起来,爸爸就回来了。

牛青松和衣倒到床上，只一分钟便鼾声四起。母亲在他的床板上拍了几巴掌，说起来起来，你怎么能够这样。你们想一想，你们的爸爸有没有不回家的时候？我们说没有？爸爸从来没有不回家的。母亲说现在他不回家了，这说明什么？说明你们的爸爸死了。牛青松从床上弹起来，打了一个长长的哈欠，说不会的，人又不是蚂蚁，说死就死。母亲说怎么不会？你起来，你们都给我坐好了。
　　我们严肃认真地坐在母亲的面前。她严肃认真地扫了我们一眼，说现在你们三个人，加我一起共四个，我们一起来举手表决，看你们的爸爸死了没有。你们认为你们的爸爸死了，就把手举起来。你们认为他还没有死，就不用举手。大家都沉默着，眼珠子转来转去。牛红梅东瞧瞧西望望，双手突然掩住嘴巴想笑。母亲说笑什么，这有什么好笑的，如果你爸爸真的死了，你还笑得起来？母亲说着，把她的右手缓慢而又庄严地举过头顶。母亲像举一把沉重的铁锤，脸上的五官全部扭曲，仿佛铁锤的重量全部压在她的脸上。没有人跟着她举手，母亲很失望。她把目光落在我的脸上，说牛翠柏，我算是白疼你了。你爸爸对你好不好？我点点头说好。我对你好不好？我继续点头说好。那你为什么不举手？我说爸爸也许还没有死。母亲说现在不是他死不死的问题，而是你的立场问题。你是站在牛红梅一边呢？还是站在我这一边。我说我站在你这一边。我把我的右手呼地举起来。母亲的脸上掠过一丝微笑。但是牛红梅和牛青松仍然没有举手的意思。母亲举着手臂对他们说，这是你们应该享有的权利，举或不举你们自己考虑。我和母亲举着手臂等待他们的手臂。他们的手臂一动不动。母亲说两票对两票，打平。母亲准备收回她的手臂，我忙举起我的左手。我说三比二。牛青松说不算，一个人只能算一票，你把两只手举起来，好像是向我们投降。我说我双手赞成妈妈，我百分之两百地相信爸爸已经死了。牛青松说我弃权。母亲说既然你弃权，那就是两票对一票。现在我们再来表决一次，看去不去找你们的爸爸。同意现在去找你们爸爸的，把手举起来。我和母亲几乎同时举起了手臂。牛青松从凳子上站起来，准备溜走。母亲说你要干什么？牛青松说我弃权。母亲说弃权并不意味着放弃责任，你得跟我们一同出去找你爸爸。牛青松朝门外望了一眼，说黑不溜秋的，我们去哪里找他？母亲说牛红梅先到省医院，去问问那个医师，那个医师叫冯什么？我说叫冯奇才，在内科门诊。母亲说对，你就去找冯奇才，然后到各大医院查一查，看你们的爸爸是不是出什么意外事故住院了。牛红梅，你明白了吗？

牛红梅从凳子上站起来，双腿一并，说明白。母亲说牛青松，你到兴宁派出所报案，把你爸爸失踪的情况跟他们说清楚。牛青松说好的。母亲最后指着我说，你好好地待在家里，不让任何人踏进家门，除非是你爸爸。我要到你舅舅家姑姑家以及所有的亲戚家和你爸爸的朋友家去，听明白了吗？我说明白了，但我有点儿害怕。母亲说怕什么？我摇着头说不知道，反正我有点儿害怕。母亲用手在我头上摸了摸，说坚强一点儿，邱少云被火烧了还一动不动，黄继光敢拿自己的胸口去堵敌人的枪眼，董存瑞敢手举炸药包炸敌人的桥，你守一下家有什么好怕的？如果你真的害怕了，就不停地念毛主席的语录：下定决心，不怕牺牲；排除万难，去争取胜利。在毛主席语录的鼓舞下，我向母亲坚强地点了点头。我说人在阵地在，我在家在，妈妈你放心。母亲说好样的。

他们都出去了，我像一只孤单的羊在家里走来走去。我的头顶上悬着一只十五瓦的灯泡，灯光像西下的夕阳，照亮我家的客厅。有许多细小的虫子，围着夕阳翩翩起舞。窗外黑咕隆咚，路灯仿佛在一瞬间熄灭。我决定找一把刀捏在手里。刀在何方？刀在厨房里。我从厨房里拿出一把菜刀，菜刀泛着寒光冰凉我的手掌。一阵敲门声传来。我说谁？是我，江爱菊伯妈说，是你妈叫我来的，你妈说就你一个人在家，要我来给你做伴。我说我妈说了，除了我爸爸，谁也不能踏进我家半步。江伯妈说那你一个人怕不怕？我说不怕，我有菜刀。江伯妈说牛翠柏乖乖，把门儿开开。我说不开不开，爸爸没回来。

江伯妈的脚步声渐渐消失了。我突然记起我父亲有一把匕首，那把匕首长年锁在父亲书桌的左边抽屉，它和父亲的日记、备课本以及考试题锁在一起。走进卧室，我碰了碰书桌的锁头，锁头无声地弹开了。父亲没有把锁头锁好，这是极不正常的现象。拉开抽屉,我看见父亲珍藏的那把匕首和匕首下面压着的一张纸条,它们像两把铁锤,锤向我的眼球。一瞬间,那白纸上的黑字,全变成了匕首,戳向我:

碧雪、红梅
青松、翠柏:
　　永别了!希望你们好好生活,珍惜家庭。青松、翠柏要好好学习,天天向上。红梅要学会自强自立。碧雪,这个家全靠你啦。我爱你们!

牛正国
1976年9月9日

直到这一刻,我才完全彻底地相信,父亲永远地离我们而去。我把纸条揣进怀里,把匕首捏在手里,像一只被遗弃的狗崽,静静地蜷缩在门角,等候母亲归来。那只十五瓦的灯泡,在我的头顶嗞嗞地燃烧着,像一只明亮的眼睛穿透黑暗,窥视我的内心。我决定把灯关掉。啪的一声,屋内一片漆黑,路灯突然变得明亮,它们的光线透过玻璃和门缝,到达我的脚边。好长好长的时间过去了,我听到急促的敲门声。我对着门外喊,你是谁?门外说是我。我说我是谁?门外说我是你老子。我从门角站起来,握着匕首的掌心已冒出细汗。门外说你开不开?不开我就砸门了。我说除了我爸爸,谁也不能踏进我家半步。但是爸爸已经死了,你们谁也别想进来。

我是牛青松,门外一声怒吼。我说才不管你是牛青松或是马青松。我是你哥哥,门外又说。我说我哥哥已经出去了。门外说现在他又回来了,他就站在你的门外边,请你开门。我说妈妈说过,谁也不能进来。沉默了一会儿,门外传来一声巨响,外面的人开始搬石头砸门,他一边砸一边说开不开?我说不开。又一声巨响传来,我家的门板快被砸破了。

这时,门外响起了另外几个人的声音。他们说牛翠柏,你快开门,我们是派出所的。你可以从门缝看一看,看我们是不是派出所的,我们有帽徽有手枪,你仔细看一看。我把眼睛凑到门缝上,看见牛青松和三个公安站在门外。我拉开大门,说终于把你们盼来啦。

他们把屋内所有的电灯拉亮,然后认真地看我递给他们的纸条。他们说这很明显,你们的爸爸自杀了,你们等着收尸吧。牛青松问他们去哪里收尸?他们说不是跳楼就是跳河,当然也可以触电可以吃安眠药,发现尸体我们会及时告诉你们。他们还说小朋友,不要悲伤,爸爸死了妈妈还可以帮你们找一个。他们说着笑着,在我们的卧室里翻箱倒柜,像是翻他们自己的东西。他们翻了半个小时,才走出我们的卧室,手里拿着父亲的三本日记。他们说我们要把这些带走,还有这个这个。他们说这个这个的时候,从我的手上抢过纸条和匕首。

他们终于走了。牛青松说把卧室的灯关掉。我说你自己去关。牛青松坐在木沙发里跷着二郎腿,眯着眼睛看我。他说你关不关?我说不关。他从沙发上跳起来,举起右掌准备扇我,但右掌只举到一半便收了回去。他说今天是非常时期,否则我必扇你半死。关了卧室的灯,他又坐到沙发里,把两只臭脚丫架在一张小板凳上,用手拍拍沙发,说牛翠柏,给我倒一杯开水来。我站在原地不理睬他。他的眼珠像吹胀的气球,突然向外一瞪,又用手拍拍沙发,比第一次拍得响亮。他说老子这么辛苦,需要休息休息,你给我倒一杯水来,我口渴了。我为他倒了一杯水。他说这才像我的弟弟。

我说爸爸已经死了,妈妈和牛红梅还不知道,我们得想办法通知她们。牛青松说怎么通知他们?反正人已经死了,她们晚知道一两个小时,希望就多延长一两个小时。闭上眼睛,我都能想象出妈妈和牛红梅焦急的模样。让她们焦急去吧。我说你真卑鄙。他说卑鄙是卑鄙者的证件,高尚是高尚者的招牌。我说你说什么我不懂,我只懂得应该尽快把爸爸的消息告诉妈妈。他说要告诉你自己去告诉,我不知道她们在哪里。

我像热锅上的蚂蚁,在客厅里坐立不安,我一次又一次地跑出家门,朝静悄悄的巷口张望。我对着巷口喊,妈妈,你在哪里?我对着大海喊,妈妈,你在哪里?我对着森林喊,妈妈你在哪里?你在哪里啊你在哪里?我在心里这么默默地喊着,突然想这喊声很像诗,这喊声一定能写一首诗,如果我是诗人的话。

深夜十一点二十七分,母亲迎着我期待的目光走回家门。母亲蓬头垢面一只裤脚高一只裤脚低地站在我们面前,好像是刚刚经受了沉重的打击,仿佛被人强奸或者遭人打劫。大姑牛慧站在母亲的身后,她淡红色的连衣裙一尘不染。她用未婚女青年特有的喜悦的目光望着我们,似乎是希望我们给她一个较为完满的答案。但是,我们并不幼稚,我们争先恐后地对牛慧说,爸爸死了,他留下一张遗嘱,被派出所的拿走了,他们还拿走了爸爸的三本日记。

母亲的目光突然一直,好像一截木棍打到我的脸上,但仅仅一秒钟,她的目光便松软下来,像一摊水散开。母亲先是弯下腰,弯到一定的程度后,想重新站起来,但她怎么也站不起来了,双手紧紧捂住腹部,然后像一只垂死的虾倒在地上。一声锐利的尖叫从她的嘴里吐出来,那声音锐利了好久,才变成淅淅沥沥的哭声。大姑牛慧的眼里,象征性地掉了几颗眼泪。大姑的眼泪,就像鳄鱼的眼泪。

最后一个回家的是牛红梅。她回来时已是凌晨3点了,我们全都躺在床上,似睡非睡。她拉亮电灯,把水龙头开得哗啦哗啦的,她的凉鞋响亮地落在地板上,一张板凳从她脚边飞起来,然后痛苦地栽到门角。她默默无语地做着这一切,没有人跟她说话,她也没有带回来什么,甚至连父亲永别的消息,我们也没有告诉她。晚安，牛红梅，我在心底里默默地为她祝福。

第二天早晨，我蹲在母亲的身边，同她一起洗脸。昨天发生的事，好像大风已吹过头顶，现在母亲的脸显得风平浪静。母亲在脸盆里浸湿毛巾，然后用毛巾抹我的脸。我的鼻子、眼睛被她那藏在毛巾后面的手捏得生痛。我余痛未消，母亲已把毛巾移到她的脸上。当毛巾从她的脸上滑落到盆里的时候，她的泪水便像雨点一样跌落下来。在我的印象中，那简直是一场倾盆大雨。雨水注满脸盆，溢出盆沿流向地板。我清楚地记得那是一只搪瓷剥落的脸盆，盆底印着毛主席的头像。

洗完脸，母亲把我们叫到她面前。我们的队伍里少了牛红梅。牛青松说她早早地便出门了，说是去找工作。母亲说，你爸爸对你们好不好？我们说好。母亲说你爸爸死得可怜不可怜？我们说可怜。母亲说那你们为什么不哭？你们好像一点儿都不悲伤。母亲这么一说，我的鼻子就一阵酸，泪水从眼眶里一点一滴地渗出来，眼前一片迷蒙，客厅和屋外细雨纷飞。母亲去了一趟派出所，把父亲的三本日记和遗书取了回来。她在上班之余，开始认真研读父亲的日记。许多个傍晚，我泪眼蒙眬地看见母亲坐在沙发上，手捧父亲的日记自言自语。她说如果不看这些日记，我还不知道你们的爸爸有这么善良。如果你们抽空看看，就知道爸爸多么爱你们。母亲把我拉到她身边，说翠柏，你看一看这段，说你的。我抬手抹了一把眼睛,说我看不见。母亲说为什么看不见?我说泪水一刻也没有停过,它总是流。母亲说在你刚满一岁的时候,我又怀上了一个弟弟或妹妹,我叫你爸爸跟我去医院做手术。他死活都不愿去,说怀上了就把他(她)生下来。我说不能再生小孩了,我们养不活他(她)。你爸爸说要去你自己去,妇产科里有好多医生是我的学生,我总不能在学生面前炫耀自己的播种能力。我说我们可以换一个医院。你爸爸说换医院也不去,他要在家带你。他说又不是什么光彩的事业,何必夫妻双双进医院。

那天早晨,我自己去了医院,你爸爸请假在家带你。也许是他的心情烦躁,也许是你要妈妈的哭声惹火了他。他一气之下在你稚嫩的脸上扇了几巴掌。你的哭声愈来愈大,最后你把吃下肚里的三个小笼包全部吐了出来。看着你双目圆瞪,口吐白沫,你爸爸的恻隐之心油然而生,他在日记里写道:我为什么在欢乐的时刻,忘记了隐患。我是个不懂得爱妻子疼孩子的畜生。我是流氓我是地痞,应该千刀万剐,天该诛我,地应灭我……母亲读到这里,又伤心地哭起来。看着母亲难受的模样,我真恨不得替她难受。

好久没有看见母亲的笑脸,听到母亲的笑声了,我们决定要让母亲笑起来,哪怕是象征性地笑一笑。牛青松用毛笔在他的嘴角画了几撇胡须,满以为母亲会情不自禁地笑起来。但是他想错了,母亲看见他的胡须非但没笑,反而想哭。母亲痛斥他不好好学习，不但糟蹋了自己的脸蛋，还浪费了墨水。我对愤怒的母亲说，妈妈，我为你表演一个魔术。母亲说什么魔术？我钻进卧室，找出一顶帽子戴在头上，把左手捏成拳头，用拳头堵住嘴巴。我说只要对着拳头吹气，我头上的帽子便自动膨胀并且慢慢升高。母亲用怀疑的目光打量我。我憋足劲朝我的拳头吹了一口气，腮帮子鼓凸起来，头上的帽子也慢慢膨胀，慢慢地往上升。母亲说把你的右手放到前面来。我说我喜欢把右手背在身后。母亲说这种把戏骗不了我，你的右手里捏着一根棍子，吹气的时候，你就用棍子顶你的帽子。母亲识破我的秘密，我把右手和棍子伸到她面前。母亲没有笑。我说坦白从宽，抗拒从严。母亲仍然没有笑。

这时，牛青松已洗干净他的脸，重新站到母亲的面前。牛青松说妈妈，我给你说一个笑话。母亲不置可否。牛青松说有一天早晨，我们的语文老师正在给我们讲作文，教室里突然弥漫一股臭气。大家都知道有人放屁了，但大家都不知道是谁放，因为没有发出响声。语文老师站在讲台上，用书本在他的鼻尖前扇了几扇，然后望着台下的同学们说，明枪易躲，暗箭难防。母亲挥了挥手，把牛青松的笑话轻轻地赶跑了。

我们发誓一定要让母亲笑起来。牛青松向我递了一个眼色。我们同时扑向母亲。我抓住母亲的左手，牛青松抓住母亲的右手。在母亲毫无防备的情况下，我们用手指去挠她的胳肢窝。母亲大概是痒痒了，嘴里终于发出零零星星的笑声。她的笑声没有达到我们预期的效果，于是我们继续挠她。她终于忍无可忍大笑不止。在我们的夹击下，母亲缩成一团，一边笑着一边说别挠了别挠了，我快笑死了。目的已经达到，我们在母亲的求饶声中，松开手。母亲终于笑了，父亲刚死，母亲怎么能够开怀大笑呢？

星期天，母亲买了几张红纸。她把那些红纸裁成两指宽的纸条，在纸条上写了如下几条标语：

珍惜家庭！
青松翠柏要好好学习！
红梅要学会自强自立！

母亲把第一张标语贴到我家客厅的窗口边，只要我们坐到餐桌前吃饭，准会看到"珍惜家庭"这几个醒目的大字。母亲把第二张标语贴到我和她的卧室里，具体地说，是贴到我的床头。第三张标语，母亲想把它贴进牛红梅的卧室，但牛红梅不在家，她总是不在家，把卧室锁上了。母亲只好把标语贴到她卧室的门板上。

我们知道，这些标语是从父亲的遗嘱上抄下来的，它们像父亲遗留下来的声音，绕梁三日不绝。趁母亲进厨房做午饭的时机，我们把她刚刚贴上的标语全部撕掉。母亲好像预感到了我们的恶作剧,她提着一把菜刀从厨房里冲出来。当看到她精心制作的标语不翼而飞之后,她把菜刀举过头顶,开始追杀我们。她说你们这些败家子,忘恩负义的家伙,专门跟老娘作对。你们的爸爸尸骨未寒,你们就想翻天了。你们都给我滚出去,老娘不想看见你们。我们在卧室、客厅窜进窜出,一会儿爬上饭桌,一会儿钻到床底。母亲追了一阵,怎么也追不上我们,她把手里的菜刀摔到地上,说你们都滚出去,老娘不想追你们了。

我们从她的面前溜出家门,跑到巷口,把我们的口袋翻了个底朝天。我们从口袋里翻出 9 分钱。拿着 9 分钱,我们昂首阔步跑到书摊去看小人书。街道上的阳光垂直地照着树木,我们的肚子里发出几串响声。估计母亲已经做好了午饭,我们一边舔着舌头一边往家走,快到家门时,闻到了从窗口飘出来的饭菜焦味。推开门,我们看见母亲垂头丧气地坐在沙发上,掉在地上的菜刀仍然趴在地上。母亲说我不会给你们做饭的,饿了,你们自己做。抽了抽鼻子,饭菜的焦味不见了,我们看见十几条崭新的标语,贴满了家庭的四壁,除了原先的内容以外,还多了一条内容,那就是:

  向牛正国同志学习!

这条标语贴在厨房的门口,贴在沙发的右上方,贴在我和母亲卧室的门板上。我们举起双手,对母亲说,妈妈,我们向你投降。母亲好像要验证我们投降的真诚度,用愤怒的目光审查我们。我们赶紧把手举得更高。母亲弯腰从脚边拾起菜刀,说知错就好,今后你们不许再乱说乱动。我们说明白。

母亲提着菜刀走进厨房,一个动荡不安的星期天上午就这么结束了。但是这仅仅是表面现象,我们为了吃到母亲做的午饭,不得不向她投降,然而骨子里并没有放弃对那些标语的破坏。我们首先撕掉标语的主语,比如撕掉青松、翠柏、红梅等,于是,墙壁上只剩下"要好好学习!""学会自强自立!"等字样。要做好这项工作并不容易,我们必须避开母亲的目光,用小刀慢慢地在墙壁和门板上刮。由于我们刮得小心谨慎,母亲没有发现标语有什么异样。然后,我们开始从事改变标语的工作,把"要好好学习!"改成"不能不学习!"把"学会自强自立!"改成"不能软弱无能!"这样的篡改,并没有引起母亲的异议。

我们把修改"向牛正国同志学习!"这条标语,作为重点工作,留到最后来改。那大概是母亲贴出标语之后的两个星期,我们先把"正"字改成"振"字。母亲没说什么,或许是没有发现。一天之后,我们又把"牛"字改成"何"字。依然没有阻止我们行动的信号,第三天,我们把"振"字改成"碧"字。第四天,我们把"国"字改成"雪"字。把"国"字改成"雪"字的这一天,正好是星期天。那天艳阳高照，空气中流动着醉人的芬芳，大马路和小巷道上车来车往。母亲出门买菜去了，她的那双胶皮拖鞋和黑不溜秋的篮子，此刻正晃动在飞凤菜市里。我们焦急的目光钻出家门，跑到巷口，迎接母亲。

母亲右手提着菜篮，左手抱着西瓜，兴冲冲地往家走。我们敞开家门欢迎她。当母亲一迈进门槛，我们便指着标语请母亲看。母亲眨了眨眼睛，似乎是还没有适应室内的光线。适应了几秒钟，母亲的嘴角裂开两道皱纹，皱纹沿着她的两颊往上爬，爬到一定高度时，母亲的嘴巴完全彻底地张开，一串发自心底的笑声从她的嘴里流出来。母亲说我有什么好学习的呢？那是母亲最真诚的笑。从此以后，我再也没有看见那么美丽的笑容，听到那么优秀的笑声。

但是，母亲的嘴巴还未合拢，笑容还未从她脸上消失，一个重要的事件介入了我们的生活。我们听到一连串嘈杂的幸灾乐祸的声音，像洪水猛兽淹没了巷道，正大踏步地涌来。我们从客厅跳到窗口边，看见漂亮的姐姐牛红梅头戴纸做的尖尖帽，双手反剪，被二十几个人挟持着朝我家走来。一些淫秽的字眼，像挥之不去的蚊虫，从小孩们的嘴里飞出，在牛红梅的头顶盘旋，恶臭顿时弥漫街巷。

被同时推入我家大门的，是牛红梅的男朋友冯奇才。开始，他们试图拒绝进入，但他们被一股强大的力量抬了进来。我家的客厅里一下子站满了陌生的人群。有人指着牛红梅的鼻尖说,你把你的事情当着大家的面,向你的母亲说一说。牛红梅说我已经说过了。那人说再说一遍,让你母亲听听。牛红梅低下头,纸做的尖尖帽子掉到了地上。母亲抢先一步捡起那顶帽子撕碎,然后把纸屑砸到牛红梅的头上,说不要脸!母亲说完转身欲走,被人群拉住,要她留下来做牛红梅的听众。

冯奇才与牛红梅并排站着。正当母亲被人群拦住的时刻,冯奇才向前迈了一小步,说还是让我交待吧。不行!几个声音同时喝令。他犹豫了一会儿,终于又退回到原来的位置。有两只粗糙的手抓住牛红梅的头发。有人问牛红梅,你到底说还是不说?牛红梅的头发像是被扯痛了,她的嘴巴往两边咧开,发出一声尖叫。那两只糙手更加用力地往上一提。牛红梅说只要你们放手,我就说。头发上的两只手慢慢松开,牛红梅的头回到正常位置,她咧开的嘴皮全部回位。她说我是妓女我是娼妇,我是流氓我是地痞,我不应该今天早上去找冯奇才,我更不应该跟他那个。那两只手再次聚拢,拉扯牛红梅的头发。他们要求牛红梅交待得更详细一点儿。牛红梅说今天早上9点,我的胃痛。胃痛总得找医生吧?于是我去找冯奇才看病。因为是星期天,门诊部只有冯奇才一个人值班。他问我哪里痛?我说胃痛。他把我叫到门诊部的里间,拉上了门帘,用手按着我的腹部,问是这里痛吗?我摇摇头说不是。他的手在我腹部移动了一下,说是这里痛吗?我说不是。他好像急了,说这也不痛那也不痛,到底是哪里痛?我说你再往下按一按。

他的手开始慢慢地往下移动，我说再往下一点儿，再往下一点儿。他的手在我的指导下，按到了他不应该按的地方。

后来呢？人群里发出了质问。牛红梅说后来就那个了。你们是怎么那个的？又有人问。牛红梅说那个就那个了，就像你爸和你妈那样那个。人群开始骚动起来，母亲趁乱溜进厨房，拿出一把菜刀，大义凛然地站在牛红梅身边。所有的人都懵了，他们不知道母亲手里的菜刀，是拿来砍牛红梅的或是砍他们的？母亲说牛红梅，现在我来问你，你跟他……母亲用手指了一下冯奇才，你跟他那个，是你自愿的还是他强迫的？牛红梅说自愿的。周围响起一片笑声。他们说牛红梅，你不为自己着想，也应该为你母亲着想，为你的弟弟们着想，你把牛家的脸丢尽了。牛红梅说我是我，他们是他们。

母亲走到冯奇才面前，说那你呢？你是牛红梅强迫的，还是自愿的？冯奇才说自愿的。周围再次响起笑声。母亲在笑声中举起菜刀，像电影里的慢动作那样转过身，说他们都是自愿的，没有犯法。你们谁再捉弄他们，我就跟谁拼命。母亲向前迈一步，围观的人群就往门外退一步。母亲说滚！有几个人从门口滚出去。双手抓住牛红梅头发的那个人，双手依然抓住牛红梅的头发。他说他们犯法了。母亲说他们犯什么法？那个人的眼珠转了几转，很自豪地说中央有文件，主席逝世期间，停止一切娱乐活动。母亲说主席都已经逝世一个多月了，这和他有什么关系？母亲提着菜刀走向那人。那人从牛红梅的头发里把手抽出来，然后捡起屋角的一张小板凳，准备和母亲一决高低。母亲说你不滚开，我就砍死你。那人说我倒要看看你怎么砍死我？

母亲的菜刀像一道闪电劈过去，我们都发出了惊叫。好在那人眼明手快，用凳子一挡，菜刀劈到了凳子上。冯奇才和牛红梅拉住母亲。母亲说你们不要拉我，他们已经把屎拉到我们的头上，我们再不反抗和自卫，今后他们就会得寸进尺。母亲挣脱冯奇才和牛红梅，往前一扑，菜刀准确地落到那人的左臂上。凳子从那人手里滑落，那人的右手捂到左臂的伤口处，鲜血渗出他的指缝。他一边往门外走一边说，你等着瞧，你等着瞧。

是我最先打破客厅的沉默，说妈妈真勇敢，像贺龙元帅一把菜刀闹革命。我不仅看到了血，还听到了刀子切肉的噗噗声。没有人附和我，也没有人反对我，客厅里依然沉默着。我看见冯奇才脸色惨白，嘴唇不停地抖动。好不容易从他抖动的嘴唇里冒出一句话：我们惹祸了。细汗不停地从冯奇才的脸上冒出来，母亲用手在他脸上抹了一把，说不用惊慌，天塌下来老娘顶着。冯奇才说被砍的这个人叫金大印，是省医院住院部的门卫。他有一大帮朋友，肯定不会善罢甘休。

在冯奇才的指挥下，我们用书柜顶死大门，然后每人手里拿一样武器。母亲仍然拿着那把带血的菜刀，站在书柜的后面。她说如果大门被他们攻破，我就是一扇怎么也攻不破的门板。他们进来一个我就劈一个，进来十个我就劈五双。我们被母亲的大无畏精神逗乐了。但是我们在战略上虽然藐视金大印，在战术上却十分重视他。手执木棒的牛红梅和手捧砖头的牛青松守卫左边的窗口，我和冯奇才守卫后门。冯奇才一手执棍一手提刀，我的手里捏着两个酒瓶。

左等右等，时间一秒一秒地过去，我们还看不到金大印的影子。许多大货车、自行车、吉普车从街巷驰过，车上也没有跳下金大印。我们等得有些不耐烦了，但是不敢放松警惕，生怕金大印耍什么阴谋诡计。我看见两个淘粪工人推着粪车，戴着草帽朝我家走来。太阳很烈，他们的草帽压得很低。我想他们会不会是金大印？我刚刚这么一想，他们就推着空空荡荡的粪车走过我家的窗口，一股粪便的臭味从门缝里灌进来。我突然感到饥饿。在大家一致推荐下，冯奇才成了炊事员。

先是闻到一股饭香，然后是肉香，再后是一股焦味。冯奇才第一次在我家烧饭，就把饭烧焦了。他有些不好意思，但我们却吃得津津有味。我吃着烧焦的饭，对着窗外喊金大印，你在哪里？你怎么还不来？大家于是就笑。只有冯奇才严肃着面孔，说他会来的，他是个无赖。牛青松说要来就来快一点儿，我等得手都痒了。当时，我觉得金大印是扬起来的巴掌，我们是等待他扇耳光的脸蛋。我们的脸蛋已经准备好了，他的耳光却没有扇下来。他让我们一直提心吊胆地生活着，仿佛生活在水深火热之中。

等到晚上，金大印还是没有出现。当我们把菜刀、棍子、酒瓶和砖头堆到门角的时候，星期天就这么无聊地滑走了，时间就这么平平淡淡从从容容地溜掉了，从我们的指缝，从我们的眼皮底下。为了以防不测，冯奇才被我母亲留下来。母亲在客厅里铺床，我们包括牛红梅都偷偷地发笑。半夜，我被一种奇怪的声音惊醒，仔细一听，奇怪的声音来自牛红梅的卧室。我问姐姐你在干什么？牛红梅说不干什么。我说不干什么为什么有声音？牛红梅说那是我在说梦话。我溜下床跑出卧室，看见客厅里的床上没有冯奇才。我沿着吱吱呀呀的声音，走到牛红梅卧室的门前，说姐，我听出来了，这声音是你的床铺制造出来的。牛红梅没有回答，她的床板愈来愈响。牛青松偷偷钻到我的前面，从门缝往里看，说我看见了，我看见你们了，你们真流氓。牛红梅说我们已经结婚了。牛青松说你们什么时候结的婚？牛红梅说今天，现在。牛青松说你们再不起来，我就把门板砸烂。牛青松开始拍门，他的拍门声和屋内的床板声成正比，把卧室里的母亲吵醒。母亲并不阻拦我们，她躺在床上不停地咳嗽。冯奇才在我们的干扰下，拉开卧室的门，对着我们吼道干什么？你们要干什么？我们说流氓，你流氓。我们在他面前吐了无数泡口水，口水沾满他的衬衣和裤子，几乎要把他整个淹没。他一跺脚，带着我们的咒骂拉开大门走出去。牛红梅提着裤子紧跟其后。

第三天下午,也就是母亲在家休息的那个下午,金大印终于出现在我家的窗外。他没有带上他的狐朋狗友,只身一人来到窗前,左手臂绑着纱布,白衬衣的袖子空空荡荡地吊着。炽热的阳光下,他站在自己的影子上,对着我家喊何碧雪,有种你就出来,老子今天跟你算总账。他在屋外叫阵,母亲躲在屋内大气都不敢出。母亲当时很奇怪,金大印怎么会知道她的名字,并且知道她在家休息?母亲下定决心不出声,想金大印叫骂一阵之后,发现屋里没人,就会自动撤退。

　　但是,母亲想错了。金大印不仅没有撤退,反而越骂越凶。一些过往的行人停下来听他骂街,听了一会儿,发觉他在骂空荡荡的房屋,根本没有对手,于是把他当作疯子,匆匆地闪开。然而,他并不根据听众的多寡来决定他的斗志。母亲后来对我们说,金大印始终斗志昂扬。他说借债还钱,杀人偿命,何碧雪,你砍了我一刀,流了那么多血,你拿什么补偿我?何碧雪,我知道你刚死了丈夫,你是一个寡妇,你的女儿牛红梅又丢尽了牛家的脸……但是,你可怜你悲伤,你就能够随便杀人放火奸淫掳掠吗?我38岁还没有结婚,只是一个临时工,没有人看得起我,没有人愿意嫁给我,我就不可怜吗?就不值得同情吗?大家都是工人,你是正式工,我是临时工,你不仅不同情我,不仅不给我介绍对象,反而举刀相向,你是何居心?

　　骂到这里,我家的窗口突然裂开一条缝,一顶草帽从窗缝里飞出，正好落在金大印的脚下。金大印眯着双眼，看看天上的太阳，用右手抓抓头皮，捡起草帽戴到头上。金大印戴上草帽之后继续开骂：何碧雪，你的草帽就像是糖衣炮弹，它只能给我挡太阳，但堵不住我的嘴巴，你的这点儿虚情假意，掩盖不了你故意伤害他人的罪恶。你聪明，但我也不是傻瓜。你40我38，你还可以嫁人，我也可以娶妻，不存在谁同情谁的问题。我们公事公办，绝不会因为你的小恩小惠，丧失我的原则和立场。

我家的窗口再次裂开一条缝，窗缝愈开愈大，母亲的手在窗缝晃动，一只苹果从她的手里飞出。金大印用他没有受伤的右手接住苹果，狠狠地咬了一口。苹果把他的嘴堵住，大约有两分钟时间，他没能开口说话。

吃完苹果，金大印仍然没有停止对我家的攻击，他似乎越来越得意了。他说医药费我不要你出，精神损失费我也不要你出，我唯一的要求是，在我嗓子发痒的时候，就到这里来臭骂你，不管我怎么臭骂，你都不要还口，否则我也用菜刀砍你一下……我骂了半天，口也渴了，腿也麻了，何碧雪，你能不能让我到你家坐一坐，喝一杯水？

我家的门无声地打开，金大印走进去。他看见我家客厅的餐桌上放着三杯凉开水。他自言自语我只需要一杯，你却给我准备了三杯。他放开肚皮，喝了两杯之后，觉得再也喝不下另一杯凉开水了，但他揉了揉肚皮，一咬牙，还是把第三杯凉开水灌了下去。一串咕咕咕的响声从他的肚皮里冒出来，他抹了一把嘴皮，很知足地走出我家客厅。

一天中午，我的姐姐牛红梅走过朝阳中学校门的时候，遭到了她的四个女同学围攻。她们是陆丽萍、唐茹、东荣和王美月。因为没有拿到高中毕业证，她们仍然在朝阳中学补习。和往常一样，她们经常在校门口打发午休时光。那天，当她们看见牛红梅从远处走过来的时候，兴奋得像发现了外星人似的。牛红梅被她们围住。她们说牛红梅你真流氓，刚一毕业就和男人睡上了。牛红梅说这是迟早的问题，你们都得这样。呸！我们才不做这种丢人现眼的事，陆丽萍说，其余的人附和。牛红梅觉得跟她们说这事，简直是对牛弹琴，她哼了一声，表示对她们不屑。她们朝牛红梅逼近。牛红梅试图从她们的包围中突围，但她们的手已拉成了一个圆圈，牛红梅怎么也跑不出去。牛红梅说干什么？你们要干什么？她们说我们要收拾你，要听你这个贱货说说怎么跟男人睡觉。牛红梅说我今天没时间，改日再说。她们说不行，你不说清楚，休想从我们面前通过。牛红梅说你们这些流氓、地痞、恶霸，你们想拿我怎样？她们异口同声地说：打！

陆丽萍抓住牛红梅的头发，唐茹抱住牛红梅的腰部，东荣拉住牛红梅的双腿，王美月捏住牛红梅的奶子。她们像是事先商量好似的，一下就把牛红梅摔到地上。牛红梅刚一抬头,她们的脚尖像雨点一样落到牛红梅的脸部和腿部。打斗中,双方开始对骂。但是牛红梅寡不敌众,她的一张嘴骂不过四张嘴,她的一双手打不过四双手。在1比4的情况下,牛红梅终于屈服了,趴在地上任凭她们摆布。王美月说她的奶子成熟了。唐茹说她的屁股结实了。陆丽萍说她的脸蛋尽管漂亮,但现在不像脸蛋了。她们每人又在牛红梅的脸蛋上掐了一下,牛红梅的脸更加赤橙黄绿青蓝紫,上面不仅印满了脚印,还有两条蚯蚓一样的血从鼻孔里滑出来。四个女同学的脚尖沾满牛红梅的鲜血,她们被眼前的景象吓怕了,朝四个方向跑开。

牛红梅在地上躺了10分钟,才找到力气从地上爬起来。人们用奇怪的眼光看着她。她伸手往脸上一抹,手上全是血。这时,她才知道伤得不轻,脸上一定很难看。在往家里奔跑的过程中,她从一闪而过的橱窗上证实了自己的想法,看到了那张流血而难看的脸。

我是在放晚学之后,才看到牛红梅那张难看的脸。当时她正在跟母亲叙述她挨打的经过,但她没有说明挨打的原因。母亲鼓励牛红梅到学校去告状,说可惜你把脸上的血洗掉了。牛红梅顿时感到茫然失措。不过,我有补救的办法,母亲说,为了让学校看到你受伤的严重程度,我必须在你的脸上动一动手脚。母亲从厨房端来一碗水,然后把她的食指和中指浸泡在水里,用湿水的手指夹住牛红梅脸上的皮肉,用力拉扯。

如此扯了几次,牛红梅的脸上又多出几块乌点。母亲看着布满乌点的牛红梅的脸蛋,满意地点点头,说现在,你可以去告状了。

牛红梅在同学们上晚自习的时候,走进校长叶玉生的办公室。叶玉生说男大当婚,女大当嫁,你的事我都知道了,没有什么了不起的。牛红梅以为她挨打的事,校长已经知道了,所以她可怜兮兮地坐在办公室的角落。叶玉生朝她招手,说你坐过来一点儿,你把事情的经过跟我说一说。牛红梅往前挪动几步。叶玉生把他的右手按到牛红梅的腹部,说他是不是这样,当时就这样用手按住你的腹部,然后问你是这里疼吗?你摇摇头,说再往下一点儿,再往下一点儿。叶玉生的手跟随他的语言往下走,牛红梅感到叶校长的手快要移到冯奇才摸过的地方了,便朝叶校长的手打了一巴掌。叶玉生从椅子上跳开,说别忘了我是你的校长,姓冯的摸得,我为什么摸不得?牛红梅转身走出校长办公室,说我要去告你。叶玉生追出来,说告我什么?牛红梅说告你的学生打我,告你调戏少女。叶玉生说你给我回来,谁打你了?牛红梅说陆丽萍、唐茹、东荣、王美月。叶玉生说我会处分她们的。

告状归来,我们看见牛红梅的衬衣上贴着一小块白纸,白纸上画着一只乌龟。因为小纸片贴在牛红梅的背部,所以她自己并没有发现。我和牛青松看着她背部的乌龟,总忍不住发笑。她问我们笑什么?我们说不笑什么。到脱衣服洗澡的时候，她才发现那只乌龟。她的这个发现，使她对我们产生了深深的失望。她说别人欺负我，我还可以忍受，但我不能容忍你们对我的欺负。她认为我和母亲以及牛青松合谋看她的笑话，她甚至怀疑那只乌龟是我们贴到她背上的。

第二天晚上，牛红梅又从她的裤子上发现一只乌龟。从此以后，她每次回家，都要在门口认真地检查她的衣服和裤子，但是她防不胜防。我们从她的头发上、胳肢窝发现那些小纸片，纸片上画满乌龟和毒蛇。面对纸片，牛红梅愁眉锁眼，要我们跟她一同分析，是谁在捉弄她？认真地对比纸片之后，我们认为这不是一个人的恶作剧，而是一种集体的行为。纸片上有的画毒蛇，有的画乌龟；有的用圆珠笔画，有的用毛笔画；有的技法娴熟，有的用笔生硬，这绝不是一个人所为。我们说姐姐，有许多人讨厌你。牛红梅说真的吗？他们讨厌我什么？我们说他们讨厌你跟男人睡觉。牛红梅说这有什么可讨厌的，他们不是也睡吗？我们说他们也睡，但他们没有被当场抓获，而你被别人当场抓住了，被抓获与不被抓获是完全不一样的。牛红梅说啊，原来如此。

叶玉生校长带着牛红梅的四位同学到我家向牛红梅道歉，他们带来一盒饼干三包糖果。我看见牛红梅的四位同学个个长得腰圆背阔。她们的鼻梁很塌，她们的鼻孔很大，她们的嘴巴很宽，她们基本没有下巴。在她们的道歉声中，牛红梅原谅了她们。但她们刚一离开我家,就骂牛红梅是婊子、娼妇。

有一天,牛红梅收到唐茹写来的一封信。牛红梅像宣读文件一样,把唐茹的信读给我们听。唐茹说她过去是多么多么地羡慕和嫉妒牛红梅,那时她很自卑,生怕找不到男朋友。现在好啦,她终于找到男朋友了。她说男人是女人的灯塔,她现在已拥有一座灯塔,东荣和王美月也分别拥有了灯塔,只有陆丽萍,还在夜色茫茫的海上漂流,在没航标的河流上等待。她希望牛红梅给陆丽萍送去一座灯塔,最好是牛青松。牛红梅终于找到复仇的机会,把唐茹的来信贴到朝阳中学的黑板报上。唐茹、王美月、东荣和陆丽萍一夜成名,被校方开除。走出校门的那一天,她们每人从自己的手腕割出几滴鲜血,滴到白酒里。她们举起酒杯,说不求同年同月同日生,但求同年同月同日死,杀掉牛红梅,解开心中恨。

有好长一段时间,牛红梅穿着花花绿绿的服装,静静地站在兴宁小学的校门口,等我放晚学。我被她的这种行为感动,问她为什么要这样?她不吱声,只顾低头看她的裙子和皮凉鞋。在长长的兴宁路上,我们手拉手什么也不说。5路公共汽车从我们身边驶过,我们也不去坐它,宁可步行。一拐进我们居住的长青巷,姐姐变得有些紧张,她用力捏住我的小手,东瞧瞧西望望。我说你是不是怕你的同学找你算账?她摇摇头,说不是。但她的目光仍然警惕地注视着周围。

在我们走过的两旁楼上楼下,窗户次第打开,周年不见阳光的居民好奇地伸出他们的脑袋和手臂,对我们品头评足指指点点。他们大都是退休的老头和老奶,皮肤像老树蔸上的树皮,手臂像古树的干枝。有人向我们扔破鞋、塑料瓶和废旧的电池。牛红梅说他们总是这样,自从我被抓挨打以后,他们总是这样。现在我像一只过街老鼠,人人喊打。现在我不想回家不敢回家,我真恨。

四五个小孩紧跟在我们身后,他们齐声喊道:流氓的爸爸流氓的妻,流氓的姐姐流氓的弟。他们的声音十分嘹亮高亢,仿佛是一列奔驶而来的火车,快要把我们压扁了。我下定决心对他们进行反击。我挣脱姐姐的手,弯腰从地上捡起半截砖头,准备冲向他们。但是姐姐尖叫了一声,死死地把我抱住。我被姐姐拖回家里。

那时,牛红梅已在省医院制药厂找到一份清洗药瓶的工作。每天早晨上班,她总拉着我的手,小心地穿越近300米长的小巷。每天下午下班,她便站在兴宁小学的门口等我。那段时间,她买了许多鲜艳的服装,几乎每天换一套新衣服。我们问她哪来那么多钱?她说是冯奇才,也就是我未来的姐夫给的。与她同行的那段时间里,她像一位新娘不离我的左右,而我则始终捏着那半块砖头,保护她。晚上我把砖头放在我家的门角,早晨我把砖头放到兴宁路与长青巷的交叉路口。跟随我们的人愈来愈少,我们可以从容地走过长青巷了。更多的人开始注意牛红梅的服装,她们用手小心地摸着牛红梅的衬衣或裙子,试探性地问是什么布料?多少钱一尺?在什么地方买的?在哪家裁缝店做的?牛红梅对她们的询问一一回答。而我手里的那块砖头,则始终没有派上用场。看着两旁明亮的窗户,我很想把砖头砸过去,然后像欣赏音乐一样欣赏玻璃的碎响。但是一直到现在,我都没有这样的做过。我喜欢看玻璃上不规则的破洞以及裂缝,我喜欢听玻璃的碎响。如果你现在问我,我最想干什么?我会说我想砸玻璃。

读高中之后,我才知道雄孔雀开屏是为了向雌孔雀示爱。身着艳丽服装的牛红梅,那时像一只开屏的孔雀,吸引了许多男士的目光。一丝不挂的杨美,常常跟在牛红梅的身后叽里咕噜地叫喊。早晨他跟着姐姐走到兴宁路口,下午,他跟着姐姐从兴宁路口走回来。他十几年如一日,风雨无阻地重复着这项工作。

当姐姐的身边没有什么威胁的时候,她开始疏远我。她说从明天开始,我不去学校等你了。我的心里突然像缺少了点儿什么。姐姐说告诉你一个秘密,千万别对别人讲。我问她是什么秘密。她说你猜猜看,我最爱谁?我说冯奇才。她很失望地摇头,然后轻轻地对我说毛主席,我最爱毛主席,他是中国最男子汉的男子汉,只可惜他死了。

姐姐这么一说,我的脑海里填满了毛主席的画像和像章。在我姐姐的卧室里,到处都有毛主席的身影。她的蚊帐上挂满了各种类型的像章,蚊帐顶上,还贴了一张巨大的毛主席头像，那是毛主席在延安时，由美国记者、作家斯诺摄影的。毛主席头戴八角帽，神采奕奕，容光焕发。姐姐像现在的追星族一样，追天上那颗最亮的星星。姐姐问我，你知道我为什么跟冯奇才好吗？我说不知道。姐姐说因为他下巴上有一颗痣，他的那颗痣和毛主席下巴上的那颗几乎一模一样。姐姐这么一说，我就恨不得下巴上也长出一颗痣来。我为我没有那么一颗痣痛恨我的父母、亲属，同时感到自卑。

我看见姑姑牛慧和母亲坐在客厅里，她们只象征性地瞟我一眼，便继续她们的谈话。牛慧说你应该恨她。母亲说在这几个孩子当中，只有红梅长得像她爸爸，我想恨她但怎么也恨不起来。我不仅不恨她，为了她我还砍伤了别人的手臂。牛慧说你这就不对了，严是爱，松是害，不管不教要变坏。她才十八岁，你对她如此放任自流，将来怎么收拾？你不为你着想，也得为我死去的哥哥着想。母亲说那你教一教我，怎么样恨她。

牛慧说大嫂，到门外去，我给你剪剪头发，你的头发也不短了。母亲和牛慧提着椅子，拿着镜子和剪刀以及毛巾走出客厅，她们在门外找了一块地方剪发。牛慧是一位剪发能手，我们家所有人的头发，都由她负责。她一捏住剪刀和头发，就无比兴奋。她常常说我把你们的头发剪漂亮了，可是我的头发反而要到理发店去剪，理发店的技艺远不如我。我们都知道,牛慧在烦躁的时候,特别喜欢帮别人理发。有一次,她跟同事吵架,下班之后直奔我家。她说她要给我父亲理发。父亲说他的头发刚理两天。她转而要给我和牛青松理。我们说我们已在学校理过了。她站在客厅里,拿着剪刀和理发剪暴跳如雷,说难道牛家上下,就没有一个人需要理发吗?母亲听到她的喊叫,乖乖地从厨房里走出来,用手拢了拢头发,说妹子,你就给我理吧,尽管我的头发刚理几天,但你想理你就理吧。姑姑牛慧一边给母亲理发,一边诉说她的委屈。

我看见母亲的头发纷纷扬扬地掉下来,原先乌黑的青丝里夹杂一根根白发。牛慧说像牛红梅这样的年龄,根本还不到谈恋爱的年龄,你想想我都年近三十了还没谈恋爱,她着什么急?母亲说你还没谈啊?牛慧说没有。母亲说你也该谈了。牛慧说姑姑我都还没有谈恋爱,她怎么先谈了?哥哥刚死不久,她竟然跟别人那个了。跟别人那个不要紧,她还被人捉住了。被人捉住不要紧,她还把事情的经过全说出来了。你说她该恨不该恨?哥哥尸骨未寒,她没有一份正式的工作,她和牛青松牛翠柏的生活负担,全压在你一人身上。作为长女,她不仅不为你排忧解难,反而给你添那么多乱子。你说她该恨不该恨?母亲突然从椅子上站起来,说该恨。牛慧说你别激动,你坐好,来,我先给你理完发。

牛红梅正好在这时从巷子那边走过来,她一看见姑姑牛慧,眼角眉梢全都裂开。她问姑姑是谁给你取的名字?姑姑没有回答，甚至没有回头。牛红梅说你的名字真好？牛慧，牛慧，为什么不叫杨开慧？牛红梅就这么自我陶醉着走进家门，一头钻进她的卧室。

母亲和姑姑站在客厅里，对着牛红梅的卧室很严肃地喊道：牛红梅，你给我出来。牛红梅双手抱到胸前，有气无力地靠在门框上。她对着喊她的人说出来干什么？母亲望了一眼姑姑。姑姑想了想，说你把你的事情跟我详细地说一说。牛红梅说我都说了差不多一千遍。姑姑说可是你没有对我说过。牛红梅整理一下嗓子，仿佛整理她的发言稿。她说那么，你听好了。那是一个星期天，我的胃痛，我到门诊部去看病。当时只有他一个人在门诊部里。他问我哪里痛？我说胃痛。他把我叫到里间，并拉上了门帘。他叫我躺到床上，然后用手按住我的腹部，问我是不是这里疼？我说下边一点儿，再下边一点儿。然后，他的手摸到了他不该摸的地方，然后我们就那个了。这就是事情的全部经过。牛红梅说完返身走进卧室，咔嚓一声锁上卧室的门。她像背语录或者公文那样，把她的那件事一字不漏地背诵完毕，之后，任凭姑姑和母亲怎样叫门，她始终沉默。母亲说牛红梅，我恨你。牛红梅，你不知道我多么恨你，恨得简直无法用语言表达。牛红梅……母亲突然转过身来，对姑姑说我想理发。

从此以后，我很少听到姐姐说话。大部分时间，她在医院里清洗药瓶、床单和跟冯奇才谈恋爱。晚上，她把自己反锁在卧室里。许多次，我发现她脱光衣服，呆呆地站在镜子前，端详自己的身体。她的乳房像两座高耸的山峰，高高地挺着。从镜子里，我看到了女人的全部秘密。姐姐用一支圆珠笔，在她洁白的身上写下流氓、娼妇、妓女、婊子等字眼，然后在卧室里走来走去。等我们都上床睡觉了，她才到卫生间去，把她身上那些污秽的字迹冲洗掉。夜深人静的时候，我家卫生间里会传出长时间的水龙头的哗哗声。姐姐一洗就是半个小时，母亲常常在睡梦的间隙里，骂她不知道节约用水。姐姐把别人强加给她的那些称号加以强调，然后用大水冲洗，然后全部遗忘。

一天下午，母亲买了两担煤。母亲早早地叫醒我们，要我们跟她一起打煤球。她说今天是星期天，你们谁也别偷懒，跟我一起劳动。

牛红梅说她是临时工，没有星期天，少一天不上班就少领一天工资。母亲拿着铲子站在煤堆边，望着牛红梅远去的背影，说你的工资在哪里？为什么不交给我？牛红梅说我自己都还不够用。母亲说那我怎么办？你们三个人吃我一个人的工资。平时里我连一根雪条都舍不得吃，你却买了那么多好衣服。遍身罗绮者，不是养蚕人，我在棉纺厂工作，衣服还没有你多。没有工资，没有工资你别回家来。我恨死你了。母亲自言自语，牛红梅早已走得无踪无影。母亲根本就不是说给牛红梅听，而是说给她自己。

紧接着我和牛青松也走出家门。我们的肩上挎着书包。母亲已在煤堆里掺杂少量的泥巴和水。看到我们的装扮，她说怎么，你们也要出去。牛青松说今天学校补习。母亲说那么，你呢？我说我们学校跟七星小学搞乒乓球比赛，我是乒乓球队队员，要为我们学校争光。我从书包里掏出一块球拍，拿到母亲的面前晃了晃，说这是学校发的。母亲说可是，你们谁为我争光？

母亲开始用铲子搅拌煤堆，她一边搅一边用手抹汗，她的脸上沾满煤渣。我们从煤堆边小心翼翼地走过，生怕煤渣弄脏我们的裤子和凉鞋。看着母亲弯腰铲煤的身影，我的脚步犹豫了，站在原地不动。牛青松拉了一下我的衣角。母亲正好抬头，看着我们说，你们怎么还不走，迟到了怎么办？牛青松拉着我往兴宁路走去，书包在我的屁股上一起一落。我的脚不停地往前走，头不停地往后看。突然，我们听到母亲呵斥：回来，你们都给我回来！母亲的呵斥像一阵风，从后面追赶我们。我们看见母亲举着铲子，朝我们奔过来。牛青松说快跑，她识破我们的诡计了。我们撒开腿拼命地往前跑，书包高高地飞起来，又重重地打在我们的屁股上。母亲被我们远远地甩在身后，在"妈哟"声中跌倒了，手中的铲子摔出去好远。母亲在地上挣扎着，怎么也爬不起来。我问牛青松是不是回去扶她一把？牛青松说你一回去，就得跟她打煤球。我不想打煤球,所以我没有往回走。我听到母亲趴在地上说,你们合谋骗我,你们学校不可能补课,也不可能有球赛。你们全都跑了,我一个人怎么能把煤球打完,明天我们拿什么烧饭?跑吧,你们跑吧,你们永远别回来。

我们去了一趟西郊动物园,用我们身上仅有的五角钱,买了一包劣质花生,然后把花生一颗一颗地丢给猴子吃。我偷偷地剥了一颗花生塞进嘴里。牛青松伸手捏住我的两颊,命令我吐出来。他说你把花生吃完了,等会儿我们用什么跟猴子玩。我说已经吞下去了。他不相信我的话,把手指伸进我的嘴里,抠出那颗香甜可口的花生,丢给猴子。猴子们看见牛青松的右手一挥,全都跑动起来。牛青松的手挥到哪里,猴子们便跑到哪里。牛青松把一颗花生丢到假山上,说你们上山下乡去吧。猴子们全都爬到假山上争抢。抢到花生的那只猴子跑到偏远的地方,独自享用。牛青松把一颗花生丢进水洼里,说你们下海去吧。猴子们便纷纷扑到水里。我突然觉得牛青松很伟大,他挥手的时刻很像美国元首。

花生丢完了,我们去看老虎。我们坐在铁栏杆上和老虎对视。我问牛青松长大以后想干什么?牛青松说不想干什么,只要不洗衣服,不打煤球,不考试就行。我说长大了我想当作家,写一部像《艳阳天》或《金光大道》那样的小说。牛青松对我的想法不感兴趣,他只关心老虎的一举一动。我说老虎现在想干什么?牛青松说它想如果没有笼子,就把我们吃掉。

我们在动物园待到中午,突然感到肚子饥饿。我们已没有钱乘坐公共汽车,只好步行回家。我们一路走一路骂,我说都怪你,把钱拿去喂猴子了。牛青松说是你叫我买的花生。我们无聊地争论着,穿过大街小巷。看着街道上穿梭的车辆,牛青松说长大了我想当官,当了官就有吉普车坐了。我们在憧憬中大约走了四十分钟才走到长青巷口。牛青松害怕母亲的惩罚,把我推到前面,用双手扶住我的肩膀,把我当做他的挡箭牌。我们小步小步地往家走,生怕前面埋着地雷。渐渐地我看见我家了,家门口的阳台上摆满煤球,铲子和打煤机依然躺在煤堆上,这两种工具墨染一样的黑,全身上下没有一处干净。我突然发软,对牛青松说走不动了。牛青松骂我没出息,说要走给我看。他刚一挺胸,我家的门打开了,先是一个中年男子走出来,那个男人走到煤堆边,抓起铲子搅煤。我们觉得他很面熟,想了一会儿才想起,他叫金大印,省医院住院部的门卫,就是他当场抓获了牛红梅和冯奇才,是他被母亲砍了一刀。紧接着母亲也走出家门,她的手里捏着一个塑料袋,塑料袋里装着十几个馒头。她对正在打煤球的金大印说,我去学校找一找他们,他们不敢回家,一定饿坏了。母亲说的他们,正是我和牛青松。

我们躲在屋角,看着母亲走过来。母亲碰到的第一个人,是我们的邻居江爱菊。母亲说江伯妈,你看见青松和翠柏了吗？他们一大早跑出去，现在还没回来吃午饭。江爱菊说没看见。母亲拦住第二个行人问：你看见青松和翠柏了吗？那个行人说没有。母亲继续往前走，碰到了第三个行人。第三个行人名叫李昌宪，母亲问他看没看见我们？他说没有。母亲说知道你们都没看见，我就不问你们了。母亲继续往前走，碰到了第四个行人夏宗苏。母亲问他看见青松和翠柏了吗？夏宗苏往我们的方向一指，说他们不就在那里吗。手提馒头的母亲朝我们大步走来。我们低着头，不敢看她。她扬起手，说你们，我想打你们。我的脸已做好了挨打的充分准备。等了好久，母亲的巴掌没有打下来。我看见她的手虽然收了回去，但还不停地颤抖着。我那准备挨打而又没挨打的脸，一阵又一阵地发痒。

在这个我家阳台摆满煤球的傍晚，金大印坐在我父亲的遗像旁边。他已为我们劳动了一天，现在很疲惫地坐在那里。父亲的遗像前摆着四个杯子，它分别代表母亲、牛红梅、牛青松和我。每天吃晚饭前，我们各自在代表自己的杯子里添一点儿酒，以此纪念父亲。金大印在等待吃晚饭的这段时间里，没有人跟他说话，他也许感到无聊了，便闭上眼睛打盹儿。他一闭上眼睛，我们便大胆地观察他。他的头发粗壮乌黑，皮肤上还沾着零零星星的没有洗去的煤渣。他的手臂结实有力，手指有笛子那么粗。他的鼻翼像蝴蝶的翅膀那样扇动了两下，眼皮弹开了。他闻到了我父亲遗像前的酒味，趁我们不注意，把那四小杯酒全都灌进嘴里。

　　几口淡酒下肚,金大印的脸膛微微泛着红光,他也似乎恢复了元气,很想跟我们攀谈,但我和牛青松极力回避他的目光。准备开饭的时候,牛红梅回来了。牛红梅看见金大印坐在客厅里,先是惊讶转而愤怒。牛红梅踏着响亮的脚步从金大印面前走过,一直走进卧室,她目不斜视,身后烟尘滚滚。金大印对着她的背影说回来啦。牛红梅用关门声回答。

　　母亲把饭菜端到桌上,然后命令我们吃饭。金大印也坐到餐桌旁。母亲说你们得感谢金叔叔,是他为我们打了那么多煤球。我们朝金大印冷冷地望一眼,丝毫没有感谢他的意思。母亲发觉气氛不对,便偷偷地瞪我们。我们夹上菜端着饭碗离开餐桌,餐桌边只剩下母亲和金大印。母亲对着卧室喊,牛红梅,你,出来吃饭了。牛红梅的卧室里寂静无声。母亲说难道我错了吗?我打煤球错了或是我烧饭侍候你们错了?母亲抓起一个酒杯摔在地上,酒杯的碎片在地板上弹了几弹,飞到我们的脚边。牛青松说你百分之百地正确,谁说你错了?母亲仿佛被牛青松的回答激怒了,又抓起一个酒杯,朝着牛青松的头部砸过来。牛青松稍一偏头,酒杯碰到墙壁,瓷片四处飞扬。母亲说我算是白养你们了,劳动的时候,你们一个接一个走开,吃饭的时候,你们一个又一个地回来。我就是钢筋铁骨的身子也会累垮,我就是宰相肚子也难撑你们这三只船。母亲控诉着,仿佛字字血声声泪,又抓起一个酒杯,砸到牛红梅卧室的门板上，门板上像开了一朵花，然后迅速凋谢坠落。父亲遗像前的酒杯已经被摔碎三个。我想牛红梅破碎了，牛青松破碎了，何碧雪破碎了，现在母亲捏在手里的那只杯子，代表牛翠柏，千万再别破碎。我还没有想完，母亲已把酒杯摔到她的脚前。到此，父亲遗像前的四个酒杯，已经完全彻底地被母亲摔碎。母亲好像完成了她的使命，坐在沙发上大口喘气。

关键时刻，金大印出来说话了。金大印说何嫂，还是我走吧。母亲说老金你不能走，你学习雷锋并没有错，吃饱了再走吧。金大印说我哪里吃得下饭。金大印起身拉门，从门缝里闪出去。母亲说牛红梅，现在我正式把这个家交给你，我可要跟老金去啦。母亲也从门缝里闪出去。

我们跑到窗前，看见金大印在前面走，母亲在后面跟。金大印向母亲挥了挥手，说嫂子，你回去吧。母亲说你走到哪儿我跟到哪儿。金大印说孩子呢？你还有孩子呢。母亲说他们都长大了，我不能管他们一辈子。金大印说回去吧，别孩子气了。母亲说谁孩子气了？我这是当真的。金大印好像不太相信母亲的话是真的，转身继续往前走，母亲继续紧跟他的步伐。金大印停，母亲也停。金大印走，母亲也走。金大印摇摇头，再不管身后的母亲。我们看着母亲的背影愈走愈远。我对牛红梅说，姐，妈妈真的走了。牛红梅的卧室依然沉默着。牛红梅事不关己，高高挂起。

牛青松说不好啦,我们快去拦住妈妈。我们飞出家门,追赶母亲的背影。我们堵在母亲的面前,说妈妈我们错了。母亲没有理睬我们,从我们的缝隙走过去,就像水一样流过去。我们向前跑了几步,再次堵到母亲的面前,整齐地跪到地上。母亲还是不理睬我们,从我们的肩膀上跨过去。

我们只好跟踪她,她走一步我们走一步,她往哪儿我们往哪儿。金大印再次停下来阻止我们,但我们就像革命的洪流不可阻挡。我们从金大印的身边走过,金大印像一个革命的落伍者,从前面一下掉到了最后。

母亲停在邕江边。我们生怕她跳到江里去。我想如果母亲跳下去,她的身后就会有一大批人跟着跳下去。此刻的邕江上,有几只汽艇正顺流而下,天边最后一抹夕阳落在汽艇的顶端。惊涛拍岸,夕阳戏水,我突然觉得邕江是那么的可爱,世界是如此的美好。我说妈妈,你千万别跳。牛青松说妈妈,你别想不开。金大印说何嫂,跳不得呀。母亲转过身来,对我们说,谁说跳了,我根本就没想过要跳下去。青松翠柏,你们要我回家,就得把牛红梅叫来。如果她来叫我,我就回去。如果她不来叫我,说不定我真的一咬牙一闭眼,就从这里跳下去。

我们把母亲交给金大印看管,然后飞快地跑回去叫牛红梅。推开门,我们看见牛红梅正坐在餐桌边独自享用晚餐。她对我们说,别去追她,如果她真的走了,我养活你们。牛红梅说这话时,打了一个饱嗝。我们问她拿什么养活我们?我们还要读书,还要结婚。牛红梅说车到山前必有路,你们可以去偷去抢,还可以去投机倒把。我们说我们可不干这些坏事,如果你真要让我们活着,就请你抬一抬腿,去把母亲叫回来。牛红梅说她自个会回来的。牛红梅说完,又把自己关到卧室里。

我们每人吃了一碗饭,再赶到江边,母亲和金大印均不在原来的地方。我们在江边坐了一会儿,看着夜色从天空一点一点地落下来,像雨愈落愈厚。牛青松拍拍屁股,说回家吧。我说回家吧。我们于是回家。回家途中,我们路过星湖电影院,买了两张票,钻到电影院去看电影。我记得那晚的电影叫《地道战》。

第二天早晨,我们醒来的时候,母亲已为我们做好早餐。昨天傍晚的那一幕,仿佛是一场电影,在我们一眨眼之间,很虚幻地从我们眼前晃过。我们追问母亲昨天晚上的行踪。母亲说老金请我到饭店吃了一餐饭,还请我看了一场电影,我已有好几个月没看电影了。我们问她在什么地方看什么电影?母亲说在星湖电影院,看《地道战》。我们说我们也看了,也是在星湖电影院。母亲张开血盆大嘴,露出惊讶的神情,说你们没有看见我们吧。我们说没有。母亲说这个老金,真是好玩。你们根本想不到,他有多好玩。母亲还没把话说完,便用手捂住肚子哈哈地大笑起来。她的笑声里夹杂着说话声,她说你们哈哈根本哈哈哈不知道哈哈哈哈他有哈哈哈多好玩哈哈哈……

笑过一阵之后，母亲发觉我们都没有笑，她的嗓子像有一块骨头，突然把笑声堵住。我很惊讶母亲的克制能力，她怎么一下子就把快速奔跑的笑声刹住了？一个快速奔跑的人，是不可能一下子收住自己的脚步的。而母亲，却出色地把她的笑声堵住了。母亲望一望我们，咳了两声，说其实也没什么好笑的。

老金是十足的乡巴佬，母亲这样评价金大印，昨天傍晚，你们回家叫牛红梅的时候，老金邀我进馆子吃饭。我说你帮我打了一天的煤球，怎么能让你破费呢？他说他肚子饿了，他还说我的肚子也一定饿了，既然大家都饿了，何不进馆子里去填填肚子呢？至于破费，谈不上，那是我自己愿意的。他这样一说，我就跟着他走，那时我也感到特别饿。我说老金呀，我们就到路边的小摊上随便吃一点儿什么吧，馆子就不用进了。我还在学生时代，跟同学进过馆子，跟你们的爸一结婚后，我就再也没进饭馆吃过饭。昨天晚上，算是我结婚以后，头一次正式进饭馆吃呢。从这个意义上讲，我还得感谢老金呢。

我跟着他走过中山路又走过桃源路，中山饭店、桃源饭店、红星饭店、邕江饭店从我们眼前一一晃过，我知道这些饭店我们都不敢进去。我们走呀走，走过了春天到冬天，终于在七星路口找到一家大众餐馆。我们郑重其事地走进去，在角落找到一个位置坐下来。服务员过来点菜,服务员是一位女的。老金问她,你的肝多少钱一盘?服务员说不是我的肝,是猪肝,三块钱一盘。老金的嘴巴有点儿不干净,他每说一句话之后,总爱附带说一句鸟毛,在老金的嘴里,鸟毛两个字就像他的标点符号。比如应该说猪肝多少钱一盘时,他不这样说,他说猪肝,鸟毛,多少钱一盘?服务员问老金还要什么菜?老金说鸟毛,炒韭菜。服务员说我们这里只有鸡蛋炒韭菜。老金说那就要鸡蛋炒韭菜,鸟毛。服务员瞪着眼睛看老金,瞪了一会儿,服务员自个也笑起来了。

老金点了很多菜,有排骨、羊肉、鸡蛋炒韭菜等。起先老金不敢放开肚子吃,他害怕菜不够,但等我宣布已经吃饱以后,他把盘子里的菜全部扫进他的嘴巴。他说不能浪费,节约光荣,浪费可耻。当桌子上的东西一点儿也不剩的时候,老金已经饱嗝连天了。我看见他试着站了三次,才从椅子上站起来。他站起来不为别的,就为松裤带。他的裤带刚一松开,我听到他放了一个响亮的屁,所有的吃客都看着我和老金。当时,我恨不得找一个缝钻到地里去,老金却一副若无其事的样子,大大咧咧地又坐下来。你们想想,在那种场合,况且跟一个女同志在一起,怎么能够放屁呢?稍微理智一点儿的人,怎么样也会把那个屁憋回去。

不仅如此,老金在看电影时还向我求爱了。老金的求爱也很特别,你们猜猜看他怎么向我求爱?我和牛青松摇着头说不知道。母亲说老金对我说，如果你愿意的话，我愿做你的仆人。这话我一听起来就特别别扭，那么俗气的老金，怎么突然变得文绉绉起来了？何况这文绉绉的话，好像是从哪部外国电影照搬过来的，老金绝对想不出来。老金见我不回答，又说今晚你就不用回去了。我说不回去，去哪里？老金说去我那里。我想人又不是牲畜，刚吃一餐饭就要去他那里，这怎么能行呢？我刚这么一想，老金接着说你睡床上，我睡沙发。我说别痴心妄想了，老金，我还有孩子，我爱他们，这一辈子我永远不会结婚。有一位伟人说结婚是人生的坟墓，我才不会再进坟墓呢。青松翠柏，请你们相信，我绝对不会爱上金大印，我从心底里瞧不起他。

母亲的誓言还在我的耳边回响的第三天，也就是星期三的下午，我因打乒乓球扭伤了胳膊，所以提前回家。我知道这天下午母亲轮休。打开我家的大门，我看见有一条褪色的军裤放在客厅的椅子上。军裤的裤裆裂开了一道口子，有一根针连着线，别在裤裆处，似乎是要把那道口子缝起来，但缝口子的工作只进行到一半，针和线的主人不见了。我站在客厅里叫妈妈。我看见妈妈从卧室里慌慌张张地跑出来，跟在她身后的是金大印，他只穿着裤衩。我想他们一定干什么坏事了。我说你们真流氓。金大印捡起那条旧军裤，连针带线套到腿上，然后跑出我家。母亲说翠柏，你看见什么了。我说我看见军裤、针和线。母亲说我在给金叔叔缝裤子，但我忘记拿剪刀了，我们是在屋里找剪刀。我说你不是说瞧不起他吗？母亲说我什么时候瞧得起他了？我根本瞧不起他。他算什么东西。翠柏，你答应妈，今天你看见的，不要对任何人说。我对母亲说，你背叛了爸爸，你把他彻底地遗忘了。母亲说没有。

　　我和母亲从此以后拥有了一个秘密，我下定决心不出卖母亲。但是我认为的所谓的秘密，在第二天就传遍了长青巷和兴宁路。他们说昨天下午，金大印来找何碧雪聊天。聊着聊着，金大印的裤裆莫名其妙地破裂了。何碧雪说老金呀，你把裤子脱下来，我给你补一补。金大印说现在？何碧雪说现在。金大印于是脱下裤子，让何碧雪缝裤裆。缝着缝着，金大印的裤衩又突然裂开了一道缝。何碧雪和金大印再也坐不住了。何碧雪说老金，还是到卧室里去，我先给你缝裤衩吧。金大印说嫂子这样热情，那我就不客气了。金大印和何碧雪就这样，双双走进卧室。

　　牛红梅把这个故事说给牛青松听，牛青松把这个故事传给我。牛青松特别强调，这个故事是金大印自己说出来的，绝对真实可信，没有半点儿虚构。

第二章

第二章

一辆救护车停在我家窗前,我们被深夜里的引擎声惊醒。隔着玻璃窗,我看见金大印走出车门面窗而立。母亲挽着一个鼓胀的帆布包,站在客厅里欲去不去,她的头一会儿扭向门外一会儿扭向我们。牛青松说你非得这样吗?母亲点点头,说我已经等了半年多时间,可是你们始终不愿意老金走进这个家庭,既然你们不愿意,我只好跟他走。我说你不是说老金是土包子吗?你不是说你看不起他吗?母亲低下头,看着帆布包,说那是过去,跟老金接触半年多,我觉得他不错。

牛青松说是不是他逼你这样做的?如果是,我马上把他赶走。母亲说这是我自己的选择,你们不能怪老金,生活费我会按时送给你们。说完,母样抬手抹一把眼窝,然后迈开革命的大步走了。我们推开窗,对着救护车喊,我们还不满18岁,我们要控告你们,你既然生下我们,为什么不把我们养大?为什么抛下我们不管?

金大印从上衣口袋里掏出一件东西递给母亲,母亲犹豫的身体转向我们。金大印伸手推推母亲,犹豫的母亲不再犹豫。母亲像头一次回家的新娘,小心翼翼地走回来,把一个信封放到餐桌上。母亲说我只是到那边去住住,两边都是我的家,欢迎你们跟我过去。我过去并不是不管你们,而是为了更好地管你们。不仅我要负责你们,老金也帮忙负责你们,你们又有了一个爸爸。你们不要控告我,这是老金给你们的1000元钱,你们拿着吧。牛青松抓过信封,把钱撒在地上,说谁要你的臭钱!

母亲一跺脚,嘹亮的哭声跑出她的嘴巴,填满整个客厅和夜晚。牛红梅从卧室走出来,蹲在地板上捡钱,把那些散落的钱一张一张地叠在手心。那些钱面值不等,有10元一张的,也有5元一张的,甚至还有5角2角一张的。母亲说红梅我走啦。牛红梅没有回答也没有抬头,仍然在捡那些零星钞票。母亲背着我们的目光走出去。

那么说你同意她走啦?姐姐,牛青松问牛红梅。牛红梅说天要下雨,娘要嫁人,随她去吧。你们看,这些钱来之不易。我们看见牛红梅的手上捏满钞票,钞票仿佛是她手上冒出的花骨朵。

牛红梅有一根粗黑乌亮的发辫,在阳光不太强烈的日子里,她喜欢用温水和劣质的洗发水漂洗她的头发,然后背对阳光，把她的头发铺在阳台上晾晒。她的头发像瀑布一样从阳台上飞流直下，差不多垂到了地面。从长青巷走过的男人或女人，无不被她的头发吸引。

在我们看来，牛红梅的头发好像一望无边的大森林。她挺拔的鼻梁像祖国版图上的某座山脉。她那两只明亮的眼珠是西湖和青海湖，或被称作清水湾淡水湾。她的乳房像珠穆朗玛峰。她的臀部是华东平原或华北平原。而频繁出入我家的冯奇才，好像是日本鬼子。

牛青松对冯奇才说，你要跟我的姐姐恋爱，就必须为我们家报仇。家仇未报，怎言恋爱！冯奇才说你有什么家仇？牛青松说金大印抢走了我们的妈妈。冯奇才说不是金大印抢走了你们的妈妈，而是妈妈为你们找了一个爸爸。牛青松说我不需要什么爸爸，我需要你和我一起共赴家难，收拾金大印？冯奇才说我不干，我是国家干部。牛青松说不干拉倒，今后你别让我看见你。

牛青松开始去找他的狐朋狗党，尽管他只满 14 岁，但他已经是一位出色的活动家。他在江山家楼前吹了一串口哨，江山从楼道里走出来。江山显得十分肥胖，他像一只母鸭晃动着从楼道里走出来时，手里捏着一根铁棍。他对牛青松说，今晚的目标是哪里？牛青松说金大印。江山倒抽一口冷气，说要收拾金大印，必须叫上刘小奇。他们朝兴宁小学走去。

刘小奇靠在他家的窗前，张望学校里空荡荡的操场。他的父亲刘大选，也就是兴宁小学校长，此刻正端坐在门前的椅子上拉二胡。牛青松朝刘小奇招手，刘小奇无奈地摇了摇头，好像是怕他的父亲。江山举起铁棍不停地舞动着，刘小奇再也按捺不住，朝牛青松他们跑来。刘大选被跑步声惊动，从曲子里抬起头，对着刘小奇喊，你去哪里？你给我回来，你永远别回来。刘小奇愈跑愈远，刘大选手提二胡，在后面紧追不舍。

刘小奇说金大印是省医院的门卫，他的皮带上挂着枪。牛青松说那不是手枪，是防暴枪，没有五四手枪厉害。刘小奇说防暴枪也是枪，真要收拾他，还得叫上一个人。牛青松说谁？刘小奇说宁门牙。牛青松和江山说我们不认识宁门牙。刘小奇一拍胸口，说我认识，他原来是我爸的学生，读完小学后就专门帮别人打架，已经打了六七年，现在他很可能在人民电影院门口倒电影票。

牛青松、江山、刘小奇三人来到电影院门口，他们看见宁门牙在人群里走来走去。宁门牙已经十七岁，高出他们半个脑袋。刘小奇把他从人堆里引出来，他那两颗特别宽大特别焦黄的门牙，暴露在牛青松他们的眼里。刘小奇说大哥，有人找你打架。宁门牙眼皮一抬，摊开右手掌，说钱呢？刘小奇说他是我的朋友，我们没有钱。宁门牙说烟呢？刘小奇说烟也没有。宁门牙说连烟也没有，怎么打架？刘小奇说尽管我们现在没有烟，但将来我们一定会有烟，面包会有的，烟也会有的。

宁门牙说那就等你们有了面包，我再跟你们去打架，现在我要倒票。刘小奇说牛青松的姐姐很漂亮。宁门牙说真的很漂亮？刘小奇说真的很漂亮。宁门牙说我不是问你，我在问他。牛青松往宁门牙身边靠了一步，说真的很漂亮，如果你帮我打架，我让她跟你谈恋爱。宁门牙说谁会要一个丑八怪。牛青松说你才是丑八怪。

　　宁门牙用左手托起牛青松的下巴，说哟，你小子还敢跟我顶嘴。说完，他右手的巴掌啪地印到牛青松的左脸上，宁门牙的五根手指在牛青松的脸上慢慢鲜亮。牛青松转身离开电影院，他感到有两把火在他的身上燃烧，一把火烧着他的左脸，一把火烧着他的胸口。他说这架老子不打了。

　　走过人民电影院的宣传橱窗，走过华艺摄像馆，江山他们追上来。刘小奇拍拍牛青松的肩膀，说宁大哥是跟你闹着玩的，他现在同意跟我们去打架了。牛青松说老子说过，这架不打了。宁门牙堵在牛青松面前，说我偏要打。牛青松说我偏不打。刘小奇说那你不报仇啦？牛青松说不报了。刘小奇说牛青松，现在不打架干什么？我们的手已经发痒，难道你的手就不发痒吗？你抬头看一看钟楼，现在才八点钟，如果不打架，今夜我们怎么消磨时光？牛青松不停地搓动他的手掌，说架可以打，但你们不许说我姐姐是丑八怪。宁门牙说丑八怪，丑八怪，猪八戒的肚皮，孙悟空的脑袋，这个人呀，她丑得实在可爱。他们四人的嘴巴，像爆炸的气球，一个接一个地漏出笑声。

宁门牙他们跟随牛青松走进我家时,姐姐牛红梅正在裁裙子,绿的花布堆满餐桌,牛红梅的双手埋在布堆里。江山在餐桌上响响地拍一巴掌,牛红梅吓得上身肌肉颤动,拿着剪刀的手从布堆里抽出来,戳向江山。牛红梅说你想死呀,你。江山嘿嘿地笑两声,径直走进我们的卧室,去寻找小说和连环画。他把我们家的每个抽屉都拉开,像特工一样放肆地搜查着。

刘小奇则站在牛红梅的身后,抚摸牛红梅那条粗黑乌亮的辫子。刘小奇用手掂着辫子说,宁门牙,你说这条辫子漂不漂亮?比李铁梅的那条还要粗。宁门牙的目光一个闪亮,但立即又收回去,放到他的脚尖上。刘小奇说宁门牙,你看我们的姐姐是不是很漂亮?宁门牙你怎么不说话?你哑巴啦?你低着头是怎么回事?像是害羞的样子,我可从来没见你这么温驯过。你打了那么多架,抱过那么多姑娘,难道你还怕我们的红梅姐姐?你是不是爱上她了?宁门牙说闭上你的臭嘴,否则我就……宁门牙扬起他的铁拳,朝刘小奇晃动。牛红梅说你们要打架呀,你们可别在屋里打架。牛红梅说话时,眼睛始终盯着布料,手里的剪刀正以每秒一寸的速度向前推进。

刘小奇从我家的餐柜里找出半瓶白酒和两个杯子,邀宁门牙坐在沙发上开始喝酒。我并不知道餐柜里有半瓶白酒,但是刘小奇知道。刘小奇和江山什么都知道,他们知道我父亲失踪,知道我姐姐漂亮,知道我母亲改嫁,知道我家的抽屉里塞满连环画、避孕套,知道餐柜里有酒、床底下有一只偷来的皮球。他们知道的,有时我还不知道。

金大印和母亲何碧雪踏进门来,母亲手里提着几个香甜可口的面包。看到满屋子的人,母亲略略有些惊讶。尽管如此,母亲还是向所有陌生的面孔点了点头。母亲解开手里的塑料袋,面包的香气破袋而出,整个客厅里的空气快要燃烧和爆炸了。我感到那些香气不是来自母亲的口袋,而是来自四面的墙壁。我咂着嘴,拼命地吞食香气。母亲掰开半个面包递给我,说我们不知道有这么多客人,只买了三个面包,你们每人吃半个,我们已经吃过了。

除了金大印和母亲,我们每人拿着半个面包。面包香气扑鼻。母亲和金大印的目光在我们的手上滑来滑去,从他们的眼珠里我看到了他们的思想。他们舔着嘴唇的舌头告诉我,他们没有吃过面包。

没有人跟金大印说话。金大印说我先走一步。母亲说你先走吧,等会儿我自己回去。金大印健康的身体晃了出去。刘小奇的身影晃了出去。牛青松、宁门牙和江山也先后晃了出去。我紧跟他们的步伐。客厅里只剩下母亲和牛红梅,她们像谈论天气一样,开始谈论餐桌上的布料。

江山抡起铁棍横扫金大印的双脚。金大印一声惨叫扑倒在地，像一条被火烧着的虫子，身体慢慢地弯曲，嘴里不停地叫着妈哟，妈哟……他年纪那么大了，还念念不忘他的妈妈。宁门牙冲到马路中间，像踢足球一样踢金大印，说你们都快过来踢球。我跟随牛青松他们围上去，每人在金大印的身上踢了一脚。

金大印双手抱头，在马路上滚动着。他说你们是什么人？为什么打我？宁门牙把脚踏在他胸口，说老子是宁大爷，从今晚起，不许你再去勾引女人。金大印说你是哪家的宁大爷，我怎么不认识你？宁门牙的脚往金大印的胸口跺下去，金大印再次发出妈哟的喊声。喊叫中，金大印双手抓住宁门牙的一只脚，眨眼之间，宁门牙被掀翻，金大印站立起来。宁门牙说你敢打老子！金大印说让你尝尝金大爷的厉害。宁门牙翻身站立，双脚尚未踏稳，脸上便接住金大印重重的一拳。宁门牙口吐血沫，一颗明亮的硬物从嘴里飞去。宁门牙说你们站着看什么？老子的门牙被他打掉了。我们一哄而上，像饥饿的人争夺面包，金大印的头发扑进我的手掌，牛青松俘虏他的双脚，江山抱住他的腰杆，刘小奇抓住他的手臂，每个人都生怕自己的双手落空。我们把他抬起来，然后重重地摔到地上，如此反复数次，就像扔一只装满水泥的纸袋。纸袋发出尖利的声音：妈哟，我的骨头断了。妈哟，我的头快裂开了。妈哟，你们杀了我吧，妈哟妈哟妈哟……

宁门牙指挥大家抬着金大印往共和路走。金大印的喉咙不停地发出哼哼声。宁门牙从路边的墙壁上撕下一团标语，塞住金大印的嘴巴，金大印的声音被堵住，手脚却不断地挣扎着。拐过几个弯，在宁门牙的领导下，我们把金大印抬到一座无人看管的小礼堂。小礼堂的门没有上锁，宁门牙脚起处，两扇门彬彬有礼地分开。金大印像一头猪被扔到地上。宁门牙打开礼堂的电灯，我们发觉礼堂空空荡荡。宁门牙说这里过去曾斗争过许许多多的坏人，现在我们要好好教训一下这个打掉我门牙的兔崽子。

牛青松说我们怎样教训他？宁门牙说把你们在批斗大会上学到的本领全部拿出来。江山说首先要给他戴一个纸做的尖尖帽，上面写着"反革命分子金大印"或"大流氓金大印"，"金大印"三个字要用红笔画上一个"×"。刘小奇说让他晒太阳，让他面向电灯躺在地上，双脚和双手必须离开地板，向上高高举起来，也就是四脚朝天。我说让他像小狗一样在地上爬。牛青松说让他坐飞机，你们知道什么叫坐飞机吗？就是用绳子把他的双手反绑在身后，然后把他吊在横梁上。宁门牙站在舞台上四下张望，说工具都堆在舞台后面，你们到化妆室把它们搬出来。

我们朝舞台后面奔去，在断腿的桌椅之间和蛛网之间，认真地搜寻着。很快，我们便找出了绳子、棍子、帽子和一把锈迹斑斑的剃刀。那顶尖尖帽上布满灰尘，"女流氓艾静"五个字依稀可辨。由此可以断定，几年以前，一个名叫艾静的女流氓，曾经在这个舞台上接受人民的批斗。

我们把金大印推上舞台。宁门牙举着锈迹斑斑的剃刀说先剃阴阳头。江山和刘小奇每人扭住金大印的一只胳膊，宁门牙左手抓住金大印的头发，右手拿着剃刀。宁门牙的剃刀刚碰到金大印的头皮，金大印便喊道痛死我了，妈哟痛死我了。你们这是要干什么？你们杀了我吧。我一不偷二不抢三不强奸民女，你们为什么这样收拾我。金大印的喊声一声比一声尖厉，头顶上的瓦片仿佛被他的声音震破。金大印摆动着手臂，扭动着腰杆，双脚从地板上撑起来，然后像一架纸飞机扑下舞台。江山、刘小奇和宁门牙被他牵拉纷纷落马。金大印被他们三人压在地下。

宁门牙说你想死呀。金大印说让我自己死吧，免得你们动手。宁门牙说没那么容易，我们不会让你死，我们只要你痛。宁门牙的手轻轻往上一提，金大印的头部昂起来。我看见一缕鲜血从金大印的额头汩汩涌出，鲜血上沾满尘土。

宁门牙坚持要给金大印剃阴阳头，但他手里的剃刀已不锋利。他对着我们喊尿，你们谁在这头发上撒一泡尿。没有人回答他，他的目光落到我的身上，说牛翠柏，你站到舞台上去，对着这颗头撒一泡尿。我的腿杆子开始颤动。他扬起手里的剃刀威胁我，说你怕什么，你不撒老子宰了你。我走上舞台，看着跪在舞台下那堆沾满鲜血乱如衰草的头发，心里一阵阵矛盾。我的腿抖得十分厉害，我扯开嗓门哇的一声，泪水涌出来,汗水流出来。我说我撒不出尿。宁门牙示意牛青松,说你上去撒吧。牛青松站到我的旁边,从裤裆里撒出一线热尿,热尿淅淅沥沥仿佛落下悬崖深谷,最后淋到那一蓬乱草。风吹草动,千山万水长流,斜阳燕子暮色苍茫。我听到乱草下发出狮子般的吼叫:你们这些牲畜,你们不得好死。文化大革命刚刚结束,你们还想发动第二次吗?你们有没有爸妈?你们是不是肉长的?你们……金大印在"你们"声中,缓慢地倒下。

倒下的金大印安静了,礼堂里突然没有声音。金大印的头发丝冒着牛青松的热气。宁门牙开始为金大印剃头发。剃刀在金大印的头皮上艰难地滑行,金大印睁开眼皮。牛青松问他,你还愿不愿意做我们的爸爸?金大印无力地摇头,说不愿了。牛青松说你还勾不勾引我们的妈妈?金大印怒目圆瞪,说那不叫勾引,叫恋爱,我爱你妈妈。牛青松的脚尖落到金大印的脸上。牛青松说我叫你爱。金大印把目光转向我,说翠柏,我在这个城市没有亲戚,没有人能救我,你快去把你妈妈叫来,你快去呀!你告诉她我金大印即使被他们整死了,也仍然爱她,快去呀。金大印再次昏迷。

牛青松说宁大哥,还是不剃阴阳头了吧,他好像死了。宁门牙伸手在金大印鼻孔试探一下,说放心吧,他这种人生命力特强。他打掉我一颗门牙,我剃他半边头发,这样谁也不欠谁的。我们围坐在宁门牙身边,看金大印粗壮的头发一片片地掉落到地上。宁门牙像在完成一件杰作,每一块肌肉都充满激情,最后他把剃刀摔到舞台上,说我们走吧。我们全都走出礼堂,只留下金大印一个人在礼堂里呻吟,他的一半边头皮上寸草不生,而另一半边的头发却像疯长的茅草。

  姐姐举着一个白色的信封对我们说,你们快来看,妈妈给你们来信了。自从我们殴打金大印之后,母亲彻底地离开了我们。

  撕开信封,我看见一页信笺和五十元。母亲在信笺上对我们说:你们是我生下来的禽兽不如的孩子,我永远也不想看见你们。老金的身心备受你们摧残。你们的行为给我,也就是给一个热爱老金的人添了许许多多的麻烦。你们或许不知道,老金是爬回家里的,他的双手和双膝都爬烂了。当我从他留下的半边头发里,闻到我儿子的尿臊味的时候,你们不知道我有多痛心。我对老金发誓再也不理你们了,但老金说你们是小孩,你们毕竟是我身上掉下来的肉。听听这话,你们就知道老金有多善良。对比一下你们自己的行为,你们难道不羞愧吗?从这件事情来看,我认为老金完全配做你们的爸爸,而你们根本不配做他的儿子。五十元钱是你们的生活费,你们吃饱喝足后,可别再干出什么损人不利己的事来。我不想见你们,我恨你们。

  牛青松看信的时候,脸上的表情没有一丝一毫的变化,好像母亲说的事与他无关。他把信笺顺手扔到沙发上,然后坐到牛红梅的身边,用手掌轻轻玩弄牛红梅的辫子,说宁门牙很喜欢姐姐的这根辫子,希望姐姐能够剪下来送给他。牛红梅说这怎么可能,他算老几?牛青松说他不算老几,但他是流氓地痞,什么事都干得出来,公安局的都不敢惹他。我问牛青松答应送宁门牙辫子了没有?牛青松说没有答应,不过世上没有宁门牙办不成的事,没有他要不到的东西。

　　几天之后,牛青松又对牛红梅说,宁门牙想要你的辫子,我快招架不住了。宁门牙说如果我不把辫子剪给他,他就要自己上门来剪。我说姐姐,你还不如把辫子剪来卖掉。她说那卖不得多少钱。我说与其送给宁门牙,还不如卖掉。牛青松说那绝对不行。牛红梅说还有没有其他办法?牛青松说有什么办法?冯奇才又打不过他,而公安局的又不敢管他。他没有单位没有领导,他又不是党员,你拿他根本没有办法。现在,他不强奸你就算阿弥陀佛了,你还在乎一条辫子。牛红梅说我就不相信,这个世上没有王法。

　　就在我们争论不休的夜晚,牛青松潜入牛红梅的卧室,悄悄地剪断了牛红梅的辫子。

　　宁门牙拿着牛红梅的辫子去找冯奇才。冯奇才问宁门牙,你是谁?你找我有什么事?宁门牙像甩动马鞭一样,甩动着牛红梅的辫子,说认得这辫子吗?冯奇才说什么意思?宁门牙说没什么意思,这是牛红梅的辫子,她把它送给我了。冯奇才说你是谁？宁门牙说别问我是谁，我来找你，主要是想告诉你，今后你不要再去缠牛红梅，她不爱你，她爱我。冯奇才说这是你的意思，还是她的意思？宁门牙说我的意思也是她的意思。

冯奇才的脸一下子惨白起来。他对宁门牙说你滚吧，我需要安静。宁门牙吹着口哨，甩着辫子走出门诊室。看着宁门牙走远，冯奇才泪往心里流，他突然想做出一点儿强烈的反应。他吃下一粒镇静片，折断一支圆珠笔，打碎三只空瓶子，然后向医院制药厂跑步前进。在牛红梅平时洗药瓶的地方，他没有看到牛红梅的身影。有人对他说牛红梅今天不上班。他从制药厂跑出来。他跑步的时候，上身绷直挺胸收腹，双手握拳提至腰间，双目直视前方，两脚匀速地向医院方向运动。内科部主任陈一强叫他，他没有停下脚步，也没有回头，好像没有听见。护士姜春拿着一张处方喊他，他仍然没有停下来。姜春说冯医生，你开的这个药，药房里没有，你给我另开一张。姜春一边喊着一边在身后追赶他。追了一阵，姜春说你跑这么快，你这是在练习跑步呀。冯奇才仿佛哑巴了，没有回答，他跑出医院的大门，跑上桃源路、教育路、古城路、兴宁路，正一步步向我家靠近。路上的行人都睁大眼睛看他，并且纷纷为他让道。

冲进我家全身透湿的冯奇才，像一位疲惫的马拉松运动员。当他看见牛红梅完好无损地站在他面前时，他的嘴巴开始磨动，他的嘴角堆满白色的泡沫。他说水水水，他只说了三个水字，便栽倒在牛红梅面前。

被水灌醒的冯奇才问牛红梅，你的辫子哪里去了？牛红梅说卖掉了。冯奇才说真的卖了？牛红梅说真的卖了。冯奇才说可是，我看见你的辫子被一个陌生的男人捏着，他说是你送给他的。牛红梅双手拢了拢头发，说我可没有把辫子送给别人，我的头发是牛青松剪掉的，他没有告诉我送给什么人，只说要把头发拿去卖，需要钱买作业本。冯奇才说这么大的事情，为什么不和我商量？牛红梅说他是趁我熟睡的时候偷偷剪掉的，根本没有商量的余地。冯奇才突然变得严肃起来，说牛红梅，你真的爱我吗？牛红梅说我不知道，应该说我是爱你的。冯奇才说用什么证明你是爱我的。牛红梅用一种好奇的目光看着冯奇才，她的嘴里爆发出几声冷笑，说用什么证明？你说要用什么来证明？我把最宝贵的东西都献给了你，这还需要证明吗？冯奇才说我是希望你永远爱我，我害怕别人把你抢走，因为我已经闻到了不祥的气味，感到危机四伏。我恨不得现在就跟你结婚。

牛红梅把冯奇才拉到一张毛泽东同志的像前，庄严地举起右手，说现在，我向毛主席保证，我爱冯奇才。冯奇才的眼皮频频闪动，一些湿润的东西填满眼眶。他庄严地举起右手，说我也向毛主席保证，我爱牛红梅。宣誓完毕，他们相视一笑，像两只皮球一样滚到一起。正当他们准备甩开膀子大干的时候，突然响起了敲门声。

牛红梅打开门，看见宁门牙拿着她的辫子站在门外。牛红梅一阵恶心，觉得宁门牙那双肮脏的手，不是捏着她的辫子，而是抠着她的喉咙。她说你找谁？宁门牙说找你。牛红梅说我现在没空。宁门牙嘿嘿一笑，露出漏风的门牙，说不管你有空没空，我都得进去。宁门牙用力推动门板，从门缝里强行挤进去。

宁门牙像一位经常出入我家的常客，坐在沙发上跷着二郎腿。他的眼睛瞪着冯奇才的眼睛，说你比我还快，我骑自行车还跑不过你的双腿。冯奇才说红梅，他是谁？为什么拿着你的辫子？牛红梅说他是牛青松的朋友，叫宁门牙，有名的流氓烂仔头。宁门牙并不因为牛红梅叫他流氓烂仔头而感到不快，他对这样的称呼甚至满意。他说红梅姐，今天你在冯奇才和我之间必须做出选择。牛红梅拍拍宁门牙的脑袋，说选择什么？你还不懂得什么叫恋爱，你还是去打架吧。宁门牙说怎么不知道？我第一次看见你就发誓要跟你结婚。牛红梅说这不是恋爱，恋爱要有基础，要有共同的理想和爱好，要有共同的语言。恋爱需要时间，需要互相了解。你了解我什么？宁门牙说我虽然不了解你的业余爱好、你的理想、你的血型、你喜欢的格言、你爱读的书、你偏爱的食物，但我知道你漂亮，我喜欢一见钟情。牛红梅说这是典型的流氓习气，平时你在街上横行霸道，爱谁是谁，轻易就把女孩弄到手，根本没有投入感情，赢得感情，你还不懂得什么是爱。宁门牙说爱就是喜欢，我喜欢你，我想得到你，这就是爱。红梅姐，我求你了。牛红梅说求我什么？宁门牙说求你爱我。

牛红梅突然打了一个喷嚏，喷嚏夹杂笑声。

牛红梅说爱又不是什么东西，你求我，我就能给你。你求我给你辫子，我可以剪下来给你。你求我要一件衣裳，我可以脱下来给你。可是爱情，我不爱你我怎么能给你呢？爱情在我胸口里，我不可能单独把它掏出来送人。宁门牙从沙发上滚到地板上，面朝牛红梅跪下，然后用膝盖充当脚板，一摇一晃地走到牛红梅面前，说我求你爱我，不管你爱不爱我，你都得爱我。冯奇才冲到宁门牙的身后，对准宁门牙的屁股稳准狠地踢了一脚，说你这个典型的流氓加无赖，滚出去。宁门牙像弹簧一样从地板上弹起来，说你敢踢我？冯奇才说我怎么不敢踢你？宁门牙说你知道我是谁吗？宁门牙从口袋里掏出一把小刀，刀面寒光闪闪。冯奇才说你想打架吗？宁门牙说不！今天我不想跟你打架。

宁门牙把他的左手放到餐桌上，然后扬起他捏刀的右手，说红梅姐，如果你不爱我，我就用这把小刀扎穿我的手掌。牛红梅说千万别这样！你先放下刀，我们再商量商量。宁门牙说没有商量的余地。牛红梅说假如我爱你呢？宁门牙放下刀，说这样就有商量的余地。牛红梅说不是我不爱你，只是我已经爱上了他。宁门牙说我哪一点不如他？牛红梅说你没有工作，没有工资，你拿什么来养家糊口？宁门牙说你想要什么，我马上就给你要来,我不需要工资。牛红梅说我需要你有一份工作。宁门牙再次举起小刀,说我不跟你商量这个。说完,他的小刀扎进他左手的手背,一股暗红的血从刀尖的四周缓慢地冒出。他用求助的目光望着牛红梅,说爱不爱我?你到底爱不爱我?牛红梅说爱、爱、爱你。宁门牙把小刀抽出来。牛红梅说是不可能的。宁门牙又把小刀扎进肉里。牛红梅和冯奇才都感到束手无策,他们对视一下,彼此发出苦笑。

宁门牙的血沿着餐桌的边沿往下滴。牛红梅用双手捂住脸,准备大哭一场。冯奇才从抽屉里翻出纱布、棉花,然后坐在一旁吸烟。冯奇才说我是医生,救死扶伤是我的天职,你什么时候抽出刀子,我就什么时候给你包扎,但我不能医治你的内伤,你是一个病入膏肓的孩子。

不许你叫我孩子!宁门牙大吼一声,终于把刀抽了出来。冯奇才走过去为他包扎伤口,说天下那么多女人,你为什么独爱她?宁门牙说不知道,自从我见她以后,我就吃不下饭,睡不着觉,时时刻刻想跟她在一起。冯奇才说但是她不爱你。宁门牙说这没关系,我有的是时间和耐心,她不说爱我,我就不离开这里。伤口你不用包扎,休息一会儿,我还要用刀子刺它,反正闲着也是闲着。冯奇才说你这是何苦呢?宁门牙说不为别的,只为爱情。

我和牛青松破门而入,牛红梅仿佛看到救星。她说你们都过来。我们犹豫着,目光在他们之间穿梭。当看到宁门牙那一只受伤的手时,我们都感到了问题的严重。

牛红梅说青松和翠柏,你们都知道,我跟冯奇才已经恋爱好长一段时间了,现在,宁门牙又要我爱他。尽管他扎破了自己的手,我对他还是毫无好感,但是我同情他,同情并不等于爱情,你们劝一劝宁门牙吧。在我们关切的目光中,宁门牙摇风摆柳地站起来,抓起带血的小刀,用衣袖把血迹擦干净。我不需要同情……宁门牙的喊声像一把刀划破了窗口的一块玻璃。

两天之后的傍晚,牛青松和宁门牙带着一个姑娘找到冯奇才。宁门牙说冯奇才,你看这个姑娘可以打多少分?冯奇才的目光像一道闪电,划过姑娘的脸膛,说你们又准备糟蹋谁家的姑娘?宁门牙说她叫蒋红,朝阳百货大楼的售货员,她说她喜欢医生,所以我们把她带来和你认识一下。蒋红说认识你很高兴。

冯奇才预感到这不会是什么好事,所以他对蒋红不感兴趣。宁门牙攀住冯奇才的肩膀,说你好好看一看,她的鼻子比牛红梅的挺拔,她的皮肤比牛红梅的细嫩,她的嘴巴比牛红梅的小巧,她才17岁,还是一个处女,你现在就可以和她谈恋爱。冯奇才说人又不是牲畜,你怎么可以这样?恋爱怎么能够随便?恋爱不是交易。宁门牙说如果不是给牛青松一个面子,我根本不会考虑你的什么狗屁恋爱。我做事从来没像今天这样善良过,谈不谈是你的事,反正我已经被我的举止感动。你想一想，除了我还有谁舍得把这么好的姑娘让给别人。

　　宁门牙不想听冯奇才争辩，把自己的耳朵用手堵住，一边向冯奇才和蒋红点头哈腰，一边朝门外退去。退到门外，他和牛青松在冯奇才的门扣挂了一把新锁。冯奇才像一位囚犯在屋子里咆哮，你们这是陷害。宁门牙说你们就好好谈谈吧。蒋红扑到窗前，眼泪吧嗒吧嗒地流。蒋红说你们怎么能这样？宁门牙吹出一声口哨，把挑着钥匙的食指递到窗口边。蒋红伸手抓钥匙，宁门牙迅速缩回手指。宁门牙说走喽。宁门牙和牛青松揣着钥匙一步一回头，告别了冯奇才和蒋红。

　　牛家大门今夜为宁门牙而开。下半夜，宁门牙用牛青松偷配的钥匙，轻易地打开牛红梅卧室的暗锁。当我听到牛红梅的惊叫准备翻身下床的时候，我被牛青松死死地按在床上。我想呼喊，但牛青松的手堵住了我的嘴巴。那边的卧室里，牛红梅的喊声也被堵住了。我听到脚后跟敲击床板的声音，镜子破碎的声音，电灯绳拉断的声音，手掌堵住嘴巴发出的咕嘟咕嘟声，仿佛有一场细雨落在瓦片上，细心聆听，才知道那是牛红梅抽泣中夹杂的呻吟。牛红梅身下的床板，像一根不堪重负的扁担，嘎吱嘎吱地歌唱。我挣脱牛青松的手掌，使出全身的气力，叫喊一声姐姐。这是一声迟到的叫喊，姐姐牛红梅已无可挽救地被宁门牙糟蹋了，而牛青松则是宁门牙不折不扣的帮凶。

宁门牙走出牛红梅的卧室，牛青松为他拉亮客厅的电灯。灯光落在宁门牙的额头，他的眼皮不停地眨动，看见我们在客厅里窥视，他的脸上慢慢地浮起一层红色。他说青松，我们出去喝两杯，庆贺我们的胜利。牛青松像一条狗跟着他走出去。我跑进牛红梅的卧室。

　　打开台灯，我看见牛红梅被凌乱的蚊帐覆盖，地上遍布玻璃。她出乎我的想象，显得十分平静。我叫她，她没有回答，剥掉裹着的蚊帐，把身体暴露在我眼前。她的身体到处是牙齿咬过的血印。每一个血印上都缺少一颗门牙。我说姐，你痛不痛？她摇头，把我揽进怀里。我听到她胸口之下急迫的心跳。她说翠柏，你给我拿个主意，我到底嫁给谁？我说不知道。她说我也不知道，我现在六神无主。知道什么叫六神无主吗？这是一个成语，老师曾经考过我。六神无主，形容惊慌或着急而没有主意（六神：道教指心、肺、肝、肾、脾、胆六脏之神）。我说我们可以去问问妈妈。牛红梅说我都18岁的人了，怎么连一点儿主意都没有？主意就像一根头发，不知不觉地从我的头上脱落了。

　　我们没有把这个晚上发生的事情告诉冯奇才，冯奇才依然频繁地出入我家。许多时候，他会和宁门牙同时出现在我家的客厅里。宁门牙常常当着冯奇才的面，用手摸我姐姐的头发甚至于奶子。为了保护自己的女朋友，冯奇才痛下决心，准备跟宁门牙决斗。

姐姐被冯奇才的这个决定吓破了胆,她在冯奇才和宁门牙之间奔走游说。但没有人听她的劝告,他们像丢破烂似的把她的话置于脑后。他们忙着准备武器,招兵买马,随时准备战斗。

姐姐逢人便说怎么办?他们要打起来了。别人问她谁要打起来了。她就把冯奇才和宁门牙要打起来的前因后果,向熟悉的或不熟悉的人详详细细地说一遍。好心的人劝她去找公安局。她去找公安局,公安局的说你去找派出所。她去找派出所,派出所的说现在人手很紧,管不了那么多,过去关错的人现在要给他们平反,要一个一个地放出来,我们要为他们搞平反材料。这几年,打架的事情太多,我们也没办法。姐姐拖着疲惫的步伐,找到了母亲何碧雪。母亲说老金的伤刚好,他也帮不上你的忙。我是一位妇女,打架的事更是一窍不通。这是你自作自受,你自己想办法吧。母亲拒姐姐于千里之外。

决斗前夜,牛红梅再次踏进冯奇才的宿舍。她在这个她熟悉得不能再熟悉的房屋里,差不多晕倒过去。牛红梅说只要你不去决斗,现在我就跟你去领结婚证。冯奇才说不用着急,先决斗后结婚。牛红梅说你打不过他,他是流氓地痞。冯奇才说东风吹战鼓擂,这个世界谁怕谁。牛红梅说你们两人,只要谁先放弃决斗,我就跟谁结婚。牛红梅双腿一软,跪到冯奇才的面前,说我求你了,求你还不行吗?冯奇才开始磨刀。在嚯嚯的磨刀声中,冯奇才义正词严地说不行,你这是长他人的志气灭自家的威风。牛红梅艰难地站起来,身子一晃,几乎跌到地上。牛红梅说我只好去找他了。冯奇才说你去找他吧,反正你已经跟他那个了。牛红梅说那是强迫的,我根本不爱他。冯奇才说一样的,强迫和不强迫实质是一码事。牛红梅说他强迫我的时候,我的脑子里晃动的全是你的身影。冯奇才说这只有鬼才知道。牛红梅说你会后悔的。冯奇才说我做事从不后悔。

牛红梅叫牛青松把宁门牙找来,劝他别跟冯奇才决斗,谁被打伤都不好。宁门牙说要停止决斗可以,但你必须跟我结婚。牛红梅说你还不到结婚的年龄。宁门牙说不结婚也可以,你必须跟冯奇才一刀两断,永远不要来往。跟你往来的男人不能姓冯,也不能姓赵、钱、孙、李,他只能姓宁。牛红梅说我答应。宁门牙说真的?牛红梅说一言既出,驷马难追。宁门牙说那我不决斗了。

宁门牙堂而皇之地进入我家,他和我美丽漂亮善良的姐姐厮混。但是他们只厮混两天,便到了决斗的日期。宁门牙背着姐姐,带上二十名他的弟兄,于晚上八时到达朝阳路拖拉机厂的废旧仓库。冯奇才的二十名弟兄在仓库里等候多时,他们的手里刀光闪闪。宁门牙的身后,二十名兄弟同样满脸横肉,抬胳膊捶胸膛。双方在不断地靠近。

谁也想不到,队伍会在这时发生哗变。人群中有人喊道:弟兄们,我们不要受骗上当,不要去为他们两人芝麻绿豆大的事情厮杀。如果真打起来，得益的是他俩，伤亡的将是大家。许多的声音附和一个声音。有人说我们跟日本鬼子打了八年，国民党和共产党又打了那么多年，文化大革命我们文攻武斗十年，我们还打得不够吗？教训是深刻的，我们不能再打了。人们纷纷放下手中的凶器。有人建议让宁门牙和冯奇才徒手搏斗，让他们最终解决恩恩怨怨。一片喊声中，他们两人被围到中央。

很快他们扭成一团，宁门牙抓住冯奇才的头发，冯奇才抓住宁门牙的耳朵。宁门牙卡住冯奇才的喉咙，冯奇才捶伤了宁门牙的下巴。他们像两条疯狗在地板上滚动、撒野，尘土和油污沾满他们的头发、手臂和大腿。有人问他们为什么要开打？有人说为一个女人。参加决斗的人大都不知道他们为什么而战，他们只知道朋友遇到了麻烦，需要帮忙。于是，朋友们从四面八方赶来，朋友的朋友也赶来。当得知双方是为一个女人而发生战斗时，他们顿时有了一种受骗的情绪。他们像一群夜鸟从仓库的窗口飞走。仓库里只剩下宁门牙、冯奇才和牛青松。

三十分钟后，牛青松宣布决斗结束。宁门牙手捧发肿的下巴，像捧着一尊金灿灿的奖杯。冯奇才吊着扭伤的胳膊，像吊着一枚发亮的金牌。仓库里一望无际空空荡荡，他们像失去权力的将军，显得十分可怜。休息一会儿，他们朝着两扇不同方向的门走出去。门外的风很冷，夜色灰暗，路灯昏黄。

第二章

牛红梅对我说翠柏，我怀孕了。我睁大眼睛表示怀疑。牛红梅察觉到我的疑惑，拉过我的手按在她的腹部，说你不相信，你摸摸，我仿佛听到他（她）在叫我妈妈。我粗糙肮脏的小手抚摸着她细腻光滑的皮肤，就好像在抚摸一件精美的瓷器，我似乎听到瓷器被我手掌割痛的喊叫。牛红梅轻轻地闭上双眼，长长的眼睫毛勾引我的欲望。我很想亲她一口，但我忍住了。

凡是我和牛红梅单独在一起的时刻，她总这样轻轻地闭上眼睛，把她怀孕的腹部交给我，让我随意玩弄。这样的时刻，她仿佛逃到一个无人知晓的地方，静静地享受幸福。但是有一天，她突然对我说，你好好地摸摸吧，这是最后一次了。我问她为什么？她说因为孩子没有父亲。我说孩子的父亲不是冯奇才吗？牛红梅说冯奇才他不认账，他说是宁门牙的。我说你可以去找宁门牙。牛红梅说宁门牙也不认账，他说是冯奇才的。他们都不认账，好像这孩子是自个长出来似的。三岁的孩童都明白，没有种子长不出庄稼。

我向学校请假之后，便跟着牛红梅上医院。牛红梅的右手紧紧地抓住我的手臂，我感到她的手和整个身体都在颤抖。看到妇产科三个猩红的大字，她开始犹豫并且停步不前。她要我先到妇产科看看，看有没有她的朋友、邻居和认识的人。对妇产科进行一番观察后，我跑回来告诉她，没有发现敌情。

听了我的报告,她仍然木头一样站着。我拉她的手,她把手飞快地抽回去。她的双脚不停地原地踏步,说我还是没有勇气,我想再问他一次。

我们掉过头去门诊部找冯奇才。牛红梅对冯奇才说你是不是再考虑一下?像这样把孩子打掉,太残酷,他(她)也是一条生命。冯奇才说没有什么可考虑的,我跟你那么久,从没出过事,一直都采取措施。只有宁门牙跟了你以后,才出现这种情况。牛红梅说有几次,你并没有采取措施。冯奇才说那是安全期。牛红梅说安全期有时不安全。冯奇才说你嚷嚷什么?你千万别污蔑我,你给我滚远一点儿。委屈的眼泪从牛红梅深深的眼窝滚出,她拉上我默默地走开。她说翠柏,你要记住这个糟蹋你姐姐长达一年之久的人,长大之后你要为我报仇。我不停地点头,泪水哗哗地直往下掉。

为了陪牛红梅上医院,我向班主任请了三次假。但是每一次走到妇产科门前,牛红梅都改变主意,像逃避瘟疫一样从医院逃出来。而每一次逃出来,她嘴里总是不停地说我再也不来了,我再也不来这种地方了。她开始在家里缝制小孩的衣裳,似乎是铁下心肠要把这个小孩生下来。她问我,你说小孩生下来以后,给他取个什么名字?我说你不能把她生下来,除非你给他找个父亲。她说我已经决定了,无论是男孩或女孩,我都给他(她)取名牛爱,你说牛爱好不好?我说好是好,但你必须结婚,必须给孩子找一个父亲。牛红梅满脸惊呀，结婚？谁会跟我结婚？我说你可以试着找一找，你的长相是你的优势。牛红梅说你这个主意不错，现在我们分头出去找一找，看谁愿跟我结婚？谁愿做你的姐夫。我说到哪里找去？她说你到你的学校找去，我到街上去找一找。

我挎上书包，往学校去。我认真观察兴宁小学的每一位单身老师，对他们进行仔细地筛选和考核，发觉只有体育教师杨春光配得上我的姐姐。他身高1.7米，体重75公斤，五官端正，头发自然卷曲，喜欢打篮球。我对他突然产生了难以言说的好感，决定放学之后，把杨春光的情况向牛红梅作详细的汇报。

放学回到家，牛红梅还没有下班，牛青松也没有回来，我像一个孤儿站在门口，等待亲人。我看见夕阳微弱的光线打在我家的门板上，薄薄的尘土笼罩着骑自行车的人们。一根水泥电杆横卧在马路边，前面不远处，工人们正在拆一座旧楼房，喊声和哨子声此起彼伏。终于我看见牛红梅提着一网兜蔬菜朝家里走来，她的旁边跟着一位身穿绿衣裤的小伙，一看就知道是一位邮递员。邮递员推着一辆自行车，他跟牛红梅不停地说着话，不时还仰头大笑。我想牛红梅一定为我找到姐夫了。

临近家门，我才发现邮递员长得十分丑陋。他的鼻子出奇地大，像一片肥肉向两边展开，而他的眼睛却像黄豆那么小。他的额头上有巴掌那么大一块没长头发，看上去充满智慧。牛红梅说这是曹辉，我的同学。这是我弟弟，牛翠柏。曹辉支起自行车，点头向我问好，还在我的头上拍了两下。

牛红梅叫我跟曹辉聊天，她要下厨房做饭。曹辉说红梅，你的弟弟长得好漂亮，你们牛家的人个个长得像演员。牛红梅说是吗？曹辉说你知道吗，高一的时候，我们班有一半的男生都想跟你谈恋爱。牛红梅得意的笑声响彻厨房、客厅。牛红梅说可是现在，却落得个红颜薄命。曹辉说我就属于想跟你谈恋爱的那一类。牛红梅说那现在就谈吧，你说怎么个谈法？曹辉跌跌撞撞地跑进厨房，说我来给你打下手。

曹辉洗菜，牛红梅掌勺，厨房被他们说话的声音填满。他们的语言像一种气体，冲击厨房的墙壁，厨房像一只鼓胀的气球，随时都可能爆炸。但只一会儿工夫，气体开始泄漏，他们的声音变得模糊松散。他们在争论一个问题。曹辉说如果不打掉这个孩子，肯定会影响将来的生活，甚至会影响我们的感情。牛红梅说你说得多么轻巧，他（她）毕竟也是一条生命，因为你看不见他（她），所以你说得那么轻巧。曹辉说你一定要坚持你的观点，我们就没法谈下去了。牛红梅说曹辉，你也不撒泡尿自己照一照，如果不是因为我怀上孩子，我会跟你结婚吗？曹辉气急败坏，从厨房冲出来，他的脸上像涂了一层淡墨，眼睛里冒着火。他说外表美不算美，心灵美才是真正的美，这是我们的班主任冯绍康说的。牛红梅手拿勺子，靠在厨房的门框上，说曹辉，真的生气啦。曹辉气冲冲迈着坚定的步伐走了。牛红梅追了出去。牛红梅说你吃完饭再走吧，曹辉，我求你吃一餐饭，行不？曹辉说我还有点儿急事。牛红梅说老同学，吃一餐饭算不了什么，又不是非要跟你结婚不可。牛红梅拉住曹辉的自行车后架，不让他走。曹辉把牛红梅的纤纤十指一根一根地从自行车后架上掰开，然后骑上自行车义无反顾。我和姐姐牛红梅目送着这个丑陋的小气的热爱心灵美的差一点儿成为我姐夫的人的背影渐渐地远去，他自行车的铃铛声像街上甜饼的气味，敲打着我的鼻子。

有好长一段时间我没有看见牛青松，预感到他正在脱离我们，猜想他已和宁门牙打成一片，其他情况不详。直到有一天，我看见塞进我家门缝的一张纸条，才知道他被学校开除了。我拿着朝阳中学发给他的通知，到他可能出现的场合去找他。最后我发现他和江山、刘小奇在宁门牙家打麻将。我把纸条递给他，他的目光在纸条上轻轻滑动一下，双手便按捺不住愤怒，把纸条撕得稀巴烂。他说我早就不想读了。我问他不读书干什么？他用奇怪的眼神望着我，说干什么？打麻将、打架、谈恋爱什么不可以干。翠柏，别浪费时间了，跟我们一起干吧。只要你跟着我干，你至少可以提前十年享受美好的生活。宁门牙说这叫提前登上历史舞台，康熙八岁做了皇帝老子，我们比他差远啦。世界是属于他们的，也是属于我们的，我们好像八九点钟的太阳，希望寄托在我们身上。

我转身欲走，突然听到卧室里有人叫我小鬼。宁门牙说老爷子要拉屎，你去给他打点一下。我走进卧室，看见一位老人躺在床上，他的身子覆盖着一床薄薄的军用棉被。他说小鬼，不用害怕，到我身边来，我像你这么大的时候，已经为红军送鸡毛信了。他从被窝里伸出他干枯的手臂，在我的脸上摸了一把，说爸爸呢？我说死了。他说怪不得没人管教他们，我猜想跟宁门牙打麻将的这群孩子，肯定是不缺爸就是缺妈的孩子，是没有人管教的孩子。我说那你为什么不管一管他们？他说我的腿残废了，不能走路了，拉屎和撒尿都依靠他们，我的话就像他们的耳边风。你知道吗？他们成天赌博，钱全是偷来的。你去派出所告他们，让公安把他们全抓进笼子里去。我说我不敢。他说小鬼，勇敢一点儿，不要害怕，如果我能行走，他们早挨抓了。我说你可以叫阿姨去报案。他说你阿姨生怕她的宝贝儿子挨抓，她把孩子宠坏了。我告辞老人，说我害怕。他恨铁不成钢地闭上眼睛。宁门牙看见我走出卧室，说老爷子拉屎啦。我说拉啦。宁门牙说你打点好啦？我说好了。宁门牙说回去告诉你姐，等我一到结婚年龄，就跟她结婚。我说好的。

我怀揣着三张姐姐的照片上学，想在适当的时候把它们介绍给杨春光。我知道杨春光的宿舍里贴着许多演员的巨幅照片，床底下有三只皮篮球，抽屉里有一本大相册。一副哑铃躺在他的门角，挂在窗口边的那把长剑发出寒光。我怀揣姐姐的三张照片走进他的宿舍。他说牛翠柏，篮球在床底下，你自己拿。我说我不是拿篮球的，我想跟你玩个游戏。他说什么游戏？我说你从你的相册里选出三张姑娘的照片，然后我们比一比，看谁手上的姑娘漂亮？他的嘴里不断地发出哟嚅声，手在相册里搜寻着。他说这张怎么样？他先丢出一张照片。我说不怎么样。我把姐姐的一张全身照片压在那张照片上。他的眼睛发出嗖嗖的响声。他似乎是不甘心失败，双手快速地翻动相册，又拉出一张女孩子的照片，说这张绝对压过你的那张。我又丢出一张姐姐的半身像，姐姐含情脉脉，一条粗壮的辫子从她胸前划过，像是一道黑色的闪电。杨春光的嘴里发出啧啧声，问我这是谁的照片，口袋里还有没有？他把手强行伸入我的口袋，掏出姐姐的那张大特写。姐姐迷人的酒窝呈现在他的眼前。他突然沉默，目光死了一般，僵硬在照片上，一丝口水从他的嘴角缓慢地流出，灌溉他的下巴。他说是谁？她是谁？我说她是我姐姐。他说结婚没有？我说没有。他双手开始抓挠他的脑袋，仿佛要从脑袋里抓出点儿馊主意来。他征求我，能不能介绍我们认识？我说姐姐要先看你的照片。

我用姐姐的三张照片换取三张杨春光的照片。姐姐看到杨春光的相片时，眉头打结，捏在她手里的茶杯当啷落地，她像遭遇木棒突然打击，右手捂着额头，身子前后晃动，而她的左手不停地在空气中抚摸着，终于摸到一张椅子。她站稳了，模糊的眼睛渐渐地明亮。她告诉我她感到头重脚轻，怀孕的人都有这样的反应。但很快就发现姐姐不能自圆其说,往洗衣盆里放洗衣粉时,她把一包满满的洗衣粉都撒进盆里,而且在洗衣粉撒完之后,她的手仍然捏着空袋子发呆。我说姐姐,你怎么了?她仿佛大梦初醒,停在半空中的手臂和紧闭的嘴巴像有一根线的拉动,开始找回失去的动作。她说我该怎么办?是打掉孩子呢或是把孩子留下来?我说如果你想跟杨老师结婚,就得打掉孩子。她的眉毛往上跳动,面带惊讶,说你怎么这么残酷,你才11岁,怎么这么残酷?我说我是为你考虑。

　　姐姐在孩子和杨春光之间犹豫着。她带着杨春光的相片敲开了江爱菊伯妈的门。江爱菊说傻姑娘,你没有结婚养什么孩子?你知道没有爸爸的孩子将来会多艰难,赶快去帮我把孩子打掉。江爱菊几乎是在命令牛红梅。而在牛红梅征求意见的时间里,杨春光每一天都把我叫进他的宿舍。我发现牛红梅的照片被他整齐地压在书桌的玻璃下。杨春光说你姐姐愿不愿见我?我说她需要一段时间。杨春光说我几乎天天都在拿放大镜看这些相片,发现你姐姐的皮肤十分细腻,脸上找不出一颗斑点,但在她左边耳垂下有一个极为细小的凹坑,大约有针尖那么大。

　　我撩开牛红梅的头发,把她的左脸摆到灯光下。我说姐姐,你的左耳垂下是不是有一个针尖大小的凹坑?牛红梅说没有,谁告诉你的?我的脸上没有什么凹坑。我说是杨老师告诉我的,他每天拿着放大镜看你的相片。像有一堆火在牛红梅的脸上燃烧,甚至燎原到我抚摸着她左脸的五根指头上。我说姐姐,真的有一个小凹坑,在这儿,我终于找到了。牛红梅双手捂着她发烫的左脸,走到穿衣镜前,说这算什么凹坑?只针尖那么小,我天天在镜子里观察我的脸蛋,观察了十几年,都没有发现它。我说还是杨老师看得仔细。牛红梅说杨老师他怎样,想不想见我?我说想。牛红梅说那我现在该怎么办?我说你自己拿主意吧。

时间一秒一秒地过去,牛红梅始终没有下定决心。她拉着我的手站在十字街口,眼睛扫描过往的行人和车辆,似乎下定决心要在人流中找到一个答案。但是人流匆匆,没有谁舍得把目光落到我们身上,他们的目光十分有限,他们没有富余的目光。等了好长一段时间,牛红梅终于发现一位昔日的朋友,她举起右手朝马路的那一边不停地挥动,嘴里叫着小谢小谢。小谢横过马路,拉着牛红梅的双手,说哎呀呀哎呀呀,牛红梅你这个死鬼,我还以为你出国了呢。我们差不多三年没见面了,你都忙了些什么呀?有没有工作?在什么地方上班?怎么?这是你弟弟,读几年级了?长得真不错。哎呀呀哎呀呀,你知道我有多想你。

牛红梅说小谢,我怀孕了。小谢脸一沉,嘴巴张得有乒乓球那么大。小谢说你结婚了?牛红梅说没有。小谢说那就赶快结婚。牛红梅说跟谁结?小谢说孩子的父亲呀。牛红梅说孩子没有父亲，他们都不承认，都不愿意留下这个孩子。小谢说那就赶紧处理掉。牛红梅说小谢，感谢你给我出主意，你先走吧，我还得问其他人。小谢摆摆手，说那我走啦。

我跟牛红梅在十字街口站了大约一个小时，她先后拦住小谢、张秋天、李天兰、王小妮征求意见。她不断地向她们诉说她的遭遇，她们表示同情，并象征性地掉泪。我说姐姐，回去吧。牛红梅说她们的意见几乎一致，都说要把孩子处理掉，看来，我只好如此。翠柏，她们的意见怎么那么一致呢？好像她们事先商量好似的。我说她们是在为你将来着想。牛红梅说那好吧，明天你陪我去医院，但这事不能让杨春光知道。

妇产科医生黄显军为牛红梅检查完毕，拍了拍牛红梅的腹部，说你最后一次来月经是什么时候？牛红梅说出一个日期。黄医生说恐怕你得住院。牛红梅从床上坐起来，说为什么？黄医生说因为孩子已经三个多月了，现在不能刮宫，要引产。你为什么不早一点儿来？这种事情不能超过三个月。

牛红梅看见黄医生手里的针头渐渐地变长，她的身体正在长高，手臂也在变粗。牛红梅看见的物体全都放大了两倍。那根长长的针头刺入牛红梅的子宫，牛红梅发出一声惊叫。她想刽子手的屠刀已经举向她的孩子。她感到子宫里一阵拳打脚踢，钻心的痛由子宫波及全身。她像一个临产的女人，发出刺耳的尖叫。她说我错了，我再也不跟男人睡觉了。

当牛红梅醒过来时,她看到守候在床头的我。牛红梅说翠柏,牛爱长得漂亮吗?我说不知道。牛红梅说也许他(她)还没有脸蛋,还没有手脚,但他(她)已经懂得动弹了。牛红梅嘴角一撇,双目紧闭,泪水和哭声同时产生。她用双手捂着日渐消瘦的面孔,肩膀不停地抽动着,说牛爱啊牛爱,我亲亲的牛爱!

每天,牛红梅只给我一元钱。我要把这一元钱掰成几瓣来使用,要用它来买菜,用它来乘公共汽车。我很想买一只鸡,给牛红梅补补身子,但是我没有钱。一天中午,我撬开了牛红梅装钱的抽屉,怀揣几张崭新的钞票,到市场买了一只公鸡。我用半个小时杀死公鸡,一个小时扒光鸡毛,四十分钟炖出一锅鸡汤。当我把鸡汤送到牛红梅床头时,牛红梅的鼻子抽了两下,说这么香的鸡汤,我不是在做梦吧。我说不是的。她似乎不相信,便用她的右手指掐她的左手臂,掐着掐着她的眉头舒展了,说真的,是真的。她从我手上抢过鸡汤,往嘴里灌,喉咙发出嘎嘎的响声,鸡汤溢出嘴角。突然,她的所有动作都凝固了。她把头从饭盒里昂起来,说你哪来的钱?我说从你抽屉里拿的。她把饭盒掼到床头柜上,兴奋的脸变成愤怒的脸。她说你是小偷,你怎么和牛青松一样,那么让我失望。你把钱乱花了,这个月拿什么生活?我说我想让你补补身子。她说我的身子不要紧,过几天就恢复,可是钱一花掉,怎么也要不回来,你呀你……这鸡汤我不喝了,一想起那些钱,我就喝不下去。你喝吧。我说我好好的身体，喝什么鸡汤。

我们都沉默着，看饭盒里的热气袅袅地升腾，它们带着清香带着营养爬上窗台，飘出窗外。沉默好长好长一段时间，牛红梅说你也能杀鸡？我说我杀了几刀，它都不死。它轻伤不下火线，带着鲜血在厨房里扑腾，到处留下它的脚印。我关上厨房的门，想让它流尽最后一滴血，然后再扒它的毛。但是它的生命力特别强，伏在地上一动不动，等我打开门它又从地上飞起来。最后我不得不举起刀，咔嚓一下，把它的头砍了。牛红梅捧起饭盒，喝了一口鸡汤，然后哈哈大笑。她把饭盒递给我，说你也喝一口吧，钱算什么东西，喝！我喝了一口，又把饭盒推过去。就这样，我和牛红梅一边喝着鸡汤，一边发出笑声。同室的产妇说，红梅呀，你的弟弟真好。

我捧着那个喝空的饭盒往家走。夜色已彻底地征服了城市，长青巷散落恹恹欲睡的灯光。自行车的铃铛发出凄凉的声响，从远远的那边过来，又从我的耳边擦过。这样的夜晚，我的脚步像被一件重物拖着，害怕回家。我想父亲已睡在土里，母亲正陪着金大印，牛红梅躺在医院，牛青松不知在哪里。他们像长满羽毛的鸟，纷纷飞离旧巢，而我，今夜却要独自睡在巢里。我掏出钥匙正准备开门，一个硕大而且重量级的巴掌突然落到我的右肩上，仿佛从天而降的夜鸟。我惊叫着从门边跳开，看见杨春光站在我的身后，他的两只眼珠一闪一闪，像深夜里猫的眼睛。

杨春光说你终于回来了，我已经等了你两个多小时，你上哪里去了？你姐姐呢？我说她病了。他马上变得焦急不安，抓住我的手臂，命令我带他去见牛红梅。我说不是她病，是妈妈病了，她在医院看护。他说别骗我了，牛翠柏，我从你的眼神里看出你在撒谎。我有一种预感，一定是她病了，快告诉我，她生了什么病？我说我没撒谎。他在客厅里踱着方步，双手不停地搓动，十根指头六神无主。突然，他用手掐住我的耳朵，一股痛闪电似的流窜我的全身。他说快告诉我，她现在在哪里？她住在哪个医院？我必须见到她。我咬紧牙关，说不知道。他的手稍微往上一提，我的耳朵快被他扯裂了。他板着面孔再次逼问姐姐的下落。我想我不能告诉他姐姐引产的事，如果他知道，就不会对姐姐感兴趣。我用痴呆的目光盯着他的目光。他说你还充当好汉，我看你招不招？他的手又往上提了一点儿，我的耳朵再次被拉长。我踮起脚跟，全身的重量系于一只耳朵，汗珠豆子一下子从我的额头滚出。所有的声音消失，我看着他开合的嘴唇，像看一部无声的电影。我的耳朵暂时失去听力，牙关愈咬愈紧，几滴生动的眼泪滚出我的眼眶，无数革命的先烈和英雄闪过我的脑海。

　　杨春光从我的嘴里得不到什么口供，终于松开手，我的耳朵又慢慢地缩回我的耳根。他说你不告诉我，我也会找到她。我把本市的医院找遍，就不相信找不到牛红梅。他拉开门冲进黑夜。

第二天中午,我捧着盛满饭菜的热气腾腾的饭盒,去医院给牛红梅送午饭。推开病房的门,我看见杨春光坐在牛红梅的床头,他正在喂牛红梅喝汤。

杨春光告诉我,昨天晚上我离开你后,就直奔医科大学附属医院,我从一楼找到四楼,护士们都说病房里没有姓牛的病人。当时我看了看手表,才九点钟。我不想这么早回去,渴望见到你姐姐,发誓今夜一定要找到她。出了医科大学附属医院,我径直往西走。你知道,西边是省医院。我从内科病房问到外科病房,始终没有牛红梅的消息。可以想象,那时我有多么灰心。我分析,牛红梅住省医院的可能性极大,因为她是省医院制药厂的职工。可是整幢住院楼我都问遍了,值班的护士们不是对我摇头,就是对我翻白眼。

我夹着尾巴垂头丧气地走出住院大楼,想今夜要见牛红梅是不太可能了。这么伤心地想着,我回过头万般留恋地望一眼楼房,楼房里灯火通明。我对着楼房喊牛红梅,喊到第三声时,二楼的一扇窗子推开了,一个女人伸出头来说谁在喊牛红梅?我说是我。她说你是谁?我说是牛红梅的朋友。她说你上来吧,她就住这里。我像一位短跑运动员朝着目标冲刺,很快就发觉跑进了妇产科,这是我在寻找牛红梅的时候,唯一没有询问的科室。我没有想到,她会住进妇产科。

当我走进她病房的时候,她的目光先是一亮,然后像一盏欲灭的蜡烛慢慢变弱。她说你是，你是杨春光。我朝她点头。她说你怎么来了？我说我是自己找来的。她说真想不到，我们会在这种地方见面。我说没什么大不了的事情。就这样我找到了你姐姐。

经牛红梅批准，杨春光从我手上获得一把牛家的钥匙，从此他可以自由出入牛家。为了照顾牛红梅，杨春光耽误了许多课程。校长刘大选问他，杨春光呀杨春光，你是要事业还是要爱情？杨春光说生命诚可贵，事业价更高，若为爱情故，两者皆可抛。

晚上，杨春光和我睡在同一张床上。他在床上翻来覆去，整夜整夜地失眠，向我打听牛红梅的逸闻趣事，问牛红梅最喜欢吃的食物。深更半夜，他把我从床上叫起来，要我协助他装扮我家的客厅和门楣。他反复强调不要告诉牛红梅，等她出院的时候，给她一个意外的惊喜。为了这些让牛红梅意外惊喜的工作，我的双手沾满油漆和糨糊，杨春光则多次从两张重叠的椅子上摔下来，把膝盖都摔破了。

终于等到牛红梅出院的日子，杨春光借了一辆人力三轮车。他当车夫，我和牛红梅坐在靠椅上，三轮车徐徐驶向街道。他的肩膀无边宽阔而厚实，像遥远的地平线，在我们的眼前晃动、起伏。他把三轮车踩得飞快，铃铛声像一串欢快的音乐滑过街道。许许多多的行人侧目仰望我们，我们像幸福的王子和公主。车速渐渐地减慢，杨春光回头望我们一眼，咧开嘴角送我们一个笑容，然后又拼命地蹬车子再次飞起来。他的汗珠子像金色的黄豆，洒落到马路上，衣服被汗水湿透。

　　车子停在我家的门口，牛红梅首先看到油漆一新的门板，然后是门板两边的标语。左边写着：热烈祝贺牛红梅出院！右边写道：欢迎牛红梅凯旋！跨进大门，牛红梅的头部碰出叮当叮当声，她看到门楣上吊着一串风铃。客厅的四壁，贴满了大幅的电影宣传照，李玉和、李铁梅、杨子荣、沙奶奶、小常宝全都睁大眼睛，从墙壁上俯视牛红梅。牛红梅在众目睽睽之下，搂住杨春光，在他湿漉漉的脖子飞快地咬了一口。笑声像清脆的鞭炮，噼噼啪啪地炸响。杨春光用手捂着刚被牛红梅咬过的地方，心潮起伏浮想联翩。

　　几天之后的傍晚，一位肥胖的女人走进我家。她坐在椅子上喘了好长时间的气，才开口说话。她说杨春光在不在你们家？牛红梅说不在。你是谁？找他干什么？她说我是杨春光的妈，知道你们家目前困难，这是一千块钱，你收下吧。牛红梅说我干吗要收你的钱？她说请你不要毁了杨春光的前途，他现在不宜谈恋爱，国家已经恢复高考，杨春光还要考大学，现在不能谈恋爱。牛红梅说谈恋爱并不影响高考，有的人结婚了还可以读大学。杨春光的母亲拍了拍钞票，又开始喘大气。她说我的心脏不太好，你们不要惹我生气，不管怎样，我不赞成你们结合。你们门不当户不对，何况在这之前，你还有过两个男朋友。牛红梅说你把钱拿走，如果杨春光同意，我马上和他分手。肥胖的女人从椅子上艰难地站起来,她身上的那些肉像灌了水一样左右晃动,整个身子像一个大大的水袋。她抓起桌上的钱,塞回衣兜,说这样就好,你真是个可爱的姑娘。

牛红梅和杨春光并没有因此而中断往来,他们像浇上汽油的干柴,熊熊燃烧着他们的激情。有好几次,他们被杨春光的母亲堵在杨春光的宿舍里。杨春光的母亲对着上晚自习的学生们喊,同学们,你们快来看,这就是你们的老师杨春光,他不学无术,不求进步,年纪轻轻却谈上恋爱了。他哪是我的儿子,他是地痞流氓!现在他被狐狸精缠上了,连他老娘的话都不听了。当杨春光母亲的骂声响彻校园的时候,杨春光和牛红梅就像两只受惊的兔子,蜷缩在宿舍的角落。他们既不开门,也不反抗,等外面的人骂累了,从学校撤退之后,他们才悄悄地溜出来。久而久之,骂声成为他们恋爱的背景音乐,他们在音乐声中那个。他们甚至觉得这样更刺激,更富有挑战性。杨春光说现在如果没有我妈的骂声,我会感到索然无味。

一天下午,杨春光的母亲撬开了杨春光的宿舍,砸烂杨春光的几面镜子,并从他的抽屉里搜出一沓相片。下午,兴宁小学的全校老师正在会议室里开会。杨春光的母亲高举着一沓相片闯入会场,把正在讲话的校长刘大选推开,然后站在主席台上。她扫视全体教师,清理一下嗓音,说我来说几句。刘大选返回主席台,拉住她的手,说田波同志,你不能这样,我们现在正在开会，你出去吧。田波同志把手一甩，说老师们，你们大家看，这是杨春光和牛红梅拍的相片。这是些什么相片呀？简直是黄色录像。他们拥抱、接吻，甚至穿三点式。作为人民的教师，杨春光怎么能够这样？而作为杨春光的领导，刘校长，你为什么不管教他，为什么不阻止他们恋爱？刘大选说恋爱自由，自由恋爱。田波同志，请别干扰我们开会。

兴宁小学全体教师看见田波同志把那些相片一张一张地举起来，杨春光和牛红梅的幸福瞬间从他们的眼前一一晃过。健美的大腿、丰满的乳房、发达的肌肉、疯狂的拥抱和接吻，像磁铁一样吸引众人的目光。田波同志举起最后一张相片时，像完成了她的历史使命，脸色突然由红变青，身子变成虾状。她用双手捂住胸口，在主席台上挣扎着，最终倒到地板上，那些相片像风中的落叶覆盖她的身体。战士死于沙场，学者死于讲座，田波死于主席台。

四位身强力壮的老师把田波抬上救护车。杨春光已不知去向，他在他母亲发言到一半的时候，就低头溜出了会场。等他得到消息赶到医院时，他母亲已躺到太平间里。牛红梅陪着杨春光守灵。夜半三更，他们都感觉到冷，于是，他们在太平间里拥抱。他们突然觉得他们的拥抱枯燥无味，像是缺少了一项重要的内容，想来想去，他们才想起缺少的是杨春光母亲的咒骂声。

刘大选把那些散落的相片一张一张地捡起来，装到他的衣兜里。闲着没事的时刻,他就从衣兜摸出相片来仔细地欣赏。一张相片有时他能够看上一个小时。刘大选基本上没有什么业余爱好,他不抽烟、喝酒、打牌,现在他把看牛红梅的相片,当做唯一的业余爱好。有时,他和杨春光在校园里相遇,他想把相片还给杨春光,但犹豫了一下,他仍是舍不得奉还。他让相片躺在他的衣兜,感到无比充实。直到有一天,杨春光向他索取相片,他才依依不舍地从衣兜里掏出来,递给杨春光。他说有一张我留下了。杨春光说哪一张?他说三点式那张。杨春光说你留下它干什么?他说时不时看一下。杨春光说她又不是你的女朋友,你干吗看她?你真流氓。他说美是全人类的,你看真的,我看假的,嘿嘿。刘大选满脸淫荡之色。

　　后来,牛红梅在清理相片时,发现少了一张。在她再三追问下,杨春光才告诉她实情。牛红梅说现在,我怀疑你是否真心爱我,一个爱我的人是绝不会允许我的三点式落入别人之手。杨春光说他是校长,是我的领导,我拿他没办法。牛红梅说那我去跟他讨回来。杨春光说千万别这样,为了爱你,我已经失去了一位亲人,难道你还要我失去工作吗?牛红梅没有把自己的观点坚持到底,她的那张相片流落校园。

　　牛红梅像是一只受过惊吓的鸟,她对目前所获得的爱情常常表示怀疑。在她的梦中,杨春光多次背叛她,和别的女人混在一起。每一次做到这样的梦,她就会惊叫着从床上坐起来，向我重述梦境。她说那是一条清得不能再清的小河，河滩上有牛和拖拉机还有大客车，许多人都下到河里去洗澡，我也下去了。河里的男女老少全都赤身裸体，他们的体形千姿百态。但是洗着洗着，我发现杨春光不在人群里。我从河里走到岸上，对着树林里喊杨春光。树林里没有杨春光的踪影。我爬上大客车，客车的座位都空着，只有最后一排的长凳上有两个赤身裸体的人紧紧拥抱在一起，男的是杨春光，女的是我怎么想也想不到的人。翠柏，你猜那个女的是谁？我说是你的同学？牛红梅摇头。我说是小谢？牛红梅说不是，她不是我们身边的女人，是电影《红灯记》里的李铁梅。他们看见我，忙从凳子上爬起来。他们不仅不感到羞耻，反而笑我没穿衣服。你给评评理，这是怎么一回事？

牛红梅愈说愈愤怒，她牙齿紧咬，双拳紧握，仿佛要跟谁拼命。我说这不过是一场梦，它不是真的。牛红梅说它分明是真的，甚至是彩色的。我担心杨春光不是爱我，而是同情我。明天，我要考一考他。

第二天晚上，牛红梅神秘兮兮地拿出一张考卷，发给杨春光，并要求杨春光在半个小时把试题做完。考卷内容如下：

爱情测试

①当你的母亲和恋人同时跌入河中，你先救谁？

答案：A 母亲（ ） B 恋人（ ） C 同时救两人（ ）

②当你和恋人在密林里约会时，有一持刀歹徒朝你们走

来，你该怎么办？

答案：A 逃跑（　）　B 搏斗（　）　C 投降（　）

③当你的恋人移情别恋时，你希望你的情敌长相如何？

答案：A 一般（　）　B 英俊（　）　C 丑陋（　）

④你希望恋人的经济状况怎样？

答案：A 好（　）　　B 无所谓（　）　C 差（　）

⑤当你有好消息需要告诉恋人，而你此刻又不能离开办公室时，你选择什么方式传递消息？

答案：A 写字条托人转交（　）

　　　B 等下班后告诉（　）

　　　C 打电话（　）

⑥你希望你的恋人政治面貌怎样？

答案：A 团员（　）　B 党员（　）　C 非党团员（　）

⑦你希望你的恋人美在何处？

答案：A 相貌美（　）B 心灵美（　）C 语言美（　）

⑧你喜不喜欢你的恋人有异性朋友？

答案：A 喜欢（　）　B 不喜欢（　）　C 无所谓（　）

⑨你崇拜谁？

答案：A 商人（　）　B 艺术家（　）C 政治家（　）

⑩你喜欢什么人种？

答案：A 黑色（　）　B 黄色（　）　C 白色（　）

不到十分钟，杨春光便做完了考卷。他把考卷交给牛红梅,牛红梅拿着它躲到卧室里去评分。杨春光忐忑不安地坐在客厅里,等待最后的结果。随着一声惊叫,牛红梅破门而出,她左手拿着试卷,右手拿着杂志说,书上说选择10个B"最爱",7至9个B是"爱",5至6个B是"一般的爱",1至4个B是"不爱"。春光你一连勾了10个B,这说明你最爱我。春光,如果我和你母亲同时跌入河中,你真的会先救我吗?杨春光说我母亲刚死,她不可能跟你同时跌入河中,永远不会。牛红梅说今夜,我感到幸福。

杨春光的母亲死后,世界突然变得安静,再也没有人阻挠杨春光和牛红梅的爱情。西北风呼呼地刮着,恢复高考的日子近在眼前。一天深夜,有人敲响了杨春光宿舍的门板。

敲门声很微弱,在强劲的西北风中显得微不足道。但是很快地,微弱的声音逐渐膨胀,黑夜像被一只粗壮的手拍破了。是谁在深夜里敲门?杨春光穿好衣服,站在门后问:谁?是我,向敌,快开门,门外的人说。电灯亮了,门打开了,向敌袒胸露背,肩扛一只麻袋站在门外,像走进自家一样那么随便,把那只沉甸甸的麻袋摔到屋角,从衣兜里掏出一包劣质的香烟,疯狂地抽起来,烟雾像一顶帽子盖住他的头发。他说客车抛锚了,我走了十多里路,现在才赶到你这里。有吃的吗?杨春光对着蚊帐里喊有吃的吗?牛红梅。这时向敌才知道蚊帐里还躺着一个人,他朝杨春光做一个鬼脸,目光落到自己的脚上。

向敌说明天就要考试了,我本不应该在这个时候打扰你,但是你知道,在这个城市我没有更好的朋友。下午,我跟你嫂子说我要进城考试,她为我装了满满一袋东西,说是要送给你。不巧,客车抛锚了,我扛着这袋东西走了十多里路,走走停停,有好几次我都想把麻袋摔掉,但是一想到这是你嫂子的一片心意,我一而再,再而三地咬紧牙关,终于把它扛来了。杨春光说麻袋里是些什么?向敌说红薯,满满的一袋红薯。杨春光说那我们就煮红薯吃,现在我的宿舍里一样吃的都没有。

在临近高考前的这个晚上,牛红梅生火为向敌煮红薯。杨春光和向敌围坐在火炉旁,抽动着鼻子饱尝铝锅里飘出的清香。面对明天的高考,他们没有压力和失眠。杨春光说老同学,如果明天的作文题是记一个人或一件事什么的,我一定把你和这一袋红薯写到试卷上去。向敌双手抱住膝盖,说如果我考上大学,我做的第一件事是跟你嫂子离婚,离婚不要紧,只要有决心,离了她一个,还有后来人。炉火被牛红梅照料得一片通红,通红的炉火映红他们的脸膛。

第二天早上,吞咽了大量红薯的杨春光和向敌分别走进他们的考场。监考员宣布考场纪律,发完试卷,杨春光便举手请求上厕所。监考员说如果你现在上厕所,你的试卷就要作废,你能否再忍受一下?杨春光双手抱住肚子,坚强地点了点头,他感到肚子里翻江倒海,那些来自郊区的红薯此刻全都变成勇士,在他的肚子里寻找出路。他放出一长串屁,红薯的气味弥漫考场,绕梁三日。汗珠子一颗一颗地从他的额头沁出,他的牙齿敲打牙齿,发出咯咯声。他感到那些红薯快要破门而出了,再次举手,说我快拉出来了。考场里发出海浪般的嘲笑。监考员说你不想考啦?杨春光说我不考了。监考员说不考也得再坚持一下,你必须遵守考场规则,30分钟之后才能出场。杨春光想我不能让一泡屎憋死。他勇敢地站起来,朝门外走去。监考员问他去哪里?他说上厕所。监考员说你还考不考?他说怎么不考?我方便一下就回来。监考员说那不行,我得跟着你。

于是杨春光上厕所,监考员也跟着他上厕所。两个小时,杨春光上了三趟厕所。他对监考员说这才是我真正难忘的一天。

中午,杨春光吃了几颗土霉素,他的头皮发热全身发冷。他说向敌,都是你的红薯害的。向敌说现在怎么办?杨春光说我不考试了。向敌和牛红梅同时惊叫起来。牛红梅说这怎么行?你爬也得给我爬进考场。牛红梅从医院里请来了一位医生。医生说最好是吊针,否则这样拉下去会脱水,甚至威胁生命。牛红梅说你先给他屁股上打几针,万一止不住再说。医生按照牛红梅的吩咐办,给杨春光屁股上打了一针。

杨春光的拉肚没有止住,下午他上了两趟厕所,身子明显瘦了一圈，眼窝深深地陷落，单眼皮变成了双眼皮。医生说现在必须给他输液。整整输液一个晚上，杨春光的拉肚止住了。第二天早晨拔掉针头，杨春光又摇摇晃晃地走进考场。牛红梅借来一辆三轮车，负责接送杨春光。杨春光进考场后，牛红梅就坐在三轮车上，遥望考场的大门和窗口。陪考的人们在考场之外行走，他们有的白发苍苍，有的如花似玉，焦急的面孔全都倒影在玻璃窗上。牛红梅从玻璃窗上看到了自己的身影。冷风和嘈杂之声滑过她的肩膀，玻璃里的景象渐渐模糊。

当杨春光走出考场时，牛红梅已经靠在三轮车上睡去。昨天晚上她一夜未眠，现在她正进入梦乡。杨春光叫了一声，她睁开眼睛，打出一个喷嚏。她感到冷，于是把三轮车踏得飞快，热气慢慢回到身上。到了家门口，杨春光连下车的力气都没有，他已在考场耗尽了气力。牛红梅蹲下身子，让杨春光伏在她苗条的脊背上，背着他一步一步地走进家门。杨春光说红梅，你的身子在抖，你快把我放下，我再也不考了。牛红梅说如果你真的爱我，你就得把试考完。

中午，牛红梅给杨春光又吊了两瓶盐水。她按照医生的吩咐，已学会扎针。杨春光躺在牛红梅的床上，幸福地闭上眼睛，鼾声从他的鼻孔飞出。牛红梅已经一天一夜没合眼了，她觉得杨春光的鼾声都带着香味。

考到最后一科的下午，天气突然变得美好起来。牛红梅想靠在三轮车上小睡一会儿,但她怎么也睡不着,她想再等一个小时,杨春光就考完了,到那时云开日出,再睡个三天三夜。她这么胡思乱想着,眼睛死死盯住考场的门口。终于,交卷的铃声铺天盖地地敲响了,杨春光从考场摇出来。牛红梅跳下三轮车,喊杨春光。她只喊了一声,便栽倒在三轮车旁。

牛红梅拍着我的脸蛋说,翠柏,我要结婚了,你打算送一份什么样的礼物给我?我说什么时候?她说等杨春光接到大学录取通知书的时候。于是,我们都在期待那张录取通知书的到来。

母亲何碧雪似乎也听到了牛红梅要结婚的消息,她在一天晚上回到家里。那时,我们正在吃晚饭,母亲没有敲门,她直接用她手上的钥匙扭开大门。看见我们正在吃饭,母亲说你们,吃饭吧,我不打扰你们。母亲坐在沙发上,看着我们吃饭。等牛红梅吃完,母亲说红梅,听说你要结婚了。牛红梅说不一定,要看杨春光考不考得上大学,他说哪天拿到通知书,哪天就跟我结婚。母亲说他能考得上吗?

她们正说着话,牛青松从门外闯进来。他假装没有看见母亲,说我看见金大印了,他扶着一辆单车,站在屋角的阴影里,像是在等什么人。母亲说老金他,提拔了。牛青松说提拔了?母亲说医院提拔他做保卫科长。牛青松把手一挥,说这算什么提拔,赶快叫他滚。母亲从沙发上跳起来,说红梅,你结婚的时候,最好叫上老金,他现在是科长,参加你的婚礼不会给你丢脸。牛青松高举起拳头,说要想让金大印走进我们家,我们一千个一万个不答应。牛红梅说他也曾经羞辱过我。母亲气得双手发抖,一跺脚走出家门。金大印从暗处推着单车走出来,母亲坐上单车的后架,肩膀一抽一抽地,好像是哭了。

不久,杨春光接到了大学录取通知书,他把通知书揣在衣兜,逢人便掏出来炫耀一番,就在他和牛红梅领结婚证的那一刻,他也没有忘记掏出来给民政助理瞧一瞧。民政助理瞪大双眼,举起的公章迟迟没有落下。他说年轻人,考上了大学,干吗急着结婚?杨春光说考上大学干吗不能结婚?文化大革命耽误了我们整整十年,现在我们要一边读书一边养育后代。民政助理嘿嘿一笑,说你真幽默。公章响亮地落在结婚证上。

这天晚上,由姑姑牛慧采买,杨春光的父亲杨正伟掌勺,在我们家办了一桌极其简单的酒席。母亲抱着一床崭新的棉被,最后一个赶到。杨正伟、何碧雪、杨春光、牛红梅、牛慧、牛青松和我,一共七人围坐在餐桌边,每个人都为新婚的夫妇拿出自己的礼物。杨正伟拿出一张存有 2000 元人民币的存折。母亲送给他们一床棉被。牛慧送给他们一对白色的围巾,并且当场围到杨春光和牛红梅的脖子上。在围巾的衬托下,他们立即显得美丽生动。牛青松从衣兜里掏出一块女式手表，戴到牛红梅的手腕子上。牛青松能送这么贵重的礼物，大家表示惊讶。母亲说这不会是偷来的吧？牛青松说我向毛主席保证，绝对不是偷来的。牛红梅说那你从哪里得来的？牛青松说捡来的，我是在电影院捡到的。

众人的目光落到我的身上，他们说翠柏呢？你给姐姐准备了什么礼物？我说我送给姐姐这个。说到这个的时候，我把手里的白纸打开。白纸上，是我咬破指头用我的鲜血写成的四个金光闪闪的大字：祝姐幸福！所有的人都闭上了嘴巴，他们捏着自己的手指，仿佛感到指尖在疼痛。牛红梅低下头，眼角滚出两串热泪。她说我终于结婚了，我真的结婚了。你们对我这么好，我感到幸福，我真的很幸福！

第三章

第三章

两个公安押着牛青松进入我家时,我的两条腿像发动机一样颤抖。牛青松说牛翠柏,你给我站稳来。我说我站不稳。牛青松说你已经读初中了,怎么还站不稳?他们抓的是我,又不是你。我说我很想站稳,但我的腿不听指挥。牛青松扇了我一巴掌,说你真没出息。我的腿突然停止颤动,好像牛青松的那一巴掌碰到了发动机的开关,突然让我变得风平浪静。我想不就是要我站稳吗,为什么要扇我一巴掌?我站不站稳害不害怕,和你们有什么关系?我就是把屎拉到裤裆里,那也是我的自由,干吗要扇我一巴掌?

在我、牛红梅以及两个公安共八只眼睛的注视下,牛青松打开他拥有的那个抽屉。他把抽屉里的手表、海鸥牌照相机、手镯、粮票和一些过期的布票一一摆放在书桌上。公安人员对这些赃物作了详细的检查和登记。他们问牛青松,还有吗？牛青松说没有了。这时，我看见牛红梅的身子也像发动机一样颤动起来。她从手腕子上脱下那只戴了两年多的手表，说这里还有一块，是我结婚的时候牛青松送我的，当时我不知道他有偷东西的毛病。其中一个公安接过手表，对着窗口晃了晃，说你还不老实。

牛青松站在原地往上跳，他连续跳了四下，而且一下比一下高。他说冤枉，你们真是冤枉。这一桌子的东西是我偷的，但那只手表却是我在星湖电影院捡到的。公安说谁给你作证？谁会相信你？牛青松说我自己可以给自己作证，我可以对天发誓。公安说如果发誓可以管用，那你可以说这些东西全是捡来的，而不是偷的。牛青松说我不是说所有的东西，我只是说我送给姐姐的那块表。你们知道最坏的人，有时也还有优点，为什么你们就不相信我会捡到手表？两个公安发出冷笑。牛青松抓起桌上的一把小刀，刷地一下，割掉了一节左手的小手指，鲜血染红我家书桌。牛青松同样发出冷笑，说我牛青松一人做事一人当，我打过架赌过钱调戏过姑娘，但我从来没有说过一句假话，你们为什么不相信我？公安说相信你又有什么用？即使我们相信你是捡到的，但这块手表仍然要没收。牛青松说我不是舍不得这块表，而是要你们相信我说的是真话，你们干吗对真话那么恨之入骨？

牛红梅为牛青松包扎了伤口，还为他收拾了一个小包，小包里塞满牛青松的衣裳和一些日用品。牛青松接过小包，抬腿出了家门,头也不回地对我们说,姐姐、翠柏你们不要哭,你们也不要到少管所来看我,这样会丢你们的脸。你们就当我还在跟宁门牙他们赌博,就当我还在那些街道里打架和偷摸,就当我出了一趟远差。爸爸莫名其妙地失踪了,那时你们没有哭,现在你们也不要伤心,你们就当压根儿没有我这个弟弟和哥哥。牛青松愈说声音愈嘹亮,后面几句几乎是喊出来的,把整条长青巷都闹翻了,仿佛要通知所有的邻居,他这就去少管所。

几天之后,正在洗药瓶的牛红梅突然感到有一只巴掌拍到她的肩膀上。沿着那只温暖硕大的巴掌看过去,她看到贾主任笑眯眯的脸。贾主任说请你跟我走一趟。牛红梅说去哪里?贾主任说办公室。牛红梅以为贾主任是在开玩笑,依旧清洗那些药瓶。过去贾主任曾多次邀请牛红梅到办公室去坐一坐,牛红梅知道那是黄鼠狼给鸡拜年不安好心,所以一直没有接受贾主任的邀请。但是,这一次真的有要紧的事找你,贾主任说。

有两个自称是公安局的坐在办公室里等牛红梅。他们穿着便服,手里捏着笔记本,上衣口袋里插着钢笔。他们示意贾主任回避,贾主任不停地点头,倒退着走出办公室。他们在问过牛红梅姓名、年龄、工作单位、家庭住址之后,说我们找你,主要是想了解一下宁门牙的情况,听说他强奸过你,我们想核实一下。牛红梅说什么叫强奸?我从来没有被人强奸过。

其中一位公安从凳子上站起来,一只手抱在胸前,另一只手捏住下巴,在办公室里走来走去,就像我们在电影里看到的公安一样,仿佛遇到了难题,正在思考解决的办法。走了一会儿,他把捏住下巴的手突然松开,并且挥动了一下,说牛红梅,怎么对你说呢?强奸就是男子使用暴力跟女子睡觉。睡觉你知道吗?这里不是指一般的睡觉,这里的睡觉具有特殊意义。你结婚了吗?牛红梅说结了。他说结婚了就好,我告诉你,强奸就是男子使用暴力跟女子干她丈夫干的事情,具体地说,宁门牙跟你睡过觉没有?牛红梅说你们干吗问这个?你们是什么人?他说我们是公安局的。牛红梅说公安局的就可以随便问这个吗?他说宁门牙在强奸一位姑娘的时候,被我公安人员当场抓获。我们负责这个案子,希望你配合。

那位坐着的公安拍了一下沙发的扶手,说他到底跟你睡过没有?牛红梅说他跟我谈过恋爱。公安说睡过没有?牛红梅说睡过。公安说在睡觉的时候,他有没有强迫你?牛红梅说没有,是我自愿的。公安说你怎么会自愿呢?你难道不知道他是流氓地痞吗?像你这样的女人什么样的男人不可以找,比如我们公安战线,就有许多优秀的青年。牛红梅说这个也必须回答吗?公安说不用。他们让牛红梅在谈话记录上按了个手印。

牛红梅冲出办公室,她看见贾主任站在窗口边,耳朵贴着墙壁偷听。

又过了一些日子，市法院召开宣判大会，宁门牙被宣判枪决。召开宣判大会那天，朝阳广场的人像蚂蚁那么多，一堆一堆地堆得像一片小山堡。18名不是同年同月同日生的罪犯，将同年同月同日被枪决。许多人伸长了脖子，为的是看一眼罪犯。小孩子骑到大人的脖子上，大人的脚下垫着砖头。我看见宁门牙的脖子上吊着一块纸牌，纸牌上写着抢劫、强奸犯宁门牙。宁门牙三个字打了个红"×"。

牛红梅没有参加宣判大会。有一天她站在兴宁路的一面墙壁前，看到法院刚刚贴出来的布告。在众多的死刑犯名单中，她看到了宁门牙的滔天罪行：

抢劫、强奸犯宁门牙，男，二十岁，广西南宁市人，捕前住南宁市星湖路北二里8号。

罪犯宁门牙于一九七六年至一九七八年十月间，先后单独或伙同刘小奇（在逃）在本市持刀抢劫行人六次，抢得现金人民币捌佰捌拾捌元捌角、手表等财物一批。此外，罪犯宁门牙还强奸妇女三人、少女四人、幼女一人。

罪犯宁门牙，目无国法，以非法占有为目的，采取胁迫的手段多次抢劫公民财物，并多次强奸妇女、幼女，轮奸少女，且情节特别严重，其行为已分别构成了抢劫罪、

强奸罪,应从严惩处,依法判处如下:

罪犯宁门牙犯抢劫罪,判处死刑,剥夺政治权利终身;犯强奸罪,判处死刑,剥夺政治权利终身;数罪并罚,决定执行死刑,剥夺政治权利终身。

本院遵照广西壮族自治区高级人民法院院长下达的执行死刑命令,于一九七九年六月十五日在南宁市召开宣判大会,依法将罪犯周才文、黄明其、莫金、杨友家、宁门牙……验明正身,押赴刑场,执行枪决。

牛红梅脑袋轰地响了一下,像有一枚炮仗在耳边爆炸。她感到胸口堵了一团东西,呼吸困难。她想呕吐,但她只吐出一串声音和几丝口水。她伸手撕烂那张布告,然后往家里走。在她走过的街道两旁,到处贴满了布告。那年代,布告就像现在的畅销书一样流行,它是市民们茶余饭后的读物。牛红梅想宁门牙竟强奸了八个女人,其中一个还是幼女。被他强奸的广大妇女们,到底是姓蒋或是姓汪?如果把我也算在内,那宁门牙强奸的女人不仅仅是八个,应该是九个。九个女人,这是一个多么可观的阵容,她们是或即将是九个男人的妻子,九个孩子的母亲。她们是18位父母的女儿,是一个通讯班。

回到家里,牛红梅依然打不起精神,她说胸口里像堵了一个红薯,全身上下都起了鸡皮疙瘩。我说你可以试着唱唱歌,你一唱歌,那些堵着的东西就跑出来了。牛红梅于是张嘴唱歌。她唱东方红太阳升，中国出了个毛泽东；九九那个艳阳天啦，十八岁的哥哥想把军来参；洪湖水呀浪呀么浪打浪呀，洪湖岸边是呀么是家乡呀；一条大河波浪宽，风吹稻花香两岸，我家就在岸上住，听惯了艄公的号子，看惯了船上的白帆……几首歌唱下来，牛红梅的额头冒出一层细汗。我问她怎么样，堵着的那团东西出来没有？她用手摸了摸胸口说，没有，它还堵在这里。我说那你可以试着朗诵，你把你想说的话全都像诗歌一样分行朗诵，这样那些堵着的东西就会被你全部朗诵出来。

牛红梅面对着我开始朗诵：宁门牙 \ 你这个大坏蛋 \ 强奸民女抢人钱财 \ 五脏六腑全腐烂 \ 腐烂就腐烂 \ 可怜我弟弟牛青松 \ 被你带坏送少管 \ 可恨我男朋友冯奇才 \ 弃我而去寻新欢 \ 当初不是你 \ 我牛爱差不多一岁半 \ 当初不是你 \ 我早已成为医院家属 \ 并转干 \ \

你这个大冤家 \ 夺我鞋子 \ 占我身子辱我后父 \ 缺颗门牙 \ 想当初 \ 为博我欢心 \ 你用刀子戳手把血洒 \ 好像是真心爱我 \ 洁白无瑕 \ 可谁知到后来 \ 你把我当猴耍 \ 我爱你恨你 \ 恨你爱你 \ 不爱不恨 \ 你这个大冤家 \ \

牛红梅朗诵完毕，喘了一口大气。我说好了吗？牛红梅说好多了。我说你真是个了不起的诗人，你的诗比报纸上那些我读不懂的诗要强一百倍。牛红梅说一日夫妻百日恩，我还是为宁门牙烧几张纸吧。牛红梅拿着几张火纸和一杯白酒走到阳台,面对火葬场的那个方向,点烧火纸洒了几滴白酒,说宁门牙,你这个大流氓,你就放心地去吧,天堂或地狱里有没有花姑娘?牛红梅话音刚落,一阵风把那些纸灰全吹到她的身上。阳台之外,细雨正从远处姗姗而来。

金大印一直想要一个孩子,他渴望在这个世界上,有人真心诚意地叫他一声爸爸。他像醉汉渴望酒,没有爱情的人渴望爱情一样,渴望这个美好的日子到来。但是40岁出头的母亲何碧雪尽管在生孩子的问题上,积极配合勤奋工作,却始终没为金大印生出孩子来。金大印拍着何碧雪的肚皮说快有了吧?何碧雪说你再耐心地等一等,我就不相信这么好的土地长不出庄稼。业余时间,金大印别着那支刚领到的五四手枪,到火车站、汽车站和商场去抓小偷。一年多来,他在不同的场合抓了无数个小偷。不知出于何种原因,他对小偷有一种说不清楚的仇恨,下手也特别狠。有时他会把小偷的鼻梁揍扁,把小偷的骨头揍断。当他听到小偷的求饶声时,会感受到无比的快意。熟悉他的惯偷常常在被他抓住的时候,不停地叫他爸爸,饶了我吧,爸爸,我的好爸爸。听到这么仁慈的叫声,他的心肠一软手一松,便放小偷一条生路。

我的母亲何碧雪会从金大印回家的具体表现,判断他是抓了小偷、放了小偷或是揍了小偷。如果是把小偷抓到派出所,金大印回到家里一般不说话,只是独自喝一杯白酒。如果是揍了小偷,他会先洗一把脸,有时何碧雪会从他手上看到鲜血。洗完脸,他常常会说今天我把他的骨头揍断了。何碧雪说你揍了那么多小偷,你就不怕?金大印说怕,有什么好怕?揍坏人又不犯法。如果是放了小偷,他会格外兴奋和自豪,会不停地笑着说他叫我爸爸,哈哈,他叫我爸爸了。这样的日子,他甚至会跟何碧雪过上一次具体生动的夫妻生活。

上班的时候,金大印坐在值班室里,他除了观察每一个进出医院的人外,还抽空阅读报纸。他看报纸就像抓小偷,每一个字和每一个标点符号都不会放过。锲而不舍的阅读,终于使他看到了一封令人振奋的读者来信。

编辑同志:

您好!我是天峨县八腊乡洞里村谷里屯的农民。今年七月,我到部队看望儿子途经南宁,在汽车站排队买票的时候,衣兜里仅有的100元钱被小偷扒走了。正当我举目无亲无计可施脸色发白嘴唇发紫的时刻,一位40岁上下、方脸、浓眉大眼、穿着旧军装的男人,拧着小偷的耳朵来到我面前。他问小偷是不是偷了这位大爷的钱?小偷连连求饶说是的。这位中年男人把那100元钱还给我,说大爷,你要提高警惕。我说谢谢你啦,好人,你叫什么名字?在哪个单位工作?我要写信到报社去表扬你。他说我姓雷,你就叫我雷锋吧。说完,他拧着小偷的耳朵走了。我为我们的社会主义国家，我们的首府南宁有这么好的同志而自豪。所以，特借贵报一角，向这位勇擒小偷的同志表示我深深的谢意！

秦方好

看完这封读者来信，金大印从椅子上跳起来，把报纸抓在手里，跳出值班室跳出医院大门，逢人便说这是写我，这封信是在写我。这天下午，他提前半个小时下班。远远地，他就对着自家的阳台喊何碧雪。他一路喊着走进家门，家里空空荡荡，何碧雪还没有下班。他坐在客厅里又把来信读了一遍，然后到食堂买了一碗扣肉和半只烧鸭。当何碧雪推门而入，看到桌上的扣肉和烧鸭时，吓了一个倒退，说我还以为走错门了呢？金大印说怎么这么晚才下班？何碧雪说没晚啊，和往时是一样的，五点半下班。我抓小偷的事登报了，金大印故意用平静的语调说道。真的？何碧雪又惊又喜，把喝到嘴里的凉开水全部喷到地板上。金大印说不信你自己看，白纸黑字，清清楚楚。

何碧雪抓过报纸，一字一句地读起来，但只读到一半，金大印便把报纸夺了回去。金大印说还是我读给你听吧。金大印又从"编辑同志您好"开始往下读。读完之后，何碧雪说这是写你吗？金大印说是的，这件事我记得一清二楚，只要一闭上眼睛，那天的情景就像电影一样，从我的脑子里一一闪过。

很快地，烧鸭和扣肉塞满了他们的嘴巴，他们已顾不上谈论这件事情，但是他们的脸上挂满笑容，嘴角不时漏出饱嗝。一句话从何碧雪的嘴里挣扎而出：明天，你到报社去告诉他们，这封信写的就是你。也许，他们正急着找你呢。

第二天上午，金大印找到了编发读者来信的责任编辑马艳。马艳大约30来岁，脸上架着一副黑边眼镜。金大印指着报纸说这封信写的是我。马艳说你怎么知道写的是你？金大印把他一年多时间在火车站、汽车站和商场抓小偷的事重述了一遍。马艳听得耳朵摆动双目瞪圆嘴巴张开，说但这也不能说明这封信说的就是你，一位40岁上下，方脸，浓眉大眼，穿着旧军装的男人就是你吗？似乎不太像，你的眼睛并不大，眉毛也不浓。金大印说你这是侮辱，我做好事不留名，你反而奚落我。金大印转身欲走，马艳叫住他，说不必生气，即使这封信真的是写你，我也百分之百地相信它是写你，你又怎么样？金大印说不怎么样，我只是说说而已，不怎么样。马艳说像你这样的人，现在不多了。在没有英雄的年代，你愿不愿意做一位英雄？金大印说你这话是什么意思？马艳示意金大印坐下，并摆出一副慈祥的笑容，像一位母亲面对儿子那样面对金大印，就英雄的话题全面系统地谈论起来。

临走的时候，马艳封了三个信封交给金大印，要求金大印按照信封上标明的顺序，先打开第一个信封，在完成第一个信封里的任务之后,再打开第二个信封。当三个信封里的任务都完成之时,也就是大功告成之时。马艳说到那时,我自有主张。金大印领命而去。

打开第一个信封,金大印看见信封里滑出一张纸条,纸条写道:照顾一位孤寡老人。经过多方打听,金大印在桃源路找到了一位70高龄的邢大娘。邢大娘住在一间临街的窄屋里。星期天,金大印买了十斤面条十斤白米,推开邢大娘紧闭的房门。邢大娘像是不适应跟随金大印一同进入的阳光,眼睛眨巴了四五下才睁开。她说你是谁?你到这里来干什么?金大印说我是来看你的,给你送粮食来了?"你是我儿子赵兴吗,怎么这么久才来看我?你还喝酒吗?我这里有酒,自己倒来喝吧。""我不是你儿子,我是金大印。""啊,你不是赵兴,你怎么会是赵兴呢,他早就死了,是被汽车撞死的。他喝了很多酒,最后在马路上被汽车撞死了。那么说你是我的老伴?""也不是,我是省医院的职工。""我又糊涂了,我老伴十年前因为肝癌死掉了,就死在你们医院里。我还有个女儿,九岁那年她不听我的劝告,到邕江边去游泳,被水淹死了。我常常看见她扎着两只羊角辫,在我面前晃来晃去,永远都那么漂亮那么年轻。有时我听到她叫唤我,有时我也叫唤她。你不是我的亲戚,你是政府派来的吗?""我是自己找上门来的,从今天开始,你有什么困难我会帮助你。"

邢大娘拍着那袋面条和白米，张开缺牙的嘴似笑非笑，说这些白米和面条是送给我的吗？金大印说是送给你的。邢大娘竖起大拇指，说你真是一个好人，好人有好报，像你这样的好人，如果没结婚，会找到一位贤惠漂亮的爱人；如果结婚了，你会生养聪明健康的孩子。像你这样的人如果没有当官，那也是暂时的，将来会官运亨通，长命百岁。

从此以后，金大印把自己所有的星期天都奉献给邢大娘。他为邢大娘拆洗被褥、打煤球、擦窗户。邢大娘说大印呀，你擦那些窗户干吗？擦得再干净又不能当饭吃，你还是陪我说一说话吧。于是，金大印便成为邢大娘的忠实听众。邢大娘的话题无边无际，她的童年、她的丈夫、她的儿女都是信手拈来的题材。有一次她对金大印说你像我的儿子，我也不该隐瞒你了，曾经，我背叛过我的丈夫。金大印终于碰上了一点儿有趣的话题，便接过话头问邢大娘是如何背叛丈夫的？邢大娘说也就那么一次。金大印说一次就够了。邢大娘说其实也没什么，像一场梦，那还是1949年前的事，如果是在新社会，我就不会那样做。金大印说你到底做了些什么？邢大娘说那一年发生饥荒，有一天晚上我路过冯记烧饼店。烧饼冯正在关门，马路上的行人稀少。烧饼冯看见我朝他的店铺张望，就用手举起一个大大的烧饼。我的肚子里一阵怪叫，口水忍不住从嘴角流了出来。我看着烧饼冯手里的那个大大的烧饼，咽了几泡口水，两只脚就走进了他的店铺。他先是用手动我，然后又用嘴巴咬我。这些我都没在意，眼睛只盯着柜台上的那些烧饼。他说只要你同意，我会给你五个烧饼。都饿到那种地步了，我还有什么不同意的。好在烧饼冯没有纠缠得太久，一下子就把事情干完了。完事后，他还没洗手就从柜台上抓起五个烧饼递给我，叫我快走。我接过那些烧饼，拼命地往嘴巴塞。回到家里，我的手上只剩下了一个烧饼，我把它分成三瓣，一瓣给我的丈夫，一瓣给我的儿子，一瓣给我的女儿。幸好我没有把五个烧饼全都拿到家，要不然我就会遭到丈夫的怀疑。

后来呢？金大印问。邢大娘说没有后来了，我就那么一次。那么一次我都后悔得不得了，怎么会有后来呢？你看，我说得脸都发红了。金大印真的看见一层淡淡的红润从邢大娘脸上的皱襞里轻轻地浮起来。

邢大娘说大印，你把我家的窗户、地板和桌椅全都擦了一遍，但你还没帮我擦过身子。金大印犹豫了一下，想邢大娘真会得寸进尺，自己可以洗澡为什么要我擦身子？金大印产生了拒绝的念头，但看着邢大娘张开而没有合拢的嘴，他又不得不答应邢大娘的请求。

邢大娘像一条干鱼躺在床上，准确地说她更像一条倒空的布袋。金大印用毛巾给她擦脖子，她竟然笑了起来，说我年轻的时候，可丰满啦。金大印想象不出邢大娘当年丰满的景象，脑海里塞满了马艳的面孔，渴望从邢大娘身边尽快地逃离。他想马艳的第二个信封会是些什么内容？擦完身子，邢大娘说大印，你把马桶拿出去倒了。金大印又提着邢大娘的马桶，往公厕方向走，古怪的气味从马桶里往上飞扬。金大印想倒完马桶我就打开第二个信封，我不可能吊死在一棵树上，成天围着马桶转。

金大印从邢大娘的那间窄屋里走出来，外面阳光灿烂，马路上车闹人喧。邢大娘还在屋子里呼叫金大印，她说大印，你这就走啦。大印，我的皮鞋你还没有擦……

马艳的第二个信封被金大印打开了。金大印看见纸条上写着：救人一命。

救人一命，救谁的命？金大印首先想到医院里那些垂危的病人。那些病人患的都是癌症，医师尚且救不了他们，何况我金大印。马路上也不可能，况且你根本无法预测什么时候，马路上会出现一位冒失的行人或冒失的司机。那么，只有邕江边了，说不定有什么人会掉进江里。

金大印养成了在邕江边散步的习惯，他脚踏江岸心系江心，常常呆呆地望着江水。但是江水里静悄悄的，一些垂钓的人和往来的船只构成和平的图案。河滩边赤条条的洗澡的孩童，从来也不喊一声救命，他们的水性好极了。有时，金大印恨不得自己掉进江里。他想如果当年也有一位想做英雄的人守候在江边，那么邢大娘的女儿就不会遭遇不幸。可惜呀可惜，金大印不禁悲叹自己生不逢时。

一天,他正在值班,救护车送来一位溺水的儿童。儿童大约有十二三岁,赤条条躺在救护车上,他的母亲哭倒在车边,再也站不起来。医生们对儿童进行急救,在一些机械的作用下,儿童僵硬的身体抽动着,但心脏始终没有跳动,脸色也一点一点地变黑。金大印像死了儿子一样,不停地用巴掌扇自己的脸。别人问他干吗扇自己?他面色严肃目光呆滞,嘴唇紧紧地咬住。回到家里,他像一截木头坐在沙发上。何碧雪问他发生了什么事?他不回答。何碧雪叫他吃饭。他也不吃。何碧雪就自个坐在桌边,嚼饭声吧嗒吧嗒像拍巴掌那么响亮。何碧雪吃完饭,金大印还一动不动地坐在沙发上。何碧雪感到事情不妙,便用匙子撬开他的嘴巴,往里面灌了一勺汤。随着汤的进入,金大印的嘴巴开始磨动,身子慢慢活跃。他说那孩子,他不该死,如果我在江边的话。

走过来走过去的金大印,看见邕江两岸的树木和草丛由青变黄,江水一天又一天地消瘦,冬天到了。元旦节,市体委在江边举行一年一度的冬泳比赛。白发苍苍的老人和十几岁的孩童露出他们黄灿灿的身体,一个接着一个跃入冷水中。邕江像一口铁锅,浮在水面的脑袋像铁锅里滚动的汤圆。随着一声哨响,他们一齐朝对岸滚去。两岸成堆的人群朝着河中呐喊。按照以往的经验,金大印估计这样的活动会发生一些事故。他站在人群拥挤的江岸,做了一套入水前的准备动作。

两个小时的活动，邕江两岸平安无事。比赛结束，围观者像水流流向大街小巷。金大印沿着江滨路往回走，来到一家小卖部前，发觉香烟没了，便站在柜台前买烟。他一边伸手从裤兜里掏钱，一边看着马路的对面。他看见一个人站在邕江饭店的三层高楼上，正用沥青修补楼顶。金大印看他的时候，他也在看金大印。那个人的眼睛就像是架设在楼顶上的摄像机，镜头对准了下面的一幕。

他看见一位大约六岁的小男孩，正朝着一辆急驶而来的面包车奔去，车头即将撞到小孩身上。金大印扔下香烟，大叫一声扑向马路，双手推开孩子，车头撞到他的臀部。他像一包水泥飞离地面，然后重重地跌落到马路旁。柜台后面那位中年妇女几乎和金大印同时扑向马路，她从地上抱起孩子，把孩子从头到脚摸了一遍，发现小孩没有受伤，便对着远去的面包车谩骂。骂过之后，她开始拍打孩子身上的泥土，一下两下三下，她拍了十几巴掌，才把小孩身上的泥土拍净。这时，她直起腰，对着躺在马路旁的金大印喊，喂，你怎么还不站起来？你受伤了吗？她走到金大印的身边，推了一下他的肩膀。金大印说腿，我的腿好像不行了。她扶起他，他试着走了两步，他们的身子都不停地摇晃着。他说我不能再走了。她拦住一辆出租车，把他塞进车里，然后从裤兜抓出一把钞票丢了进去。车子往前滑动，那些钞票被一只手撒出车窗，像秋天的落叶在风中飞舞。

金大印住进省医院外四科，也叫骨科。他的骨头被车撞断。医生们在他的髋骨钉上钉子。他整天躺在病床上，看着白色的天花板，聆听骨头拔节的声音。可是，在这个利欲熏心的时代，谁还会为骨头的拔节而激动？

对于金大印来说，医生们的每天查病都是例行公事，他们穿着白大褂，戴着盖住半边脸的口罩来到病床前，不闻不问。他们不问金大印为什么被车撞伤？在什么地方被撞？什么时候什么原因造成了这起事故？还有金大印救人的动机是什么？在即将撞车的一刹那，金大印的脑子里想没有想到什么格言或重要的语录？没有人详细地寻问金大印，在医生们的眼里，金大印仅仅是一位急需生长骨头的人，他们根本不知道金大印是为了救一个孩子而受伤。只有买菜煮饭倒屎倒尿的何碧雪每天都在反复地问他，你当时是怎么想的？您想没想到我会因为请假照顾你而被扣掉奖金？

等到领工资的日子，何碧雪到医院财务处替金大印领工资，发觉属于金大印的那个信封比往时的瘪了许多。一打听，才知道金大印住院期间，每个月的奖金也被扣掉了。何碧雪把信封拍到桌子上，说你们怎么能够扣他的奖金？他是为了救人才受伤的。张会计说你说什么？救人？你说金大印救人了。哈哈，你们都听到了吧？何碧雪说金大印是为了救人才受伤的，我们为什么不知道？院领导为什么不知道？财务处的七八个会计出纳都用怪异的目光打量何碧雪，嘴里漏出零星的笑声。从他们嘴里飞出的唾沫，像雨点一样落到何碧雪的脸上。何碧雪说我去找你们的领导，我现在就去。她抓起桌上的信封，跑出财务处。

何碧雪开始往楼上跑，三步并作两步一副急于求成的模样。当她跑进三楼江副院长的办公室时，她在楼梯上憋着的那口气像决堤的水从嘴里喷出来。她已经累得说不出话了。江副院长轻轻地拍着她的肩膀，说别着急别着急。何碧雪终于缓过气来，说你们为什么扣金大印的奖金？他是为了救人才受伤的。江副院长满脸惊讶，说救人？我怎么没听说。何碧雪说你们没有谁问他，他躺在病床上等你们去问他，可你们一个也没去。江副院长说他救了谁？何碧雪说他救了一个小孩。江副院长说叫什么名字？在什么地方？何碧雪说在江滨路，一辆面包车快要撞到小孩身上了，他把小孩推开，自己却受了伤，但是我不知道小孩叫什么名字？也许他也不知道。他受伤之后，是一辆出租车把他送到医院的。江副院长把他手中的钢笔丢到办公桌上，发出一声怪笑，说这就难办了，连小孩的名字他都不知道，谁能证明他是救人英雄？英雄和狗熊差不了多少，关键要看准时机，看谁的运气好。

何碧雪的脸一阵白一阵黑又一阵红，她的胸口明显地起伏着，外衣上的扣子似乎要绷落了。她说你这是天大的侮辱，你不配做领导。江副院长说我不配你配？有本事你来做。何碧雪用棉纺厂女工粗壮的手臂揪住江副院长的衣领，把江副院长揪出办公室，揪下楼梯，一直揪到金大印的病床前。在他们的身后，跟随了一大群医生、护士和病人。

江副院长整了整被何碧雪揪乱的衣领，问金大印你救人了？金大印把元旦节那天救人的事重述了一遍。但是他说不出小孩的名字以及面包车牌号，那辆撞伤他的面包车当时就逃走了。江副院长说除非你说出小孩的名字，或车牌号，否则你就不能当英雄，你的医药费也不能报销。金大印说这是你的决定还是医院的决定？江副院长说我的决定也是医院的决定。金大印试图从病床上坐起来，但疼痛迫使他抬起的上半身又跌回到床上。他说我操你，江峰，你是共产党员，你得摸摸你的良心。我拥护共产党热爱新中国，可是我恨你这种混进党内的坏人，让你这样的人当领导，共产党真是瞎了眼。

江峰仰天长笑，根本不把金大印放在眼里，他只管大笑着走出病房，对所有的围观者说这样的人怎么会救人？首先他就没有救人的思想境界。围观者的笑声附和着江峰的笑声，他们像合唱团，为了唱一支歌走到一起来了。

金大印用拳头徒劳地擂着床板，然后用后脑勺撞击墙壁。他的脑袋像皮球一样，在墙壁上弹跳着。何碧雪想这是自作自受，所以没有挡他。但金大印的脑袋撞击墙壁的声音逐渐响亮，病房的玻璃窗也随之抖动起来。何碧雪说老金，你要干什么？金大印说想死。何碧雪说你是想让我再做一次寡妇吗？

何碧雪在金大印的脑袋和墙壁之间塞了一个枕头,金大印的脑袋被枕头包住了。金大印说他们都不相信我,他们都认为我在说谎,何嫂,你相信我吗?何碧雪说撒谎又换不了钞票,你撒谎干什么?我相信你。金大印抱住那个枕头,不时地用它来擦眼泪。

金大印抹掉最后一滴眼泪,心情由悲伤变为愤怒,他开始后悔当初听了马艳的话。如果没有马艳,我的屁股仍然是我的屁股,我的髋骨还是我的髋骨。金大印愈想愈气愤,对何碧雪说我想见马艳。

何碧雪按照金大印提供的号码,给马艳挂了个电话。马艳说你好!我是马艳。何碧雪说我是何碧雪,是金大印的妻子。马艳说哪个金大印?我不认识金大印。何碧雪说你怎么不认识?你给了他三个信封,他只拆了两个就差一点儿被车撞死了。马艳说曾经有好几个人从我这里拿走信封,他们像拿什么宝贝一样,拿走之后再没跟我联系,也许他们根本没按我的信封去做。何碧雪说可是,金大印却把你的信封当做最高指令。马艳说我实在想不起什么金大印了,不过我想见见你说的这个人。

马艳来到金大印的病房。当她看到金大印的时候,突然笑了起来,说想起来了,想起来了,你就是那个专门抓小偷的金大印。金大印把他如何照顾邢大娘,如何在邕江边寻找机会救人,又如何从车轮底下推出孩子的事详细地说了一遍,最后不无遗憾地说，我这一躺不知要躺多久，你的第三个信封我再也不敢打开了。马艳说你已经成为英雄，第三个信封就不用打开啦。金大印说我很想知道第三个信封里写了些什么。他一边说着，一边把手伸进他的上衣口袋，从里面掏出那个毛边的牛皮信封递给马艳。马艳撕开信封，在纸条上匆匆地瞥一眼，然后把纸条递给金大印。金大印拿着纸条的手不停地抖动。金大印说我的手抖动并不是因为害怕，而是因为激动。马艳抓过纸条撕碎，说好在你已受伤，不用去做这件事了。金大印和马艳看着那些撕碎的纸片，都从嘴里吐出了笑声。马艳说老金，你为什么那么喜欢抓小偷？金大印说非得说不可吗？马艳说非说不可。金大印说我痛恨小偷是因为他们不用劳动也有钱花，他们不用讨老婆也有女人睡觉。他们工资基本不用，老婆基本不动，烟酒有人送，所以我特别恨他们。马艳用手捂住嘴巴吃吃吃地笑，手指缝溢出了口水。马艳说那么，你为什么要救那个小孩？金大印说不是你叫我救的吗？你在纸条上写了救人一命。马艳说我是说当你准备救他的时候，你的脑子里想没想到什么？金大印说想到了。我当时想到了你。马艳用手拍了一下金大印，说讨厌，我不是这个意思，我的意思是你有没有想到其他，比如语录格言或什么的？金大印说那时我嘴里不停地说着一句话。马艳把头往前一凑，长发全部滑到床单上。马艳说什么话？金大印说救人一命，胜造七级浮屠。马艳说不行，你这样回答绝对不行。当时，你有没有这种想法？如果不救这个孩子，你会感到一辈子不安。金大印拍拍脑袋，像是要把当时的想法拍出来。他说有，这种想法不仅当时有，现在也还有。马艳说这还差不多。

离开金大印之后，马艳对关于金大印的这篇文章已胸有成竹。现在她正骑着自行车朝江滨路方向前进。按照金大印的描述，她找到了2路车站牌，然后再往前走20米。锁上自行车，她直起腰，挎包拍了一下她的膝盖。她看见邕江宾馆的一幢三层楼房的顶端，有一个人正在用沥青细心地修补楼顶。那个人像一只蹲在楼顶的猫，慢条斯理地从事他的工作。金大印告诉过马艳，当你看到邕江宾馆的楼房之后，你的脸必须向右转90°，然后你就会看见一排整齐的小卖部，其中有一间小卖部门前摆了一个香烟柜，香烟柜上的一块玻璃已经破裂，裂缝处贴了一条胶布。目光越过烟柜，马艳看见一位中年妇女站在柜台后面，懒散地望着自己。马艳跟她打了一声招呼。

那位中年妇女说我的小孩从来不到商店来玩，他现在身体健康万事如意，也没遇到什么危险。你是说车祸什么的，没有，绝对没有，更没有什么人救过他。如果真有什么人救过他，我怎么会不承认？我不仅承认，还要感谢救命恩人。但我的小孩他确实没有遇到过什么危险。你是说元旦节那天，元旦节那天我连商店的门都关了，我和小孩到西郊公园玩了整整一天。至于这里发生了什么事，我就不知道了。你要我好好想一想,你是什么人?为什么要我好好想一想?你看见我没有好好地想一想吗?我想过了,告诉你我想来想去想得头都裂开了,但还是想不出你葫芦里卖的什么药?

马艳从小卖部走出来,抬头看了看马路的对面,那个补楼顶的人还在补着楼顶。冬天的太阳暖烘烘地照在他身上,也照在马艳的身上。马艳一偏腿儿,骑着自行车往回走。她听到跑步声和喘气声像车轮从后面追过来,一个奔跑的身影越过她的自行车,拦在她前面。拦住她的人胸口大幅度起伏,额头上冒出一层细汗,双手沾满沥青。他说元旦节那天,是有一个人救过小卖部女人的孩子,我全都看见了。马艳说你是谁?他说补楼顶的,我那时正好在对面补楼顶。马艳说你怎么补了那么久的楼顶?他用沾满沥青的手抓抓头发,说因为没有补好,现在我被他们叫来返工。马艳说为什么她不承认?他说她是怕你跟她要医药费。马艳说不会的,你告诉她医药费全是公家报销,我们不会跟她要一分医药费。

马艳抱着一沓当日出版的报纸来到医院,对着从她身边走过的医生、护士和病人喊道:快来看快来看,今天刚出的报纸,请看金大印如何舍己救人,又如何与小偷作斗争……许多人从她的怀抱里抢过报纸,报纸像雨伞在她的身边哗啦哗啦地撑开。走到金大印的病房时,马艳的手里仅剩下一张报纸了。金大印看到自己的名字像钉子一颗一颗地钉在报纸上,竟神奇地坐了起来。他的目光在报纸上匆匆地走了一遍,嘴巴笑得差不多咧到颈脖。他从马艳的文章里抬起头,说马记者,这上面写的是我吗?马艳说怎么不是你?金大印说好像是又好像不是。

每天晚上,马艳都抽出一个小时训练金大印说普通话。她觉得金大印的普通话方言太重,n 和 l 不分,z 和 zh 混淆,说起话来支支吾吾,根本不像一个舍己救人的英雄。金大印并没有认识到学好普通话的重要意义,他只觉得马艳坐在他床边的这一个小时特别愉快。为了这一个小时,他必须先把屎尿排泄干净,以保证不出现难堪。何碧雪在倒完屎尿之后,总是悄悄地溜开。金大印轻装上阵,用特别轻松特别愉快的心情等候马艳光临。

在练习普通话的时候,马艳一般选择格言警句来进行训练。她说这样可以一举两得,既可以说好普通话又可以记住格言警句,把这两种东西学好了,对群众或记者的提问就会对答如流。现摘录马艳用来训练金大印的格言警句如下:

人固有一死,或重于泰山或轻于鸿毛。一个人做点好事并不难,难的是一辈子做好事。近朱者赤,近墨者黑。跟好人得好教,跟坏人成强盗。世上无难事,只要肯登攀。世上原本没有路,只是走的人多了才有路。书籍是人类的阶梯。先天下之忧而忧,后天下之乐而乐。毫不利己,专门利人。为人民服务。宁停三分,不抢一秒。人为财死,鸟为食亡。自古雄才多磨难,从来纨绔少伟男。在家靠父母,出门靠朋友。明知山有虎，偏向虎山行。美女使眼睛快乐，贤妇使心中快乐。世上的人不能全善，也不能全恶。世上的国不能全强，也不能全弱。需要作为一个撒谎者在美国生存，因为杀戮告诉我法律的虚伪不容置疑；需要一个佛陀没有偏见地将我指引，拥有一张床，一个覆盖我骨灰的坟苗。

在这些格言警句的包围中，马艳不时冒出一两句笑话，同时也在为金大印的发型而煞费苦心。金大印在床上躺了两个多月，他的头发现在已盖住了耳朵。一天晚上，马艳拿着理发剪来到病房，为金大印理发。理发之前，马艳详细地翻阅了100多位中外名人的头像，试图从中找出一种理想的发型，放到金大印的头上。但挑来选去，马艳均不满意。最后她痛下决心，决定为金大印理一个光头。金大印的头发一片一片地飘落，马艳的手上沾满头发。马艳像捏皮球一样捏住金大印的脑袋，金大印感到六神无主，尿一阵急过一阵。一个小时很快过去了，但马艳还没有把金大印的头整理清楚。金大印觉得自己的尿泡快胀破了。马艳推一下理发剪，金大印就嘶地叫一声。马艳说你怎么了？是不是剪到了你的耳朵？金大印说不是，是我的牙痛。牙疼不是病，疼起来真要命。马艳又推了一下理发剪，金大印又叫了一声。马艳说还疼？金大印说你能不能快点儿？马艳说这已经够快了，你要干什么？金大印说有时候，英雄也会被一泡尿憋死。

马艳放下理发剪，在她的手上和衣服上拍打了一阵，然后往金大印的被窝里塞进一个尿壶。被窝之下，传出泉水下山时的悦耳之音。马艳说你还挺幽默的，对啦，你一定要学会幽默，这样你才更有魅力。金大印说怎样幽默？马艳说比如有人问你，为什么现在还没有孩子？你就回答我都不着急，你着什么急？这就是幽默。金大印把尿壶从被窝里递出来，说这个我懂，假如别人问我，为什么要救这个孩子？我就说不入虎巢，焉得虎子？舍不得孩子打不到狼。这是不是幽默？马艳手提尿壶，捂着鼻子快速冲出病房。等倒完尿回到床前，她才说这不是幽默，这叫文不对题，是刘姥姥进大观园。金大印用他宽大的巴掌摩挲他光亮的头皮，说那我就不幽默了。马艳拿起理发剪，在金大印脑袋的边境上移动，她像一位剿匪司令认真搜索那些残留的头发。

金大印被一阵刺耳的声音惊醒，他的眼皮被声音强行掰开，朦胧的天色中，嘈杂的声音像许多蚊虫勇敢地撞击窗玻璃板。经验告诉他，这声音来自于住院部楼底，但他不知道是什么机器制造了这么刺耳的声音？像是电锯正锯着坚硬的木头，又像是机器在打磨地板，总之这种声音很霸道，它强行钻入金大印的每一个毛孔。

同室的病友郑峰也被声音吵醒，他的腰部让医生割了一刀，现在还无法直立行走。金大印说小郑，你猜一猜这是什么声音？郑峰说好像是电钻机钻墙壁的声音。金大印说不像，好像是锯木头的声音,这种木头非常坚硬。郑峰说不可能,绝对不可能。金大印说那是什么声音?郑峰说不知道,但我可以把它想象成风声雨声读书声歌声哭声或领导作报告的声音,鉴于我们都不能起床这一实际情况,我们可以说它是什么声音就是什么声音,不是也是。金大印说我们可以问一问护士。郑峰说我们俩赌一赌,如果是钻墙壁的声音,你就请我喝一餐;如果是锯木头的声音,我请你喝。金大印说赌就赌,但现在最好把喝什么酒定下来。郑峰说那当然是喝最好的酒,茅台怎么样?金大印举起右手说我同意。他们两人的嘴巴同时发出啧啧声,仿佛真的喝上了茅台。金大印说我补充一点,这一餐酒喝过之后,不许开发票不许用公款报销,必须掏自己的腰包。我知道你是领导,有公款请客的权力。郑峰伸出他的右手,金大印伸出他的左手,他们像小孩一样拉钩上吊一百年不变。

他们正准备叫护士的时候,病房的门打开了。护士冉寒秋怀抱一簇鲜花走进来,说老金,又有女人给你送花了。金大印说漂不漂亮?冉寒秋说漂亮。金大印说为什么不叫她进来?冉寒秋说她不愿进来,只隔着门玻璃看了你一眼,就把鲜花交给我了。她说她长这么大从来没亲眼看见过英雄,现在她看见了,看见你和郑局长拉钩。她没有留下姓名、地址和电话。

门被一股强大的力量再次撞开,金大印看见电视台的记者扛着摄像机朝他慢慢走过来,记者双腿弯曲像是天生的瘸子,又像是承受不了摄像机的重量。他把镜头保持和病床一样的高度,寸步寸步地往前移动,直到镜头碰到了金大印的鼻子,才站立起来。金大印发觉他身材十分高大,原先弯曲的部分突然绷直。他身后紧跟着一男一女两位记者,女的很面熟,好像是电视台的播音员。他们向金大印提出了16个问题,金大印咬紧牙关一个字也没吐出来。他们说老金,你知不知道,过分地谦虚就是骄傲。金大印说知道知道,但是你们提的这些问题起码有几十个人向我提问过,我已经没有说这些话的力气了,要想了解详细情况,你们可以去问马艳,她比我更清楚我的事迹。你们也可以问老郑,他跟我同住了这么长的时间,我的事情他基本上能够一字不漏地背诵。

记者们把镜头对准老郑。老郑对着镜头讲述金大印的感人事迹,并且伴以适当得体的手势。大约讲了半个小时,镜头再次调转过来对准金大印。扛着摄像机的记者说老金,现在我准备拍你几个镜头,请你配合一下。金大印做出一副准备配合的表情。记者说笑。金大印咧开嘴角露出两排不白不黄的牙齿,脸上的肌肉像河面上的冰块迅速裂开。金大印想:要想笑,嘴角弯弯往上翘。记者说思考。金大印的面部肌肉立即绷紧,上翘的嘴角拉下来,两道眉毛收紧。金大印想:要思考,有诀窍,两道眉毛中间靠。记者说开口说话。金大印说说什么呢?记者说随便,可以说说天气,也可以跟老郑聊天,只要做出说话的样子就行,我们会按照英雄的标准给你配音。金大印说老郑,楼下的声音是什么时候停的?郑峰说我也不知道。金大印的嘴巴按照记者的要求,不停地开合着,只为开合而开合,没有主题没有声音,像一部古老的发不出声音的电影。

　　第三天晚上,由马艳撰文、题为《被救的孩子你在哪里》的纪录片在省电视台播出。当时,马艳来到江滨路那家小卖部的柜台外面,她已经知道被救的孩子叫苏永,苏永的妈妈也就是那位中年妇女叫王舒华。马艳跟王舒华打过几次交道之后,彼此已经熟悉。马艳隔着柜台叫王舒华。王舒华像被针尖锥了一下,身子明显地抖动起来。她的儿子苏永此刻正蹲在柜台里的一个角落,把一辆玩具汽车推来推去。听到马艳的叫声,他好奇地抬起头。马艳说快,打开电视机。王舒华把摆在柜台一角的沾满灰尘的14寸黑白电视机打开,她看见荧屏上闪出九个大字:被救的孩子你在哪里。在字的背后,一张面孔渐渐清晰放大。字迹消失。一束鲜花填满画面。镜头推远,一个人躺在病床上。这个人的头部、胸部、臀部。画外音响起:这个名叫金大印的舍己救人的英雄,已经在省医院住院部骨科的病床上躺了两个多月,但至今我们还无法找到被他从车轮底下推出的孩子。被救的孩子你在哪里?看到这里,苏永突然指着荧屏说叔叔,那天把我从马路上拉出来的叔叔。

　　镜头一摇,摇到火车站、汽车站,摇到孤寡老人邢大娘家。画外音把金大印抓小偷、照顾邢大娘的事迹声情并茂地说了一遍。最后,镜头定格在江滨路,江滨路上车来车往。有人在门口叫买烟。王舒华走到烟柜边打开烟柜。卖完烟,王舒华回过头想仔细地看一看电视,但又有人叫买一斤酱油。王舒华只好又去打酱油。在播放这个专题片的15分钟里,王舒华不是打酱油就是卖洗衣粉,始终未能安静下来看电视。但苏永和马艳却一动不动地站着,把这个片子看完。当画外音再次响起"被救的孩子你在哪里"的时候,马艳听到一连串的抽泣声。苏永稚嫩的肩膀一抖一抖的,他对着电视说金叔叔,我在这里。马艳的泪水也禁不住流了出来,被自己的解说词感动,也被苏永感动。

王舒华说你明明知道被救的孩子在这里,为什么还要在电视上找孩子?马艳说因为你没有承认你的孩子被救。王舒华说现在我承认了,你要我怎样?马艳说你带着孩子到医院去看一看他,他不会要你出医药费。

第二天早晨,马艳和电视台的记者在金大印的病房里架好摄像机,等候王舒华的到来。王舒华一手提着塑料包一手牵着苏永闯入预设的镜头。摄影记者吕成品说拉住老金的手。王舒华丢下塑料包,双手拉住金大印的手。吕成品说快,叫叔叔。苏永扑到床边,大声地叫了几声叔叔,叔叔声此起彼伏。吕成品说哭。叔叔声落地,哭声飘起来。苏永和王舒华拉开塑料包,香烟、酱油瓶、洗衣粉、牙刷、牙膏和香皂滚到地板上。王舒华说我没有更好的东西，不知道这些东西老金需不需要？金大印说需要需要，这都是些好东西呢。王舒华把散落的东西重新装好，放到金大印的床头。吕成品关掉摄像机，说了一声好。王舒华被好字吓了一跳。

在相当长一段时间里，报纸、电视台和电台，用相当大的篇幅连续报道金大印的事迹，他的名字排在报纸上，有拇指那么粗大，他的脸有电视机屏幕那么宽敞。他被人们扶上轮椅，在本市的各个单位巡回演讲，马艳成为他的特别顾问。

在金大印忙碌的日子里，何碧雪相对有了一点儿自己的时间。她拿着登载金大印照片和金大印事迹的报纸，回到阔别已久的家。她把报纸一张接一张地贴到墙壁上，要我和姐姐牛红梅细心地阅读，还要求我们抽空去看一看金大印。她说排除英雄不说，他毕竟是你们的爸爸。别人都去看他了，自己的孩子却不去，这太说不过去了。牛红梅说我没有时间。我说我们的爸爸叫牛正国，不叫金大印。何碧雪说你们那个爸爸呀，他已经死了。他算什么爸爸，说话不敢高声，名字出不了兴宁小学，那也配做爸爸。何碧雪的脸上洋溢着鄙视的表情。你看人家老金，多英雄多光彩，何碧雪朝着墙壁上的报纸指指点点。我说我姓牛，又不姓金。他英雄又怎样？他光彩又怎样？我们可以向他学习，但绝不叫他爸爸。英雄就可以随便做我的爸爸吗？

何碧雪的脸被我说得一阵青一阵紫，赤橙黄绿青蓝紫，她愤怒地走了。她刚迈出家门，我就开始撕那些报纸。她身后响起水流般的哗哗声，但是她没有回头制止我的行动，她的涵养很好。

在做了七七四十九场报告之后，金大印复归平静。鲜花和掌声潮水般退去，只留下金大印独自看着岸边的泡沫。他已从病房转移到家里，每天靠翻阅报纸打发时光，楼道里的每一阵脚步声，都能勾起他最美好的回忆和遐想。但随着脚步声的升高或下降，他感到胸口里被人挖走了一块肉。他渴望有人敲门。

何碧雪上班之前为他准备一根绳子，绳子的一头系住门锁，另一头系在金大印的手腕子上。如果有人敲门，金大印不用起床，只要轻轻一拉绳子，门就可以打开。金大印小心地捏着绳子，一次一次睡去又一次一次地醒来。一天上午，他终于听到了敲门声。听到敲门声的时候，他没有急着拉开门，而是张着耳朵细心地聆听。一声两声三声，他的耳朵和心里都听舒服了，才拉开门。江峰副院长从门外走进来，一直走到他的床边。江峰说我代表院领导来看你，你有什么要求，比如住房、奖金等什么要求可以向我提出来。金大印说我不会向领导提任何要求，不会给你们为难，我现在很知足。如果你们硬要我提点儿要求的话，那就让我作一场报告，好久没讲话了，我的喉咙一阵阵发痒。江峰说你该讲的地方都去讲过了。金大印说我们遗漏了一个地方。江峰说什么地方？金大印说少管所，我想去少管所作一场报告，救救那些孩子。江峰说这个问题很好解决，你就这么一点儿要求？金大印说就这么一点儿要求。

金大印被人从救护车上抬下来，坐到轮椅上。马艳推着他进入少管所的操场，操场上是一片黑压压的人头，哗啦哗啦的掌声像豆芽菜从人头上冒出来。金大印坐在轮椅上不停地挥手，似乎要把掌声压下去，但掌声一浪高过一浪，足足响了 109 秒。

摆在金大印前面的桌子的四个脚都被锯掉了半截，这样桌子的高度正好适合金大印，他把头摆在桌面，清了清嗓子，开始对少年犯们讲话。他说孩子们。他刚说完孩子们，操场上又响起了铺天盖地的掌声，孩子们的手掌拍红拍痛了。掌声落定，金大印气沉丹田准备再喊一声孩子们，突然从黑压压的人头中站起一个人。整个操场是坐着的人头，而只有他一人鹤立鸡群，振臂高呼打倒金大印！

人头纷纷扭向那个站着的人，操场上一片嘈杂。金大印看清楚喊打倒他的人是牛青松，他比过去瘦削，声音洪亮，响彻操场。两个管教干部冲进人群，一个架住一只牛青松的手臂。牛青松的头低了下去，屁股翘了起来。管教干部像推手推车一样把牛青松推出操场。牛青松尽管低着头，仍然一路喊打倒金大印。他的喊声随着他的脚步走远，操场上搅起的波澜渐趋平静。金大印再次整理嗓子，对着黑压压的人群说孩子们，你们还年轻，你们像早晨八九点钟的太阳，希望寄托在你们身上。你们不要学刚才那位骂我的人，他算什么东西，竟敢骂我？金大印用他宽大的巴掌拍打桌子，桌子抖了一下。金大印突然从轮椅上站起来。他竟然站起来了！愤怒是骨折的良药。金大印在愤怒的瞬间挺立，他面前的桌子立即矮了下去。在他的眼里，矮下去的还有篮球架、楼房、树木和那些维持会场秩序的管教干部。在长达两个小时的报告会上，金大印一会儿站一会儿坐一会儿拍打桌子。

何碧雪推着自行车往车棚走，江峰迎面走来。何碧雪曾揪过江峰的衣领，所以想躲开江峰，掉过车头往另一个车棚走去。江峰不紧不慢地跟着她，始终保持十米左右的距离。何碧雪在车棚里锁好自行车，看见江峰像一条警犬站在十米之外盯着她。何碧雪整理一下头发，从坐包下掏出抹布擦车，她想等我把自行车擦干净，他也就离开了。自行车前轮的车盖被何碧雪擦得锃亮，她的表情映照在车盖上。何碧雪反复地擦着车盖，突然看见车盖上多了一个人头，江峰已站在她的身后。江峰拍了一下何碧雪的肩膀，说干吗躲着我？你尽管揪过我的衣领，但我是领导，领导肚内能撑船，我不计较。江峰说话的时候，他拍打何碧雪的手掌仍然拍在何碧雪的肩上。何碧雪感到他的手很沉重，重得快把她压垮了，她用了两只手的力气才搬掉肩上的那座大山。江峰收回自己的巴掌,说金大印犯错误了。何碧雪说金大印现在还在少管所作报告,他怎么犯错误了?江峰说他回来的时候,你叫他找我。江峰说完,背着两只手离开车棚。何碧雪觉得江峰走路的姿态很有领导风度。

  金大印回到家里,全身洋溢着演讲后的激情,仿佛少管所里的掌声还藏在衣裳的某个角落,随时都会蹦出来再响几次。当何碧雪告诉他你犯了错误的时候,他几乎没有作出任何反应。何碧雪不得不重复一遍江峰说过的话。金大印说我犯错误?我犯什么错误?江副院长真幽默。何碧雪说不是幽默,他很认真也很严肃,他要你回来后立即去找他。金大印躺在床上,把自己这一辈子所做过的事认真地想了一遍,还是没有发现自己犯过什么错误。他想人一般都不善于发现自己的缺点,于是叫何碧雪一起跟他想一想,到底犯了什么错误?何碧雪说你是不是乱搞两性关系?金大印说没有。何碧雪说那么你是不是嫖过或赌过?金大印说这怎么可能?我差不多40岁了,才跟你结婚,这之前,没有任何一个女人正眼看过我。你也知道,我们刚结婚的时候,我一点儿经验也没有,是你手把手地教我,我才知道那些事情。我怎么会嫖过呢?想来想去我唯一做错一件事,那就是抓了冯奇才和牛红梅。何碧雪摇着头,说江峰不会关心这个问题。我也替你拼命地想过了,你不做官,不可能受贿,也不可能吃喝嫖赌全报销。你不想做官，不可能行贿。坐轿车你够不上级别，女人们也不会拉你下水。总之，你没有腐败条件，不会犯这方面的错误。金大印用手一拍脑门，说我想起来了，十年前，我曾在公厕里拾到一个信封，信封上沾满尿渍。当时我没有带纸进厕所，解手后我正无计可施，突然发现了那个信封。我用两个手指头拾起信封，发现里面有一张过期的布票和六块钱。那时我的思想觉悟还没有现在这么高，没有把钱交给单位，用它买了一床棉胎。那时我家很穷，冬天里除了一床薄薄的棉被外，床上只铺一张床单。天气特别冷的日子，我常常感冒咳嗽。有了一床新棉胎之后，我的床铺暖和多了。我躺在暖和的棉胎里，再也没感冒咳嗽。第三年，我又买了几斤新棉花，把新棉花混到旧棉胎里，请弹棉花的重新弹了一遍，两床棉胎成了三床棉胎。再过几年，我又添了几斤新棉花，三床棉胎变成了四床棉胎。不瞒你说，我现在床上垫着的棉胎，就有那六块钱的功劳。我没有上交那六块钱，这算不算是犯错误？何碧雪说谁还会去管你的陈年旧账，江峰说的错误肯定不是这个错误。金大印说如果不是这错误，我就没有什么错误了。一个没有犯错误的人，是不怕人家说犯错误的。

金大印决定不去找江峰，他认为自己思想过硬作风正派完美无瑕，和平时一样，他依然喝茶看报纸和回忆过去的生活。晚上，何碧雪从另一张床合并到金大印的床上，她想过一过久违的夫妻生活。

我们有几个月没睡在一起了,何碧雪推了一下金大印的臂膀。金大印的两只手高高地举着一张报纸,嘴里嗯了一声,眼睛仍然落在报纸上。何碧雪说你还不想睡啊?金大印说睡那么早干吗?反正又睡不着。何碧雪关掉床头灯,漆黑像什么东西突然闯入卧室,撞得金大印眼睛发痛,手上的报纸发出稀里哗啦的声音。他说我要看报纸,你干吗关灯?何碧雪说明天我还要上早班。金大印说这和上早班有什么关系,你怕灯光刺你的眼睛可以睡到另一张床上。金大印打开床头灯,看见何碧雪从被窝里钻出来,一丝不挂,两个奶子晃荡着,像两只熟透的木瓜。尽管她腹部略有松弛,但她的臀部的肌肉依然绷得很紧。金大印想真不愧是工人阶级的臀部,劳动使她的大腿保持青春的活力。

一丝不挂的何碧雪弯腰从藤椅上一件一件地捡她脱下的衣服,准备到另一间屋子里去睡觉。金大印像读文件一样在她的脊背上重读了一遍,她的脊梁沟和凹下去的腰部重重地敲打金大印的胸口,他突然想干一番惊天动地的伟业。他说回来,你要到什么地方去?何碧雪说不是你叫我走的吗?金大印说我们好久没睡到一起了,我差不多把那些事情全忘掉了,今晚,我想复习一下功课。何碧雪抱着衣裳回到被窝。金大印扔掉报纸,问何碧雪关不关灯?何碧雪说过去你不是一直喜欢开着灯吗?金大印说今晚不行,今后也不行,我不想让你看到一个英雄的隐私。何况,你看我的动作规不规范?这样做会不会有失体统？金大印啪地关掉电灯。何碧雪说夫妻之间有什么隐私？你爱怎么干就怎么干，法律允许我们这样，谁也不会干涉我们。金大印说我现在有点儿名声了，一举一动都得加倍小心，你看我的手放在这里可不可以？这样会压痛你吗？你承受得住吗？我可有70公斤。你愉快吗？你幸福吗？奉献是我的人生准则。何碧雪说你为什么不咬我的脖子，你快咬我的脖子呀。金大印说从今晚起，我准备把那些多余的动作全部省略掉，那样做极不严肃，婚姻法又没规定一定要咬你的脖子。何碧雪扑哧一声笑了起来。金大印说你笑什么？这有什么好笑的？你怎么把你的口水喷到我的脸上？这样很不卫生也不礼貌。

复习完功课，金大印突然问何碧雪我犯了什么错误？何碧雪已经沉沉地睡去，没有听到金大印的发问。金大印想我到底犯了什么错误？江峰为什么说我犯了错误？这些错综复杂的声音，像一辆又一辆汽车在他脑袋里奔驰，鸣叫，排放废气，制造工业污染。他平生第一次失眠。失眠是什么？失眠是睡不着。睡不着的时候，尿特别多。睡不着尿也多，寻思人生真蹉跎。他从床上轻轻地爬起来，把刚才何碧雪丢在地板上的卫生纸捡到手里，丢到卫生间，对着卫生纸撒尿。一想到江峰的话，他就觉得全身无力，连尿也没了平时的傲气。

一夜没有睡好的金大印，第二天早上早早地赶到江峰的办公室。江峰看着金大印拄着三脚架，一摇一晃地走进来，说你终于来了，我等了你一个晚上。金大印说我一夜没有睡好，不知道犯了什么错误？江峰点燃一支香烟，问金大印抽不抽？金大印说我不抽烟不喝酒。江峰说以前你好像既抽烟又喝酒的。金大印说现在不了。江峰把香烟叼在嘴里，吐出一团浓浓的烟雾，说你现在成名了，一举一动都受人关注，言行和举止都应该特别谨慎。金大印说我已经很注意很谨慎了。江峰说可是昨天你在少管所就不够谨慎，你还在作报告，就有人打电话向我汇报了你的情况。你说孩子们，你们好像早晨八九点钟的太阳，希望寄托在你们身上。你怎么能够对犯了罪的孩子们这样说话？他们都是罪人，中国的希望怎么能够寄托在他们身上？金大印说可他们还是孩子，我只是想鼓励鼓励他们，是谁告诉你的？江峰说不管是谁告诉我的，你不要问。你是不是想打击报复？你看你看，你这就不对了。你是一个英雄，不应该有打击报复别人的想法。我已经跟其他几个领导研究过了，从今天起不准你再外出作报告。你给我好好地待在家里，工资和奖金我们照发，你只管坐享其成。金大印说我不认为这是一个错误，公民有言论的自由。我只不过说了这么一句话，怎么就犯错误了？怎么就坐享其成了？

江峰拍了拍金大印的肩膀，他有拍别人肩膀的爱好或者说特长。江峰说你坐下来，听我慢慢说，如果是在文化大革命，你早就出事了，我在这方面吃过亏，不让你出去作报告，也是为了保护你。你知道我是怎样被划成右派的吗？金大印摇头。江峰继续往下说……

那时我在河池地区的一个县医院做医生，一天晚上，我问妻子，你说毛主席他老人家过不过性生活？我的妻子很漂亮，是县城里的一枝花。问这话时，我们正准备关灯睡觉。妻子没有回答我，她的脸突然发红，好像被这句话羞着了。当时我没在意，但是不久，我就被人揪斗。揪斗我的理由就是因为我说毛主席他老人家过性生活，我怎么会知道他老人家的情况，只不过随便问一问。随着揪斗次数的增加，我说的一句话变成了两句话，两句话变成了三句话，三句话变成了千言万语。他们说我污蔑领导，甚至把他们虚构的关于性生活的细节强加在我的头上，最后他们的心理活动全都变成是我说的……

你知道他们是怎样揪斗我的吗？金大印仍然摇头。江峰说县里有一位复员退伍军人，他在武装部工作，叫姚文章，是揪斗我的主要干将。他过去在特务连当的兵，擒拿格斗样样精通，学会了一种捆绑特务的本领，就是绳子从颈脖上勒过去，然后像捆粽子一样把我捆起来。不要说说话，我就是出气也感到困难。你想想一个人连出气都感到困难的时候，会是一种什么样的情况？那时我一个劲儿地想死，想杀了揪斗我的人和我的妻子。姚文章他没有用这种方法去捆绑特务，而用来捆绑我。我对他恨之入骨。

回到家，我问妻子为什么要出卖我？她说她没有出卖我，也许是别人在窗口偷听到了我们的说话。我不相信她美丽的谎言,用姚文章捆绑我的方法把她捆绑起来。她想哭,哭不出声,只要有声音企图从她的喉咙通过,她就会痛不欲生,我绝对有这方面的经验。捆绑了两次之后,她终于招了,说是趁我上夜班的时候,姚文章勾引她。而她又经不起姚文章的勾引,于是两人上了一张床。人一睡到同一张床上,什么话都说得出口。如果姚文章是一个有修养的人,那他不会把我妻子的话向领导汇报,说就说了,听就听了,谁不在背地里说一两句放肆的话。但偏偏姚文章是一个没有修养的人,他像抓住救命稻草一样抓住我的话不放。我对妻子说离婚吧。妻子说她没有离婚的思想准备。我说不想离婚为什么跟姚文章上床?她说只是因为好奇。我告诉她如果不是姚文章,换成另外一个有点儿文化档次的人,我尚且可以忍受,但跟了姚文章这样一个素质低劣的人,我怎么也不能容忍!我和妻子离婚了,她后来投入了姚文章的怀抱,现在他们还在那个县城里,过着猪狗不如的生活。如今一回忆起当时的情景,我就感到呼吸困难,颈脖一阵生痛。

　　金大印的额头上冒出一层细汗,他感到有一根绳子正勒住他的颈脖,愈勒愈紧,使呼吸成为问题。金大印说江副院长,幸好我没有在那样的时代说错话,否则我的遭遇也不会好到哪里去。江峰说现在好了,你在一个自由的时代可以自由说话了,但我们不要好了伤疤忘了痛,时刻提高警惕以防别人出卖。生活在这样的时代,你应该感到幸福。金大印说我感到幸福,它像空气一样现在就围绕在我的周围。

金大印从江副院长办公室的真皮沙发上站起来,紧紧地握住江副院长的手,说从此后,谁喊我去作报告我都不会去。说完,他挂着三脚架走下楼梯,江副院长站在楼梯口目送他。他一边走一边想应该跟江副院长说一句很重要的话,但那句话被他遗忘了。是什么话呢?一直走到楼下,江副院长还站在走廊上,他对着楼上的江副院长说我不会白领工资,我不会坐享其成。江副院长对着楼下喊什么?你说什么?金大印说你不能说我坐享其成。不知道江副院长听没听见,反正他站在楼上不停地点头。金大印自个笑了一下,自言自语原来是这么一句话,刚才我怎么把它忘记了呢?

下班铃声响过之后,金大印站在阳台上观看走向宿舍区的人流。他看见江副院长怀抱两板鸡蛋走在人流的前面,在他的身后,是无数怀抱鸡蛋的人群。金大印想单位又发鸡蛋了。

江峰十分小心地朝院长楼走去,由于鸡蛋挡住了他的视线,他的头微微左偏,以保证目光能够看到地面。到达楼梯口,他把鸡蛋架在楼梯扶手上,喘了几口长气,便朝他的四楼攀登。江峰攀登得十分谨慎,就像一台精确的机器,在一楼至四楼之间做匀速运动。走到四楼的家门口,他用脚踢了一下铁门,铁门打开,江峰走进去。楼梯上这时空无一人,一股炒鸡蛋的香味飘落到金大印的鼻尖上。

他说单位发鸡蛋了。一串钥匙的响声打断他的自言自语，何碧雪推门而入。金大印又对何碧雪说了一遍单位发鸡蛋了。何碧雪说鸡蛋在哪里？金大印说在办公室，他们会派人送来的。

金大印敞开家门耐心地等待单位派人送鸡蛋来，但是等了两天两夜，除了何碧雪下班回来时弄出一点儿声音外，门板上没有发出任何声音，没有谁的指头敲打他的门板。面对门前冷落鞍马少，鸡蛋无人送过来的状况，金大印开始感到伤心失望。而何碧雪每一次走进家门，总是一副急功近利的表情，说鸡蛋呢？他们送来了吗？金大印说他们会送来的，你急什么？不就是几个鸡蛋吗？你要学会耐心等待。金大印拍打着一张报纸，把报纸递到何碧雪面前，用食指在报纸上指指点点，说你看一看这篇文章，看别人是如何等待的，你们中国人就是没耐心。

何碧雪从餐桌上抓过半块冷面包塞进嘴巴，一边啃冷面包，一边看报纸。她的目光在报纸上扫了一下，终于发现金大印向她推荐的那篇文章：

耐心等待

[德] 海因利希·施珀尔

一次，我为某事不得不等待，这时我想起了一个童话。从前有个年轻的丈夫，他要与情人约会。小伙子性急，来得太早，又不会等待。他无心观赏那明媚的阳光、迷人的春色和娇艳的花姿，却急躁不安，一头倒在大树下长吁短叹。

忽然他面前出现了一个侏儒。"我知道，你为什么闷闷不乐。"侏儒说，"拿着这纽扣，把它缝在衣服上。你要是遇着不得不等待的时候，只消将这纽扣向右一转，你就能跳过时间，要多远有多远。"小伙子握着纽扣，试着向右转了一下，情人出现在他的眼前，还朝他笑着送秋波。他心里想，要是现在就举行婚礼，多好啊！他又转了一下纽扣：隆重的婚礼，丰盛的宴席，他和情人并肩而坐，周围管乐齐鸣，悠扬醉人。他抬起头，盯着妻子的眼睛，又想，现在要是只有我们两人该多好！他悄悄转了一下纽扣，眼前立即安静下来，所有庆贺的人都不见了……他心中的愿望层出不穷：我们应有座房子。他转动着纽扣，夏天和房子一下子飞到他眼前。我们还缺几个孩子，他有些迫不及待，使劲转了一下纽扣，日月如梭，顿时他儿女成群。他站在窗前，眺望葡萄园，真遗憾，它尚未果实累累。他又偷转了一下纽扣，飞越时间。脑子里愿望不断，他又急不可待，将纽扣一转再转。生命就这样从他身边急驰而过。还没来得及思索其后果，他已老态龙钟，衰卧病榻。至此，他再也没有要为之而转动纽扣的事了。

回首往日，他不断追悔自己的性急失算：我不愿等待，一味追求满足，恰如馋嘴人偷吃蛋糕里的葡萄干一样。眼下，因为生命已到风烛残年，他才醒悟：即使等待，在生活中亦有意义，惟其有它，愿望的满足才更令人高兴。他多么想将时间往回转一点啊！他握着纽扣，浑身颤抖：试着向左一转，扣子猛地一动，他从梦中醒来，睁开眼，见自己还在那生机勃勃的树下等待可爱的情人，然而现在他已学会了等待。一切焦躁不安已烟消云散。他平心静气地看着蔚蓝的天空，听着悦耳的鸟语，逗着草丛里的甲虫。他以等待为乐。

看完这篇文章，何碧雪把手一扬，报纸落到地上。她说那么你就耐心地等待吧，这样等下去，恐怕分给你的鸡蛋全都变成了鸡崽。

金大印说一个鸡蛋多少钱？何碧雪说两角钱。金大印说10个鸡蛋多少钱？何碧雪说两块。金大印说40个呢？40个鸡蛋多少钱？就算单位给每人分了40个鸡蛋，也就是8块钱。我能为8块钱去找领导吗？你想一想，鲜花人家送给我了，荣誉人家送给我了，我还能去为8块钱计较吗？范仲俺（淹）说先天下之忧而忧，后天下之乐而乐，我们就不能后别人一点儿吃鸡蛋？何碧雪说这不是8块钱的问题，这是别人的眼里头还有没有你的问题。金大印像是被何碧雪抽掉了脊梁骨，一下子软倒在沙发上。他说他们怎么会把我忘记了呢？

又过了一个月，金大印依然是站在阳台上，看见下班的人流怀抱鸡蛋朝不同的方向走去。他的脑海突然蹦出一句话：这不是鸡蛋的问题，是他们眼里有没有我的问题，是一个极其严肃的问题。

第二天早晨,他找到行政科负责分鸡蛋的梁红,说梁红同志,你为什么不给我分鸡蛋?梁红的嘴巴像塞了一个拳头那样张了一会儿,说这可不能怪我。金大印说不怪你怪谁?梁红拉开抽屉,在一堆乱糟糟的纸张中翻找了一阵,终于从里面找出几张名单,说你自己看,我两次都把你的名字列上去了,但被江副院长删掉了。金大印说他为什么删掉?梁红说我可不知道,你自己去问一问。金大印转身走出行政科。梁红说你不要说是我说的。

金大印想他凭什么删掉我的名字?我毕竟还是医院的一名职工。这么说,我已经被他们打入了另册,已经被单位抛弃和遗忘了。金大印胡思乱想着,心中像有一团火熊熊地燃烧。他在楼下碰上了要找的人,就大叫一声:江峰。这是他头一次直呼江峰的名字。江峰抬起头来,说什么事?金大印的脸色像铁板一样冰冷生硬,嘴唇急速跳动,愈跳愈快,把他想要说的话紧紧地锁在嘴巴里面。江峰说是不是鸡蛋的事?我正要找你解释。我们发的鸡蛋是用大家加班加点挣来的钱买的,不上班的同志一律不发。金大印说我和不上班的同志不一样,我是因公负伤。江峰撇了一下嘴巴,喷出一声冷笑。

金大印把江峰的这个细微的动作看在眼里,他说你冷笑什么?你这是对我的侮辱。江峰举起手,拍了一下金大印的肩膀,说老金,冷静一点儿,我算是对得起你了。你的工资我一分不少地发给你，鸡蛋是全体干部职工创收所得，我为什么要发鸡蛋给你？你创收了吗？法律有规定吗？金大印说法律也没规定我非救一个快被汽车压死的小孩不可。江峰说所以吗……江峰的吗字还未说利索，金大印就照着他的下巴打了一拳。江峰四仰八叉跌倒在地，很久都爬不起来。江峰躺在地上，用沾满泥土的手抹了一下嘴角，嘴角上也沾满了泥土。江峰说金大印，你竟敢打我？

金大印走了好远，回过头看见江峰仍然躺在地上。几个路过的人扶起江峰，江峰试图挣脱别人的搀扶，想再次躺到地上。但是搀扶者的手劲特别大，江峰不得不站起来，跟随搀扶者走上四楼办公室。金大印望着办公楼想我闯祸了。

第二天，人事处长林方和干事张远辉敲开金大印的家门，递给金大印一大堆化验单。从化验单上，金大印得知江峰被他打了一拳之后，下巴错位，大便带血，心脏病猝发，现正在住院治疗。金大印说如果我知道一拳打出他这么多毛病，就不会打他。林方说事情已闹到了这种地步，看来是无法收拾了。不就是几个鸡蛋吗？如果当初你跟我说一声，我会掏自己的钱给你买几十个。林方说得金大印的嘴唇再次颤抖起来，他拉开一个又一个抽屉，终于从抽屉里拿出一把扳手。他把扳手举过头顶，说你再这么说，我就砸烂你的狗头。林方和张远辉飞快地从沙发上爬起来，溜出金大印虚掩的家门。

金大印捏着扳手坐在沙发上发呆,家门完全彻底地敞开。何碧雪走进家门时,金大印仿佛没有看见。何碧雪问他出了什么事?他也不回答,只有他的喘气一声比一声粗重。何碧雪把散落在客厅的化验单一张一张地捡起来,说我早就说过,你不要做什么鸡巴英雄,你好好地做你的保卫科长,就不会有今天。金大印从沙发上跳到何碧雪的面前,扇了何碧雪一巴掌,然后提着扳手从敞开的门框下走出去。何碧雪双手捂着被金大印扇痛的脸膛,说你干吗打我?你发癫了吗?说着说着,她的脸上一阵阵麻辣,泪水艰难地流出来,哭声轻松地喷出来。她孤独地站在客厅,大门敞开着,江峰的化验单捏着。

金大印来到江滨路王舒华的小卖部时,他的手里已经没有了扳手。他从省医院一直走到江滨路,不知道什么时候在什么地方把扳手弄丢了。王舒华看见金大印垂头丧气地走进来,问他出什么事了?金大印说如果我的手里还捏着扳手,就把你的柜台统统地砸烂。王舒华忙给金大印搬来一张椅子。金大印的屁股重重地落在椅子上,椅子摇晃了一下。王舒华说为什么要砸我的柜台?金大印跷起二郎腿,一心一意地抽烟,烟雾像他的头发和胡须,在他的头顶和嘴角边不停地生长。他只是抽烟,并不说话,眼睛看着小卖部之外川流不息的人群。

从中午到黄昏,金大印像坐在一个没有人类的角落,始终一言不发。王舒华把一条好烟放到他的右手边,他撕开烟盒，一支接着一支地抽。他把快要烧到手指头的烟蒂点到新的香烟上，整个下午他只用了一次打火机。香烟头遍布椅子的四周，地板上积聚了一层厚厚的烟灰。

王舒华开始关店门，她把门角的木板一块一块安到门槽上，说老金，今晚我请你吃饭。金大印没有回答，依然坐在椅子上一动不动，好像是过多的香烟把他熏醉了。王舒华合上最后一块门板，店里顿时明亮了许多，嘈杂的声音被关在外面，店里的灯光被关在里面，柜台里、货架上的日用百货变得比亲人还亲。王舒华走过椅子边时，把她的右手拍到金大印的肩膀上，说干吗闷闷不乐？金大印抓过王舒华的手掌，像玩弄香烟一样玩弄王舒华的手指。王舒华的脸一下子红了起来，出气的声音也愈来愈粗糙。王舒华说老金，你帮人帮到底，能不能再帮我做一件事？金大印说你还有什么事需要我帮助。王舒华说我已经好久没过那种生活了。金大印说什么生活？王舒华只笑不答，甚至装出害羞的模样。金大印说你的丈夫呢？王舒华说他长年在广东那边做生意，一年只回来一两次。名义上我是他的妻子，实际上我像一个未婚青年或者寡妇。

王舒华这么说着的时候，她的手已经在金大印的胸口和背膀上滑动。金大印掰开王舒华的手指，从椅子上站起来，说你要干什么？王舒华拦腰抱住金大印，也不管姓金的同不同意，嘴巴很饥饿地啃食金大印的脖子和下巴。金大印觉得全身的血液被烧开了，每个细胞都发出了哼哼声。

金大印的裤带被王舒华解开。王舒华的手正在拉金大印的拉链。金大印的裤子随拉链的分开而急速下滑，王舒华的手直奔主题，紧紧抓住金大印的命脉。金大印向后缩了一下，说你的手怎么这么冰冷？王舒华把手松开，拿到嘴边哈了几口热气，说现在不会冰冷了。王舒华再次把手伸向金大印。他们同时发出饥渴的声音，好像地板突然发生了偏移，他们的身子倒到了纸箱上。纸箱慢慢地往下陷落，金大印不停地追赶陷落的速度。王舒华的喊声愈来愈夸张。金大印说你痛了？王舒华停止喊叫，用手挡住自己的眼睛。金大印说你不愿意？王舒华伸出双手，把金大印的身子往她的身上扳。他们之间再没有距离，金大印的眼睛看不到王舒华的眼睛。金大印说这才叫业余生活，这才是真正的生活！

金大印在生活的赞美声中结束行动。王舒华变得狂躁不安，试图搬动他的身子，再生活一下，但金大印没有任何反应。王舒华说你真没用。金大印从纸箱上立起来，看了一下自己赤条条的下身，好像看着别人的身体，说从来没有这样过，我从来没有这样过，这是我的第一次业余生活。他好像是被自己的身子吓怕了，牙齿开始敲打牙齿，发出咯咯咯的响声，身体也跟着颤抖起来。他弯了两次腰，想把滑到脚面的裤子提到臀部，但都没有抓住，于是坐到纸箱上，双脚跷向天花板，裤子沿着小腿滑回来。由于匆忙，他把拉链拉坏了。没顾得上跟王舒华说一声谢谢或再见，他就从后门跑了出去。跑了好远,他还感到害怕,感觉有人在追踪自己,仿佛每个行人的目光都充满了邪恶。跑着跑着,他发觉自己跑错了方向,停下来看一看周围,没有发现什么与众不同,世界仍然是世界,天也没有塌下来。这时候,他的嘴里冒出了一串悠扬的小调。

　　第二天,金大印到报社去找马艳。他对马艳说我不干了。马艳说什么不干了?金大印说英雄的不干了,再这样下去,我会变成疯子。你想一想,我不仅受了伤,还得罪了领导。老婆埋怨我,孩子们反对我。利益我不能去争抢,就连业余生活都没有。一个没有业余生活的人,活着还有什么意思?马艳用她的手背掩住嘴巴,笑得椅子不停地晃动。金大印说自从做了英雄之后,我什么都得问你,有时候跟老婆在一起睡觉,也想问一问你。马艳笑得更加得意,看见金大印没有笑,笑声便适可而止。她从抽屉拿出一个信封,在金大印面前晃动,说还想不想听我的?金大印的眼睛顿时闪闪发光,他伸出双手去抓信封,信封飞快地缩回去。他垂下双手,信封又扑到他的头上。他踮起脚跟伸长双臂努力去抓信封,信封从马艳的左手传到右手,然后又从右手传到左手。他一把抱住马艳,终于抓到了那个信封,但抓到了信封他也不松手,抱得愈来愈紧,愈来愈有力。马艳说你敢抱我?快松手,你敢抱我!

第四章

少管所的铁门哐啷一声打开，牛青松穿过阴暗狭长的走廊，朝着敞开的铁门走来。他低着头，目光谦虚地落在他走动的脚背上，双手垂在胸前，头皮闪闪发亮，上面没有一根头发。理发剪把他在少管所里长出的头发，全部还给了少管所。他的目光像是固定的，他的脚步不紧不慢，很有规律。

　　牛红梅向前跨出两大步，双手紧紧抓住牛青松左手的无名指。那是一根残缺的手指，三年前，为了向公安人员证明自己没有撒谎，牛青松用小刀割掉了一小节。牛青松手指喷出的血染红书桌，那些斑斑血迹至今还活跃在我的眼前，仿佛没有风干。牛红梅说你的手还痛不痛？牛青松左右摇晃了一下脑袋，目光稍微往上抬了抬，鲜艳的舌头舔着干燥的嘴唇。他的目光越过我的肩膀和头发，愈抬愈高，最后我只看见他两个宽大的鼻孔。他的眼睛面对天上微微眯着，好像不认识太阳。

我说上车吧。牛青松和牛红梅坐到我踩的三轮车上。车轮开始转动,牛青松不太适应,用惊恐的目光盯着后退的楼房和街道两旁的树木。他说停停停。这是他走出少管所说的第一句话。我依照他的指令把车停到路旁。他跳下车指着我说下来。我说你要干什么?他说下来。我只好下来。他说车子,让我来踩,你们都给我坐好。我坐到他的位置上,他坐到我的位置上,车轮再次转动。他衬衣的袖管里灌满风。他说从现在起,我要做一个高尚的人,做一个脱离低级趣味的人,做一个勤劳的人。我不坐享其成,不不劳而获,不自私自利。他不停地说着,脊背上、额头上的汗水都被他说了出来。

回到家里,牛青松把他的身体全部交给了沙发。他笔直地坐着一动不动,两颗煤球似的眼珠也不怎么灵活了。牛红梅说青松,我又怀孕了。牛青松沉默着。牛红梅说青松,你姐夫还有一年多就大学毕业了。牛青松沉默着。牛红梅说青松,你说杨春光他会不会另寻新欢?我每天晚上都梦见他抱着别的女人睡觉。牛青松依然沉默着。牛青松的沉默使我们感到脊背发凉。我说你可以去找刘小奇他们玩一玩。牛红梅说你是不是在思考,你一思考,我们就心跳。

我说你记不记得爸爸给我们说过的一个笑话?爸爸说1949年前,有一位小伙把新娘迎进家门,许多年轻人跟小伙打赌,看他有什么办法让新娘开口说话。那时的姑娘很封建。

夜晚，席已散，客不走，那些想听新娘说话的人，都把耳朵贴到墙壁上。小伙子，也就是新郎，他故意把被窝横着盖在身上。新郎和新娘的脚和大腿都露在外面。我不知道他们结婚的时候是什么季节？如果是冬天，他们的大腿一定很冷。新郎说岳母家的被窝怎么这么短？连我的膝盖都盖不到。新娘说不是我们家的被窝短，是你把被窝盖横了。就这样，新娘开口说话了，不再沉默。哥，你又不是新娘，干吗像新娘那么害羞，连话都不说。牛青松依然沉默得像块石头。

在我给牛青松讲故事的过程中，牛红梅已把鱼头青菜汤、红烧肉、青椒炒豆腐摆到了餐桌上。她说你们，别说了，赶快洗手吃饭。牛青松坐在沙发上一动不动，他的耳朵好像失灵了，对牛红梅的声音没有作出应有的反应。牛红梅说我知道你受苦了，三年来，我没能天天去看你。在你被关的日子里，我没有痛定思痛，反而谈恋爱、结婚甚至怀孕。我是一个不称职的姐姐，现在正式向你道歉。我说我也向你道歉，在你被关的时候，我不仅不悲痛，反而有说有笑，还参加各种娱乐活动。我不应该踢足球，也不应该把学习成绩搞得那么好。我在无意中伤害了你的自尊心，我对不起你。

牛青松的双手终于动了起来，他拍打沙发扶手，皱着眉头张着嘴巴闭着眼睛喊道：我要劳动！他的喊声响彻云霄。牛红梅的说话声被牛青松的喊声淹没。牛红梅一连说了三次，她的声音才从喊声中脱离出来。牛红梅说你要劳动什么？牛青松说打煤球。

　　第二天早上，牛青松踩着我家那辆破旧的三轮车去煤炭公司拉煤。他把身子伏在三轮车上，以便减少阻力。他的双脚在三轮车的脚踏上起伏着，他的嘴里哼唱着社会主义好，社会主义好，社会主义国家人民地位高，反动派被打倒，帝国主义夹着尾巴逃跑了……

　　当他站在填河路19号煤炭公司的旧址时，没有看见一丁点儿煤炭。那块煤炭公司的招牌已经从他眼前消失，一排整齐的发廊填满他的眼眶。那些发廊的茶色玻璃上写着美容、按摩、洗头、吹头。

　　一位姑娘从玻璃的后面闪出来，她的嘴唇肥厚，两个乳房像两个硕大的冬瓜，每向前迈动一步，胸口就会剧烈地颤抖一下。牛青松嗅到了姑娘的香气。香气扑鼻的姑娘把一只手搭在牛青松肩上，要他进去洗头。牛青松推车欲走，姑娘拉住他的三轮车后架。另一位姑娘也从发廊里跑出来，拉住三轮车的后架。她们的双脚蹬在一块砖头上，身子后倾，手臂绷直，三轮车慢慢后退，一直退到发廊的门口。

　　牛青松说你们要干什么？姑娘甩动她们的手掌，说洗头。牛青松一拍脑袋，说我没有头发。姑娘们看着牛青松光亮的头皮发笑。她们说没有头发也得洗，你的三轮车把我们的手硌痛了，我们只收你半价。洗不洗是态度问题，有没有头发是水平问题。牛青松推动三轮车，企图离开，立即被四五个姑娘团团围住。她们说你这个头,今天我们非洗不可,不管你愿不愿意,我们都得洗。她们像一群乡村的麻雀,叽叽喳喳叫唤着把牛青松推进发廊。

一个姑娘按住牛青松左边的肩膀,另一个姑娘按住牛青松右边的肩膀,牛青松被牢牢地按在椅子上。牛青松昂起头,眼前是一面大镜子,他和姑娘们以及桌子上的洗发精、洗发水瓶全部装在镜子里。一位姑娘往他头皮上倒部分洗发精,头皮一阵冰凉。因为受了冰凉的刺激,他的头不停地晃动,洗发精沿着他的额头流过眼睛和鼻梁。他从椅子上站起来,姑娘们又把他压回椅子里。一些洗发精流进他的嘴巴,他喷出来,说要文斗不要武斗。姑娘们听不懂他的话,不停地用她们白嫩的手指抓挠牛青松的头皮。牛青松说你们这是强奸是打劫,我要抗议。你们强奸吧、你们打劫吧,我身上可没有半毛钱。

姑娘们的手像断了电突然停住,一只沾满泡沫的手悬在空中。她们说没有钱你洗什么头?牛青松说是你们强迫的,我的头上原本就没有头发,洗的人多了,它也不会有头发。一个洗头的把泡沫抹到牛青松的脸上,说没有钱你休想离开这里。牛青松说真是岂有此理。

姑娘们拦住发廊的门,不让牛青松出去。牛青松用胳膊肘、膀子不停地撞击她们的身体。她们的身子像一堵橡胶砌成的墙,一次一次把牛青松弹回来。牛青松瞄准一位姑娘的乳房冲过去,姑娘的乳房同样富有弹性。姑娘说你敢摸我的奶子，你得给我50元小费。

一个白胖的男人推开姑娘，从门外走进来，站在牛青松面前，说你想打架吗？牛青松用手掌抹一把自己沾满泡沫的脸，说我不想打架。说完，他又用另一只手抹了一下自己的脸。他脸上的泡沫转移到他的两只手上，真实的五官显露出来。他绕过面前的人，朝门外走去，刚走了两步，便听到有人叫他。他抬起头认真打量面前这位白胖的家伙，说刘小奇！怎么会是你？刘小奇拍了一下他的肩膀，他也拍了一下刘小奇的肩膀。刘小奇说这是我开的发廊。牛青松说她们强迫我洗头，可是我的头上没有一根头发。

刘小奇对着姑娘们叫王芳。王芳向前迈出半步。刘小奇说你给他按摩按摩。王芳说我不干。刘小奇说你敢？王芳是刚才给牛青松抓头的那位姑娘，她把牛青松从头到脚瞄了一眼，说按就按，不就是按摩吗？王芳推着牛青松走进发廊的里间。牛青松一边往里间走，一边回过头来说刘小奇你要干什么？你这是存心害我。我不按摩，我没有钱。刘小奇说不要你掏钱，全免，就算是我为你接风洗尘吧。

牛青松只在按摩室里待了两分钟，便双手提着裤子冲出来，说她怎么解我的裤带？还捏我的下面，怎么能够这样？刘小奇和姑娘们张嘴大笑，他们的笑声邪恶淫荡，把发廊的瓶子震得晃来晃去。

刘小奇带着牛青松上了发廊的二楼，来到刘小奇租住的卧室里。牛青松问刘小奇,那些发廊里的姑娘真的可以操吗?刘小奇说怎么不可以?只要你有钱,怎么会不可以呢?牛青松说怎么能够这样?我们的胡管教说不调戏妇女。刘小奇说不要再说你的胡管教了,你已经自由了,已经18岁了。牛青松说可是,那些姑娘,我还不知道她们的名字,她们也不知道我姓什么。刘小奇说今后别叫他们姑娘,你不要污蔑"姑娘"这两个字眼。你知道姑娘是什么?牛青松摇摇头。刘小奇说姑娘是指处女。她们都不是处女了,所以不能叫姑娘。牛青松说那叫她们什么?刘小奇说小姐。

刘小奇拍一下牛青松的屁股,说你是不是还没有操过?牛青松说没有。刘小奇说想不想赚钱?牛青松说想。刘小奇说下面我给你介绍几种赚钱的方法:

第一种:每天晚上你陪着我打麻将。在打麻将之前,我们事先约好暗号。我需要什么牌,你就放什么牌。这样我们把其他人的钱赢进我们的口袋。

第二种:倒卖假古董。我们把那些假古董卖给海外老板,他们一般不太识货,即使识货他们也买。他们拿着假的去蒙另外的老板,赚到的钱往往比我们赚的还多。所以,我跟他们合作得很愉快。

第三种:走私,就是到边境上走私。我想干这个差事你没有胆量,不如选一种安全可靠的工作,那就是"调包"。你找一位合伙人,让他把一沓纸(外面用百元钞票包住)丢在路上，然后你当着某位路人的面把钱捡起来藏到衣兜里。这时你要故意显得慌张，故意跟某位路人套近乎，告诉他你捡到了钱，要他不出卖你，只要不出卖两人就分赃，每人一半。但考虑到在马路上不便数钱，你把捡到的钱暂时交给他保管，让他先掏一点儿定金给你，然后约定分钱地点。如果他身上没钱，你可以跟他要手表、项链什么的。人都他妈的自私，为了独吞那一沓看上去差不多上千元的巨款，他们往往不惜倾尽身上的所有。你拿到了他的钱物，便以最快的速度溜掉，最好是以每秒十米的速度离开。如果每天你能使两个人上当，那你就能养活自己。

牛青松的脊背冒了一层冷汗。牛青松说小奇，你的钱都是这样赚来的吗？刘小奇说不是这样赚那怎样赚？我一不偷二不抢，三不反对共产党，不超生不讨饭，不给政府添麻烦；不用灯不用电，自己的设备自己干。牛青松说胡管教教导我们不拿群众一针一线，志不求易，事不避难。刘小奇说我拿群众的一针一线了吗？我这样赚钱容易吗？谁给我幸福了？还不是我自己。牛青松说你能不能告诉我一种正当的赚钱方法，我想用我的双手赚钱。刘小奇拉开他的衬衣口袋，说看见了吗？我的口袋里有好几百块钱，现在你把手伸进去，然后把钱掏出来。牛青松从刘小奇的口袋里掏出几张钞票，递给刘小奇。刘小奇说这钱是你的了。牛青松说为什么？刘小奇说别问为什么，只要你的手能够从别人的口袋里掏到钱，就尽力去掏。每个人都是用他的双手赚钱，而不是用他的脚丫子。牛青松把钱丢到书桌上，说我听不懂你说的话。说完，他转身下楼，骑着三轮车离开了发廊。他向填河路上的行人打听煤炭公司的新址。他那辆破旧的三轮车像一位退休的老人，在填河路上慢悠悠地晃动。

在我上学、牛红梅上班的时候，牛青松就站在家门口打煤球，通红的太阳照着他一丝不挂的头顶。他的十根手指交替擦汗，黑色的煤渣涂满他的脸。到了吃饭的时候，他也没把脸上的煤渣洗掉，以此向我们标榜他在艰苦地劳动。他的嗓门在劳动中渐渐洪亮，他用洪亮的嗓门说我打了一阳台的煤球，差不多够我们烧半年时间。牛红梅说煤球暂时不用打了，你能不能干点儿别的？牛青松张开黑不溜秋的嘴巴，露出白色的牙齿，像马一样鸣叫干什么？我还能干什么？

第二天，牛青松从商店买回两桶油漆。那是两桶质地优良的油漆。他翻箱倒柜，立志要把所有的家具油成绿色。这样，与母亲有关的旧衣服和乳罩被倒腾出来，码在我们的床上。与父亲紧密联系的裤衩（还有破洞的裤衩），以及书籍、笔记本也被牛青松统统地掏出来，堆放在客厅里。牛青松穿行于这些杂物之间，或蹲或站，油漆沾满他的鼻梁、双手和脚板。他没有办法把沾在皮肤上的油漆洗掉，只好挂着那些绿色的油漆睡觉、穿衣、步行和上厕所。阳光暗淡的下午，他看上去像一位十足的小丑。

当我们的家庭快要变成绿色的海洋时,一本存折从父亲的书籍里滑落出来。牛青松站在气味浓烈的油漆中间,用十根绿色的手指捧着那本红色的存折塞塞窣窣地颤抖。3000元,3000元啦!他像一位摇滚歌手用尽气力唱道。

按照当时的物价,3000元可以买一辆很好的摩托车,可以让我们一家三口丰衣足食两年,可以旅游大半个中国,可以为牛青松讨到一位漂亮的妻子,可以购买彩电,可以装修房屋。但是牛红梅的计划打破了我们的美梦。牛红梅向我们建议,把这笔钱寄给正在南京大学中文系学习的杨春光。

牛红梅的建议遭到了我的强烈反对。我说杨春光不缺钱花,他要这么多钱干什么?男人有钱就变坏,女人一坏就有钱。你是想让杨春光变坏吗?牛红梅说如果杨春光有3000元钱,他会找到一份很好的工作。他有了好工作,将来你们也会有好工作。一人得道,鸡犬升天。我说他有这3000元钱,可以分配到组织部、人事厅这样的部门吗?牛红梅说能。我说如果能,我同意把3000元全部捐给姐夫,就当是捐给灾区,就当这笔钱从来没有过。范仲淹教导我们说不以物喜,不以己悲,居庙堂之高则忧其民,处江湖之远则忧其君。先天下之忧而忧,后天下之乐而乐。

听我这么一说,牛红梅激动得不知如何是好,激动得简直没有形容词。她用奇怪的眼神望着我,双手不停地拍打她妩媚动人丰满性感的屁股。一些寄生在她裤子上的细微的尘土,在她手掌的拍打下飞扬而上。我从来没有看见她如此兴高采烈过,甚至把兴高采烈的动作弄成了习惯,因为从此后,凡遇到高兴的事,我都看见她用双手拍打屁股。

我从牛青松手里抢过存折,看见存折上沾上了几点绿色的油漆。牛青松捏过存折的手停在空中,他的整个身子纹丝不动,只有眼珠子转了一下,目送我和牛红梅走出家门。我和牛红梅肩并肩,在牛青松的目光照耀下朝着银行前进。我们手里捏着存折,心里感受着80年代夏天的阳光。我们觉得那一天的阳光比平时多灿烂了50%,街道比平时多干净了20%,树木比原来的树木长高了1/4倍。总之,那一天,我们觉得此树木不是彼树木,此阳光不是彼阳光。总之那一天,我们心情很好。

当我们把父亲牛正国的存折从栅栏的缝隙递进去的时候,看见一对老花眼镜从柜台后面站起来。在老花眼镜的镜片后面,是一对不停滚动的眼珠和布满皱纹的额头。他的头微微一低,眼珠从镜框之上露出,像看小偷一样看着我们,说这是你们的钱?牛红梅说是的。他把存折从里面丢出来,说密码,除非你们有密码,否则这钱取不出来。他好像知道我们不知道密码似的,胸有成竹地把存折丢出来。

翻遍了父亲所有的笔记本,我们没有找到密码。牛青松坐在一旁,看着我和牛红梅哗哗地翻动书页,客厅里到处都是打开的书和笔记本。牛青松说我认为，这笔钱应该有妈妈一份。妈妈，牛红梅从书堆中抬起头来，然后双脚往上一跳，两手拍打屁股，说对了，我们这就去找妈妈，她一定知道密码。

尽管已经深夜了，我们还是决定去找母亲何碧雪。我们每人推着一部自行车，一线儿排在马路上。牛红梅向我们宣布比赛规则，谁先到达人民医院的大门，谁就可以从父亲的存折上拿到1500元，第二名1000元，第三名500元。父亲的存款就这样被牛红梅瓜分了。我看见牛红梅和牛青松的身子伏在自行车上，像鸟一样滑翔而去，他们的屁股包住了坐包，头对准路面。从后面看上去，你绝对看不到他们的头，只看到他们高耸的屁股像切破的南瓜，一半矮下去一半扬起来，如此快速的起伏，使他们的车轮滚滚。当我超过牛红梅的一刹那，牛红梅仿佛丧失了比赛的斗志。她直起腰无可奈何地看着我，如缺氧的鱼大张其嘴。抬头往前看，牛青松已经变成一个小黑点，消失在昏黄的路灯之中。于是我想，别人骑马我骑驴，细细想来是不如，抬头往后看，还有打柴汉。这么想着的时候，我差一点儿撞到了一辆迎面而来的汽车上。

到达人民医院大门，我没有看见牛青松。我站在灯光明亮的地方大口喘气，汗水穿透我的衬衣，滴滴答答往下滴，自行车的车把沾满汗水。等我的汗水快被风吹干的时候，牛红梅才摇摇晃晃地到来，她的自行车发出一种嘹亮的声音，好像是链条摩擦铁皮发出的。她跳下自行车时,身子软得像一根面条,连站立的气力都没有了。她一手扶车一手捂住腹部说,我差一点儿就害了我的小宝宝。

谁都想不到牛青松会最后一个到达。他因为不知道街道已经改变,所以绕了一个大弯,甚至还跌了一跤。他把跌破的膝盖指给我们看,我们的眼光中全是血。他说只能怪我的运气不好,为什么你们不跌跤,偏偏是我跌跤?他把自行车放倒在地上,双手轮番扇自己的脸。清脆的巴掌声响彻夜空。我知道那一刻,他比任何人都痛恨自己。

在从大门往母亲住处的路上,牛青松一言不发。我听到他粗重的喘息声里夹杂着嘟哝声,他仍然在痛骂自己的运气。密码对他已不重要,母亲对他也不重要,重要的是他为什么跌了一跤?

牛红梅用食指和中指的关节敲打母亲的门,门板发出空洞的声音。敲门声响了好长时间,门板才漏出一丝亮光,一个男高音从门缝里钻出来:找谁?牛红梅说找我妈。他说你妈是谁?牛红梅说何碧雪。他说他们早就搬走了。牛红梅说搬到哪里去了。他说不知道,好像他们都辞了职,做生意去了。牛红梅僵硬死板地站在原地,不知道手该放在哪里,话该怎样说。门板在她面前轻轻地合上,光线被掐断了。牛红梅说他们怎么就搬走了呢?他们什么时候搬走的?为什么不告诉我一声?她每走下一级台阶就问一声自己。她不停地拷问自己,就像某些作家拷问灵魂。

牛青松开始把散落在客厅的父亲的日记一本一本地捡起来，他坚信存折的密码一定躲藏在日记的某个地方。他拍着胸膛向我们保证，说一定能够把钱从银行里取出来。牛红梅说谁能找出密码，谁就拥有这 3000 元。牛红梅把存折丢给牛青松。

无论白天或黑夜，牛青松坐在他刚油完漆的旧家具中间，细心阅读父亲的日记。他的周围飘荡油漆的气味，气味像一根棍子不时撩拨他的鼻孔，所以他喷嚏连天。他从日记里获得不少秘密，然后在进餐时向我们卖弄。有一天，他突然对我们说刘大选，也就是兴宁小学的刘校长，借了父亲的两本书，至今未还。

他拿着父亲的日记去找刘校长，向刘校长索要四年前父亲借给他的两本书。刘校长已经把这件事彻底地遗忘了。刘校长说你再说一遍，到底是什么书？牛青松说《红岩》和《青春之歌》。刘校长说我已经还给你父亲了。牛青松说没有，你再好好想一想，是不是堆在哪个角落？或是你当做废纸卖掉了？刘校长说让我想一想。他说让我想一想的时候，不停地用右食指敲打右边的太阳穴。

刘校长想了一会儿，走到他的书柜前，弯腰把头送进书柜底层。他花白的头发在书柜上碰撞了几下，鼻尖上沾满灰尘。牛青松听到柜桶里发出惊喜之声，刘校长的脑袋从柜桶里退出，他的手上捏着两本砖头一样厚的书。两本书都用牛皮纸做的封面，真正的封面已不复存在。刘校长用鸡毛掸子在牛皮纸上扫动，一团灰尘像蘑菇云直上云霄。写在牛皮纸上的"毛泽东选集"五个拇指般粗壮的字，像铁锤一般敲打牛青松的眼睛。牛青松说不是这两本。刘校长说是这两本。牛青松说我爸借给你的是《红岩》和《青春之歌》，现在怎么变成这样了？刘校长用拇指像洗扑克一样，哗哗地翻动发黄的书页，说你看，这上面全是林道静和江姐的名字，这还会有错吗？这两本过去是被批判的，就像某些人一样被打入另册，所以你父亲故意这样伪装它们。尽管换了书皮，但书还是原来的书，这叫换汤不换药，这就是一个人的外表不代表他的内心。你不说我还把这事给忘了，我这个人从来是有借有还，再借不难的。

牛青松拿过两本书，认真地翻了一下，看见林道静和江姐的名字像铁钉一样钉在书中，才放心地打了一个喷嚏，像完成了一项神圣的使命，朝着家中狂奔而来。他把书摆在书桌上，满意地拍着它们，说这不仅仅是两本书的问题，这是爸爸的遗物，它证明爸爸的日记非常诚实可信，是信得过的日记。

牛青松接着往下看，他看见父亲写道：江爱菊借钱200元。他不相信地揉了揉眼睛，再看，不错，是江爱菊借钱200

元，一共 64 画。在这 64 画的下面，有一段江爱菊借钱的说明。

　　下午五时，牛青松站在楼梯口，等待江爱菊下班归来。他把想说的话一字不漏地温习了一遍，力争做到万无一失。从楼梯口往外看，正好看见一个报刊零售点。零售点前摆了一块木板，上面贴满许多的杂志封面，丰乳肥臀的女郎们像真的一样，色彩鲜艳美味可口。牛青松把她们的每一个部位详细地看了一遍。买报纸的人来来往往，他们灰色的黑色的杂色的裤子和裙子，不时挡住木板上的女郎。牛青松的目光穿过裙子和裤子的缝隙，把那些招贴画分割成无数不规则的块状。一个小时就这样被他打发掉了，他看见江爱菊挽着一个菜篮，慢条斯理地朝他走来。菜篮里的青菜没精打采，江爱菊低头看路。

　　到了楼梯口，江爱菊差一点儿撞到了牛青松的身上。江爱菊说牛青松，你站在这里干什么？牛青松说等你。江爱菊说等我干什么？牛青松说等你还钱，你借我爸爸的那 200 元钱。江爱菊惊叫一声，说你爸爸都死了四五年了，我什么时候借他的钱？牛青松说 1975 年 12 月 15 日，爸爸在日记上写道：这一天，江爱菊借钱 200 元。江爱菊说她家来了一个乡下亲戚，需要一点儿钱，但她家的钱都由老范管理。老范从来反对江爱菊私下把钱送给江家的亲戚，所以管钱管得很紧。我们家的老何也不喜欢我把钱借给别人，但看着江爱菊那副求爷爷告奶奶的模样,我从存折上取了200元给她。她说老牛呀,你真是及时雨宋江,等我手头宽松了我就还你。爸爸日记里的老范是指你们家的范伯伯,老何是我妈何碧雪。江爱菊一挥右手,说真是岂有此理,这200元钱我早就还过了。牛青松说可是,爸爸的日记上没有你还钱的记录。江爱菊说这不能说明我没还钱,你爸爸又不是天天写日记,也许我还钱的那天你爸爸正好感冒,没有写日记呢?牛青松说绝对不会,许多芝麻绿豆的事他都记下来了,何况是这么重大的事情。借债还钱,杀人偿命,你得把钱还给我们。江爱菊哟哟地叫了几声,说看来少管所你没有白去,学到了不少东西,刚一出来就想翻案了。江爱菊一边说着一边挎着菜篮上了二楼,掏出钥匙打开门,然后用脚后跟把门狠狠地碰回来。楼道里发出惊天动地的关门声,牛青松的身子明显抖了一下,像是被关门声吓着了。

整夜没有睡好的牛青松嘴里嘟哝着,怎么会是这样?怎么能够这样?他洗脸的时候这么嘟哝,刷牙的时候这么嘟哝,吃早餐的时候也这么嘟哝。他这么嘟哝着走出家门,去市工人文化宫找江爱菊伯妈。

文化宫办公大楼的下面三层已出租给了别人,它已不属于江伯妈之流使用。一楼用来打桌球,二楼开了个餐馆,三楼正在装修,好像是一个舞厅。走过三楼时,锯木声和电钻声不绝入耳,牛青松在楼梯上跑了几步,差一点儿跌倒了。

他在四楼找到了江爱菊伯妈的办公室。办公室里坐着两男两女,墙壁上挂满锦旗和奖状。许许多多的奖杯堆放在屋角,上面爬满灰尘。牛青松站在办公室门口喊了一声江伯妈,我的钱,我来要我的钱。四个人,八只眼珠像八颗黑夜中闪动的猫眼,一齐盯住牛青松,仿佛要把他活活吃掉。牛青松站在门框里进退两难,昂头看着墙壁。

一声细长的尖叫从江伯妈的喉咙里飘出,它跳下了山冈淌过了草地流向远方,它在流动的过程中逐渐变成字,逐渐组成句子——你们说奇不奇怪,他刚从少管所出来就向我要钱,说是他爸借给我的。他爸已经死了四五年了,他现在还跟我要钱,真是岂有此理。我借他爸的钱早就还过了,他又想再要一次,这和敲诈、勒索有什么区别?真是岂有此理。唾沫从江伯妈的嘴里飞出,在整个办公室里飞扬。牛青松说借债还钱,杀人偿命,你是国家干部,又是共产党员,岂有借钱不还之理。这钱虽然不是我的,但它是我爸爸的,我现在替我爸爸办事。江伯妈说这钱我还过了。牛青松说没还。他们的声音愈来愈大,好几个办公室的人都跑出来围着他们。

有人推了牛青松一把。牛青松站在门框下一动不动。有人说把他轰下楼去,这里不是菜市,怎么能让一个无赖在这里横行霸道。牛青松说谁是无赖,江爱菊借钱不还,才是无赖。江爱菊不是没有钱,她不会连200块钱都拿不出,她是不想还这200元钱。她认为我爸爸死了,死无对证,所以她欺负我，她这是欺负一个孤儿，你们都在欺负一个孤儿。牛青松这么说着的时候，已经把手掌伸进门拉手里，现在门拉手就像一副手铐铐住了他的左手腕子。

人群中走出一位彪形大汉，他拦腰抱住牛青松。牛青松双脚离开地板，门随着他的左手摇摆。彪形大汉往楼梯方向走了两步，牛青松的手合上了办公室的门，他的左手还卡在拉手里。彪形大汉用力摔动牛青松的身子。牛青松哟了一声，说我的手快断了。彪形大汉又摔了一下，牛青松的左手腕子被门拉手拉红了。彪形大汉再摔一下，牛青松的手从拉手里脱出来。牛青松开始用双脚踢打彪形大汉，彪形大汉任凭牛青松的踢打，他像抱婴儿一样把牛青松从四楼抱到一楼，然后摔掉牛青松。牛青松用右手掌抚摸着左手腕子，从地上站起来，看见抱他的人堵在一楼的楼梯口，他的身子差不多把楼梯口全部塞满了。他一跺右脚，地皮颤抖了一下。他说滚。牛青松说不滚。他说不滚，我也不会让你上去，除非你从我的胯下钻过去。说着，他又跺了一下右脚。牛青松站在离他两米远的地方，说我就站在这里，我不滚我也不上去，我在这里等江爱菊。这是中华人民共和国的土地，我是中华人民共和国的公民，我有资格站在这里。彪形大汉靠在墙壁上，也不说话。他们彼此对望着，彼此都发出一声冷笑。

江爱菊从门里走出来，牛青松紧紧跟随她。江爱菊说你跟着我干什么？牛青松说要钱。江爱菊加快步伐，牛青松迈开大步。江爱菊钻进公厕,牛青松站在公厕的门口。江爱菊恢复了平时的姿态,她渐渐地不把牛青松当一回事。到达菜市的时候,江爱菊发现看她的人目光都十分怪异,他们张开嘴巴,露出白晃晃的牙。江爱菊一回头,看见牛青松举着一张纸,上面用毛笔写着几个歪斜的大字:

前面这个女人欠我爸200元。

江爱菊抓过牛青松手里的纸,揉成团砸在地上,用脚狠狠地踏了四五下。她说不就是200元钱吗,你何苦这样?她开始往钱包里拿钱,眼看着就要把钱拿出钱包了,她的手突然停住。她说我干吗要拿钱给你?世界上没有无缘无故的爱,也没有无缘无故的恨,你的钱我已经还过了,干吗还要拿钱给你?她把钱狠狠地塞进钱包。

空手而归的牛青松整整想了一天,想出了一个绝妙的主意,但他不告诉我们,他向我们保证一定能够把父亲的200元拿回来。晚上十点钟,他卷上一床席子抱上一个枕头准备出门。他说他要睡到江伯妈家的客厅里,准备跟他们"三同",也就是同吃、同住、同气愤。牛红梅拦住他,他一扭身冲出去,枕头巾掉到了门边他也没看见。

事实上,事情没有他想象的那么复杂。当他敲开江伯妈家的门时,他们以为他是讨上门的乞丐。江伯妈揉了揉眼睛,范伯伯揉了揉眼睛。在他们揉眼睛的时刻,牛青松把席子展开,铺到客厅的地板上。范伯伯问牛青松出了什么事?牛青把父亲1975年12月15日的日记重新背了一遍。范伯伯从皮夹里掏出200元钱，递给牛青松，说你走吧。就这样，牛青松像一只夹着尾巴的狗，夹着席子、枕头和200元钱回来了。从他走出去到回来，前后15分钟。他把钱交给牛红梅，感到很不过瘾。

有一天，牛青松在父亲密密麻麻的日记里，发现了令他兴奋的秘密。父亲在日记里写道：我把钱送给我最爱的儿子。我的去处是南方之南，北水之滨。

父亲只有我和牛青松两个儿子，谁是父亲最爱的儿子呢？日记里没有交代。牛青松认为所有的秘密，全部包含在父亲的这两句话里。这两句话是父亲人生的精华，是他所有日记的中心思想或主题。那几日，牛青松在家里茶饭不思，不停地用手抓他的头皮，他的头发在他手指与头皮的摩擦中，正破皮而出茁壮生长。如此抓了三天，牛青松不辞而别，从我们的视线中消失。他携带父亲的日记和存折，走向了不可知的地方。为了这事，姐夫杨春光专程从南京赶回来。也是这个时候，杨春光才知道姐姐牛红梅怀孕。

杨春光在拥抱完牛红梅之后，打听父亲存折的下落。他说不用密码，只要有关系开个证明就能把钱取出来。他和牛红梅翻箱倒柜恨不得掘地三尺，找出那本存折。他们翻了大约一个小时，直起腰来问我，怀疑我把存折藏在什么地方。我告诉他们存折被牛青松拿走了。杨春光说他又没有密码,拿走存折有什么用?我说他一定从父亲的日记本里找到了密码,否则他不会离开我们。我这样一说,杨春光的双腿开始软下来,他斜坐在沙发上,显得极其疲劳。

我的猜测很快得到证实,当杨春光和牛红梅赶到银行打听父亲的那笔款子的时候,职员告诉他们款子已被提走了。牛青松提走款子在我们的意料之中,但他是怎么知道密码的?他提到款子后又去向何方?我们一无所知。牛青松为我们留下了两个谜团。

经牛红梅再三请求,那个职员向牛红梅描绘了提款人的大体形象。他们说他的头发不长,刚刚长起来,像是从监狱里逃出来的犯人。他的无名指只剩下一小节,但记不清是左手还是右手?他先用了一个密码,不对;然后又用了一个密码,对了,我们就让他把钱取走。在牛青松后来的来信中,我们得知那天他先用的密码是 6659,后用的密码是 6246。用这两个密码的灵感,来自于父亲日记上的一句话:我把钱送给我最爱的儿子。谁是父亲最爱的儿子呢?在牛青松的印象中,父亲最爱的儿子好像是我,于是他把我出生的年月日连在一起,去破解父亲留下的谜团。但是牛青松一千个一万个错了,打死他也想不到父亲最爱的儿子是他。当他用自己的生日作为钥匙,孤注一掷把钱领出来的时候,他一定欣喜若狂,也一定出了一身冷汗。所谓悲喜交加又惊又喜,就是他那时的状况,那时的形容。

自牛红梅和杨春光从银行回到家的那一刻算起,不超过一天时间(也就是 24 小时),我们就再也不谈论牛青松,像有谁在命令我们赶快把他忘记。杨春光说他去读大学这三年多时间,最有长进的是羽毛球,恐怕整个南宁市都没有他的对手。他的这个说法首先遭到了牛红梅的反击。牛红梅说吹牛。杨春光说不是吹牛。牛红梅说我就可以把你打败。杨春光说今非昔比,今天的杨春光不是昔日的杨春光,不信我们可以叫牛翠柏作证比一比。在这一场比赛进行之前,我可以证明牛红梅技高一筹,她曾无数次在羽毛球场上把杨春光打败,为此杨春光心里很不舒服。他们曾用羽毛球来赌博,谁输谁就洗衣服、洗碗、拖地板。在我的印象中,这些差事都落到杨春光的头上。

杨春光和牛红梅把这场比赛定在星期天进行。地点:兴宁小学羽毛球场。裁判:牛翠柏。趁牛红梅上班的时机,杨春光买回了一副崭新的球拍,还为牛红梅买了一双球鞋、一套运动衣。离比赛还有三天时间,杨春光在客厅的墙上画了一个表。表格上方写着"友谊第一,比赛第二",表格的下方写着他和牛青梅的名字。在他们名字的上面空出一大片冠军的位置,就看谁能用实力把自己的名字写上去。表格的旁边,是用白纸制作的一个倒计时牌,不时公布离比赛还有多少天、多少个小时、多少分钟。杨春光经常指着这个表格对牛红梅说，看谁能登上冠军宝座，问天下谁是英雄？说过之后，他把新买的运动服穿在牛红梅的身上，像一位服装设计师，围着牛红梅转来转去，有时近看有时远观，嘴里不停地说着飒爽英姿。那种时刻，牛红梅幸福得像一位公主，恨不能把比赛提前。

　　早也盼来晚也盼，星期天啊，它终于到来。杨春光和牛红梅每人都穿着运动装，脚上的白网鞋和羽毛球拍鲜艳夺目。他们像日本电影里的三浦友和与山口百惠，像青春偶像，走向兴宁小学的羽毛球场。在第一场比赛中，牛红梅多次弯腰用手捂住腹部，这使做裁判的我突然想起她已经怀孕了。我劝牛红梅别打了。牛红梅不同意，说一定要把杨春光打败。第一局下来，牛红梅输了。杨春光隔着球网对牛红梅说别打了，还是别打了，就当是你让我一盘。牛红梅面色严肃，没有搭理杨春光，她走到杨春光这边，把杨春光推到她那边。第二局牛红梅赢了，她的脸上渐渐有了笑容。第三局牛红梅一路领先越战越勇，终于把杨春光的嚣张气焰打了下去。败将杨春光坐到球场上，他的屁股沾了许多泥土。牛红梅把球拍高高地抛起，然后又接住，嘴里兴奋地叫着，像一位奥林匹克冠军。就在登上冠军宝座这一刻，她晕倒在地，羽毛球拍被她的身子压断。

　　杨春光从地上弹起来，背着牛红梅往校门口跑。在从球场往校门的途中，要经过一个13级的台阶。杨春光在13级的台阶上只跳了三下，就跳了下去。在他们袋鼠一样的跃动中，我看见一股血从牛红梅的裤管里流出，滴落在台阶上。冠军的鲜血染红台阶，冠军流产了。

三天之后，杨春光一边喂牛红梅鸡汤，一边哭泣。他的眼泪时断时续流了三天，但仍然取之不尽用之不竭。他说如果我知道会是这样的结果，就不跟你比赛了。冠军我可以让给你，干吗一定要比赛呢？何况又不是什么真正的冠军。他仿佛被自己说得感动了，眼泪愈来愈多，滑过杨春光的下巴，滴落在鸡汤里，然后和鸡汤一道被牛红梅喝掉。

杨春光把客厅里的那张比赛表格移到牛红梅的床头，在冠军的位置上写下牛红梅的名字。他说红梅，你看，你是当之无愧的冠军。牛红梅看着那张表，露出了三天以来的第一个笑。她说牛恨，我把流产的这个孩子取名牛恨。杨春光说为什么取这样一个名字？牛红梅说因为我恨你。杨春光说你怎么能够恨我？第一盘的时候我就劝你别打了。牛红梅说我恨我自己，我恨我自己总可以吧。

背着我们，杨春光已在暗自收拾行李，他在做着回南京大学的预备动作。我走进牛红梅的卧室。自从她结婚以后，我这是第一次走进她的卧室。她像看着一个陌生人那样看着我。我一直走到她的床头，叫了一声姐。她没有回答。我再叫一声姐。她好像听到了。我说杨春光要走了，他好像是为牛青松回来的,但是现在看来,他像是专门来打掉你的孩子。他有预谋,我们都被他骗了。他这是谋杀!牛红梅摇着头说你说什么?你说什么?我怎么一点儿也听不见。我把我刚才说的话又说了一遍。她说我听到了。她的耳朵出了故障,每一句话都要说两遍她才能听清楚。

杨春光回家之后,嘴里还喷着酒气。他跟他的朋友们喝了一个下午。我还能从他喷出的酒气里,分辨出他喝的是什么酒、酒精度多少?他站在客厅里挥舞手臂,左手挽右手的衣袖,右手挽左手的衣袖,但他的衣袖并不按他的意图卷起来,而是一次又一次地垮下去。他说我还要喝。他打开橱柜的门,把头埋进瓶子和碗盘之中。他说酒呢,那些酒全跑到哪里去了?他双手往外一扒,橱柜里的大盘小盘、大碗小碗和大瓶小瓶全都哗哗啦啦地掉到地板上。我冲上去抱住他。他从橱柜里抓过一把锅铲,砸在我的头上。我感到一种尖锐的痛传遍全身,松开他,一股鲜血穿过我丛林似的头发,流下额头。我捡起那把砸破我头皮的锅铲,准备戳向杨春光的鼻梁。他的鼻梁又高又直,是多么的笔挺又多么的像外国人。我的锅铲正准备戳过去,戳向那根曾经勾引过我姐姐的鼻梁。

有人从身后抱住我,他的嘴巴搁在我的肩上,他嘴里喷出的酒气和杨春光的一模一样,一样的牌子,一样的酒精度。我想抱住我的一定是杨春光的酒友。我挣扎一会儿,终于把抱住我的人摔倒。但是锅铲已被他夺去,此刻正被他当做武器挥舞着。

　　同时闯入我家的有三个人,他们都是杨春光的酒友,一个我都不认识。杨春光说你们来得正好,我要为牛恨开一个追悼会。他嘴角一撇,像孩子那样哭了。其余三个人也跟着他哭,哭声悲切,哀鸿遍野。他伸手一抹眼泪,找来一张纸,写下"牛恨同志追悼大会",然后贴到墙上。他说默哀。他的酒友们都跟他默哀。他说默哀毕。他的酒友们都把头抬起来。他说:牛恨呀牛恨,我对不起你,对不起你。我不应该叫你妈妈打羽毛球,不应该叫你妈妈打羽毛球。你就这样离开了我们,你就这样离开了我们。我好悔我好恨呀!我好悔我好恨呀!如果你是个男孩,如果你是个男孩。长大了说不定会当官,长大了说不定会当官。我们全家会跟着你享福,我们全家会跟着你享福。如果你是个女孩,如果你是个女孩。长大了说不定会成为歌星影星,长大了说不定会成为歌星影星。即使成不了什么星,即使成不了什么星,也可以嫁一个有权有势有钱的男人,也可以嫁一个有权有势有钱的男人。那样一来,那样一来。不仅你风流倜傥浪漫一生,不仅你风流倜傥浪漫一生,我们全家也无比光荣,我们全家也无比光荣。只可惜,只可惜。你在一场羽毛球赛中夭折了,你在一场羽毛球赛中夭折了。夭折就夭折了,夭折就夭折了。但你不会知道你爸爸现在多么痛苦、悲伤,但你不会知道你爸爸现在多么痛苦、悲伤。我要化悲痛为力量,我要化悲痛为力量。好好学习,好好学习。

争取以优异的成绩从南京大学毕业,争取以优异的成绩从南京大学毕业。你看你的叔叔伯伯们多么喜欢你,你看你的叔叔伯伯们多么喜欢你。他们和我一起参加你的追悼会,他们和我一起参加你的追悼会。他们是兴宁小学语文教师韦建国、市体委副主任(副处)杜国和、原南宁市防暴队队长现建筑公司经理(正处级)李小东……

杨春光把每一句话说两遍,是想说给姐姐牛红梅听。他终于达到了预期的效果。我听到从卧室里传出牛红梅的抽泣。杨春光说她哭了。杨春光说完她哭了的时候,便醉倒在地板上。正处级、副处级以及语文老师也跟随他倒下。他们喷出的酒气足以引发一场大火,他们合奏的鼾声就像4.5级地震。

最后一个从地板上爬起来的是杨春光,他醒来时已是第二天下午,和他一起醉倒的酒友们一个也不在他身边,早溜走了。杨春光说真不够意思。他打开卧室的门,卧室里空空荡荡,牛红梅已经上班去了。

杨春光把他的行李放在客厅的显著位置,搬过一张凳子,把身子斜靠在行李上。尽管他肚子里发出叽里咕噜的声音,但他还是不想做饭。傍晚,他告诉我,那一刻真是饥寒交迫,无比凄凉。他说他扑在行李上似睡非睡,车辆声、电锯声听起来都十分遥远,世界上仿佛只剩下他一个人。这种感觉他从来没产生过,但这天下午他产生了。他说那一刻他终于理解了什么叫做孤独，屋子里没有一丁点儿人发出的声音，好像我们全都把他抛弃了。唯有脚步声，他听起来感到特别亲切。每一阵脚步声，都仿佛是牛红梅发出来的，他盼望牛红梅早一点儿回来。但是每一阵脚步声都欺骗了他。当我的脚步声到达他面前时，他大叫一声，说你终于回来啦，我还以为是你姐姐。

杨春光叫我为他熬一锅粥，我没有理会他，因为我的头上还挂着他用锅铲砸出的伤口。我煮了一锅干饭，我想你张着嘴巴等着喝粥吧，你就像一条死鱼一样张着嘴巴等待吧。他一定认为我在为他熬粥，所以厨房里发出每一个叮当声都吓得他一跳。当我走出厨房时，他就斜躺在行李上不停地说话。他说话的时候，我紧闭双唇一言不发。

牛红梅终于回来了。杨春光说明天我就回学校，明天我就回学校。牛红梅洗了一把脸，说我的腰快断了，然后躺到床上。杨春光说我快饿死了，我快饿死了。牛红梅说我快痛死了。杨春光说你不知道我明天回校吗？你……牛红梅说回校又怎样？回校就要我把你当老爷侍候吗？杨春光从行李包上坐直，脸上露出惊讶的表情。他说你竟然听到了，我还没有说第二遍，你竟然听到了？你的耳朵没问题啦？说话时，他双手不停地拍打行李。

杨春光没有吃到稀饭，他把筷子拍在餐桌上，说我叫你煮粥，你干吗煮干饭？你这是成心跟我对着干，你就这样为你的姐夫送行吗？我说爸爸曾经说过，在困难时期他连粥都喝不上，现在给你煮干饭有什么不好？难道干饭不比粥好吗？杨春光说可是现在我不想吃干饭。我说不吃自己煮去。杨春光看了一眼牛红梅。牛红梅把头埋在碗里。杨春光只敢看她的额头，不敢看她眼睛。杨春光说家里没有粥，我只好下馆子，钱呢？牛红梅说钱在抽屉里，你自己拿去。我的腰实在太痛，要不然我为你煮粥，煮粥有什么难？煮粥不会有我上班辛苦，你只要把米洗上两遍，然后把锅头架到煤炉上就行了，何必要花钱下馆子？杨春光说心疼钱了是不是？今夜我偏要吃到你心疼。我叫你弟弟煮粥，他不听我的，你们是故意让我吃不上粥。杨春光走进卧室，把抽屉里大张的票子全部塞进衣兜，然后大摇大摆地走出家门。我说你把钱全部拿走了，这个月我们吃什么？杨春光说谁叫你不给我煮粥。我操起一根棍子，从后面追上去准备干掉他，但牛红梅喝住了我。牛红梅说那是让他拿去学校花的钱，他爱怎么花就怎么花，他早一天花和迟一天花和我们都没有关系，反正我是再也拿不出钱了。

　　牛红梅满心以为杨春光会回心转意，会在她言语的刺激下走回厨房煮粥，但是她想错了，杨春光像是没有听见她的话，双手抱在胸前，像摔跤运动员一样双脚一跳一跳地下馆子去了。我说他的这一餐，起码吃去我们一个月的伙食，他凭什么这样吃？他又不是资本家，又不是恶霸，他凭什么可以吃掉我们一个月的伙食？姐，你干吗不和这个腐败分子离婚？像这样的姐夫不如没有。牛红梅对杨春光的腐败现象保持沉默。我说离婚，明天你就去跟他离婚，你不去离我去帮你离。牛红梅发出一声冷笑，说你以为离婚那么容易吗？我说你不离婚也可以，但你得给他一点儿颜色看一看，如果他把那些钱花光了，我们至少要给他看一看我们的颜色，谁也不许理睬他。牛红梅表示同意。

杨春光是哼着歌曲走进家门的。他走进家门时，我和牛红梅已经睡了。杨春光先拍牛红梅的卧室门，卧室已经反锁，牛红梅没有理睬他。杨春光又过来拍我的卧室门，他一边拍一边叫我的名字，我也没有理睬他。我和牛红梅事先已经约好，今夜就让杨春光睡在客厅里。

我听到杨春光叹了一口气，然后是他屁股坐落在沙发上的声音，然后是划燃火柴的声音。我想他现在一定在沙发上吸烟，我甚至看到了从他嘴里喷出的幽蓝的烟圈。大约是吸完了一支香烟，杨春光咳了两声嗽，清理一下他的喉咙，又开始拍牛红梅那边的门。他说：

　　红梅，明天我就要走了
　　你就忍心让我睡在客厅里
　　用一扇未开的门为我送行

　　一日夫妻百日恩

何况，我们夫妻何止一日
就这样，我悄悄地走了
正如我悄悄地来
拍拍你的门板
告别你这个不开门的女孩

曾经，你是我梦想中的新娘
我是一条水草
醉倒在你水波似的怀里
醉过又怎样，爱过又怎样
到头来你照样翻脸不认人

哪个男儿不多情
哪个女孩不怀春
尽管天涯有芳草
今夜我还爱着这扇门
要么，你就发发慈悲
让我从这里爬着进去
要么，我轻轻地走开
正如我轻轻地来
拍一拍你的门板
不带走你的爱

几年之后,我看见杨春光站在我姐姐门前说的这几段顺口溜,以诗歌的名义发表在一张小报上。又过了两年,当我读到徐志摩先生的《再别康桥》之后,才知道杨春光写的是"康桥体",他的顺口溜也就是他分行的散文或者诗歌,深受徐志摩先生的影响。但在当时,我姐姐牛红梅受到杨春光诗歌的影响,把卧室的门呀的一声打开了。杨春光急不可待地扑了进去。

我听到卧室里传出咬脖子的声音、拥抱的声音、床板的声音、撕纸的声音,我对这些声音忍无可忍,从床上爬起来,把客厅的灯拉亮。我拍拍门板,杨春光和牛红梅停止了声音。我说你们,请听我朗读《新婚必读》第25页,这是我爸爸的书,封面写有牛正国三个字。书上说产后10天子宫颈口才关闭,产后6周至8周子宫附着胎盘部位的创面才完全愈合,在这期间不应性交。性交在伤口愈合后方可进行。姐姐,你可别受骗上当。

挡着我视线的门板突然拉开,杨春光拧住我的耳朵,把我关进我的卧室,然后在门外挂了一把锁。无论我怎样拍打墙壁,他们像聋子一样,只当没有听见。我大声喊道:姐姐,我这是为你好,你听到了吗?你不要因为他的几段顺口溜,而丧失你的立场和原则。你不要因为明天他要走了,你就放弃了身体健康心情愉快万事如意长命百岁。你千万别豁出去了千万别破罐破摔，一时的痛快换不得一生的幸福。

　　这时，我的囚禁之门被牛红梅打开了。她说你号叫什么？我的身体我还不知道爱惜吗？我们没有你想象的那么坏。我说谁会相信你，一男一女关在卧室里，谁会相信你们。事实上，我在这么说着的时候，牛红梅已走进卫生间开始冲凉，稀里哗啦的水声，最能说明问题。

　　一年之后的夏天，我初中毕业，牛红梅站在一桶石灰水前，正在粉刷阳台的墙壁。她用一根晾衣竿绑住一把高粱扫帚，然后用扫帚把白色的石灰水一点一点地刷到墙上。墙的上半部分经她一刷已逐步变成白色，自上而下的石灰水在墙的下半部分流出不规则的图形，像是一座座倒立的山峰。这时我才发现牛红梅比去年略显肥胖。她头上搭着的那条毛巾，使她美丽得像一位村姑，像我们课本里经常赞美的劳动人民。她说你放假啦。她并没有说你初中毕业啦，这略略让我显得有些遗憾。她继续说整个暑假差不多有 40 天，你最好利用这个假期打听一下牛青松的下落。他是我的弟弟，你的哥哥，人又不是蚂蚁，说不见就不见了。他是一个大活人，怎么可能一下就消失了呢？刘小奇知道一点儿他的情况，你可以先从刘小奇那里开始。正说着话，天花板上的一粒灰尘掉到她的眼睛里，她用手揉了揉左眼，左眼冒出一轮红圈。刷墙壁的牛红梅，揉眼睛的牛红梅，这时候的牛红梅，除了我，她的身边再没有多余的亲人。杨春光在南京大学毕业之后,又考上了该校的研究生,他已经两个假期不回家了,据可靠消息这个暑假他也不打算回来。

我是在七一广场的草地上找到刘小奇的,他正驾驶着一辆破吉普在草地上转来转去,旁边坐着一位师傅。从吉普车摇摆的程度,可以断定刘小奇还没有学好驾驶技术。吉普车的车辙纵横交错,压断了无数鲜嫩的草,有好几次,车头差一点儿撞到了电杆上。我对着吉普车叫刘小奇,他没有听见。直到他的车子几乎压住我的双脚了,他才看见我。他说你找死呀,你。他刚骂完,车子便从我身边滑过去。他开始围着我转圈。车子靠近我时,他问我来这里干什么?我说找你。车子又滑过去了。他现在的工作是学开车,偶尔跟我的对话就像是他做梦时不小心漏出牙缝的呓语。他说找我有什么事?我说你知不知道牛青松的下落?他说牛青松,牛青松是谁呀?啊牛青松,干吗要问我牛青松?我有这个义务吗?我现在每说一句话收费一元,你拿钱来我就告诉你牛青松的情况。钱呢?我说没有钱。刘小奇说没有钱你就滚开,别影响我学开车。

姐姐给了我100块钱,她告诉我无论如何要从刘小奇的嘴里套出牛青松的下落,而且只能花100块钱,她不可能再多拿出一分钱了。我把100元钱全换成一元一张的,然后把它们分别装在四个口袋里,每个口袋装25元。我用刚刚点过钞票的手,在上衣口袋和裤口袋的表面压了压,想有这100元钱等于刘小奇的100句话，肯定能完成姐姐交给的任务。

我找了刘小奇三次，才把刘小奇找到。他说时间就是金钱，我哪里有时间坐下来跟你聊天。我说我带钱来了。他说什么钱？我说按你开的价，一句话一块钱。他听说我带钱来了，脸上略略有些兴奋，说明天吧，明天下午我在填河路按摩室楼上等你。

我按刘小奇约定的时间来到他的房间。他躺在床上还没起来，为我打开门之后，又躺回床上。他用双手交替揉眼睛，说昨天晚上跟朋友赌了一通宵，赢了几百块钱，所以心情舒畅，可以跟我谈一谈牛青松的事情。牛青松是跟他一起长大的朋友，看在朋友的份儿上，是不应该收费的，但亲兄弟明算账，先小人后君子，况且一句话一块钱，这个价格不算贵。如果是别人，一句话他要收两至三元，而且只会说短句。说到这里时，他提高嗓门问我，你真的带钱了吗？我说带了。他说多少？我说你别管我带多少，你只管说出牛青松的下落。他说我已经说了大约10句，你到书桌上给我拿纸和笔来，我每说一句画一笔，然后统一结算。我说你还没有说，怎么就有10句了？他说刚才我不是说了吗？我说连"先小人后君子"也算一句？他说当然啦，如果你嫌贵，可以找别人说去，我就这个价格。何况我又不是以此为业，又不是揭不开锅非说不可。你好好算算，我又说了13句，加上刚才的10句，共等于23句。我说一句话要说到句号了才算一句。他说我才不管你逗号或句号，每停顿一下就算一句，并且是从你跟我说话时算起。现在你得先付我 30 元，我才往下说，否则我不说了。你不能赊账，要付现金。

我翻开右边的上衣口袋，说我只有 25 元。刘小奇沉默着，用蔑视一切的目光蔑视我。我怕他不相信，就把右边的口袋掏空，把口袋拉给他看。他不表态，只是举起三个指头。后来我才知道，他当时不说话是怕我付不起钱，所以他举起三个指头。我转身欲走，他大喝一声，从床上跳起来，说你怎敢言而无信？你不把钱留下，休想出门。我被他的呵斥声吓了一跳，伸手把左边口袋的 25 元钱也掏了出来。我把 50 元钱捏在手里，然后拍了拍，说我不是没有钱，但我不需要你说废话，我只问你一句，牛青松现在到底在哪里？他说那你得让我从头说起。我说不用从头说起，我只需要结果。他说哪有这么好的事啊！我忙举起手嘘了一声，说你别再说了，从现在开始我拒绝付你说话的钱。他说那你也得付我 37 元。我说不是 30 元吗，怎么变成 37 元了？他说你自己算一算，刚才我又说了 7 句：

你怎敢言而无信？一句。

你不把钱留下，两句。

休想出门。三句。

你得让我从头说起。四句。

哪有这么好的事啊！五句。

他每重复一句就掰下一个指头，一共掰下了五根香蕉一样的指头。我说只有5句，刚才你只说了5句，你想敲诈我。他想了想说，还有一句。我说是哪一句？他说呵斥声。他把倒下去的手指又弹直了一根，说6句，一共是36元。我说呵斥声也算一句？他哼了一声，掰开我捏紧钞票的手指，抢走了36元钱，然后大叫一声滚，今后别再来烦我。他的大叫声形成一股强大的气流，把我从他的房间推出来。

我知道刘小奇喜欢喝酒，而且有了几个臭钱之后，喝的都是上好的酒。为了知道牛青松的下落，我特别留意刘小奇的行踪，发现有好几次他醉倒在马路上。我知道他逢喝必醉，而且醉了之后总喜欢说自己不醉，不允许朋友送他。有时他摇摇晃晃孤孤单单走在深夜的马路上，但无论醉到何种程度，他总朝着他住宿的方向。当他看见他的房间，看见他按摩室的时候，强打起的精神一下就没有了，好像是有人从他身上忽然抽走了一条筋，猛地丧失了走路的力气，瘫痪在马路旁。有时他乘坐的出租车开到他的楼下，他从车门钻出来，笔挺地站在楼前，目送出租车驶出去百来米之后，双腿一软，像泼出去的水散在地面。有一点是肯定的，那就是每一次总是要看到了房间，他才会倒下。

所以我常常站在夏夜的填河路 19 号附近等他，仅仅是为了一个关于牛青松的消息。我把他扶上楼梯扶进房间，为他脱鞋、抹脸，闻他臭烘烘的酒气。有一次，我正在为他脱丝袜，他突然从床上侧过身子，嘴里喷出一大堆东西。它们是被他的牙齿磨细、又到胃里走了一圈的甲鱼、虾和青菜、豆腐，它们像雨水一样降临我的肩膀，仿佛复活一般缓慢地爬进我的上衣口袋，生长在我的后背。吐过之后，刘小奇清醒了许多，他叫我到卫生间洗一洗衣服，到他的衣柜里挑衬衣。他的衣柜里全是名牌，他说我喜欢哪一件就挑哪一件。我洗过衣服，换上他的衬衣，擦干净他的地板，准备离开他的时候，他突然叫住我，问我为什么要这么做？我说不为什么，只因为你是我哥哥的好朋友。他用小手指抠了抠耳朵，说真的？我说真的。他说我有一个特点，吐过之后马上清醒，不会受骗上当，不会告诉你关于牛青松的任何消息。如果你有时间的话，我们聊聊别的。

他从床上爬起来坐到沙发上，自己给自己泡了一杯浓茶，也给我泡了一杯。他说现在舒服多了，如果有酒的话还可以喝。我问他想不想喝茅台？他说我隔几天喝一次。我说我们家那一瓶是真的。他说怎么个真法？我告诉他，那是我父亲 1970 年时通过熟人，从糖业烟酒公司买到的，当时很便宜。父亲买回来之后一直没舍得喝，把它锁在箱子里。高兴的时候，他小心翼翼地从箱子捧出来，把瓶子上的字通读一遍，还用他尖尖的鼻头在瓶口嗅一嗅。父亲常对我们说，等到有什么好事情了，就打开那瓶茅台来喝。

听我母亲说，父亲第一次想喝那茅台是1971年的春天，那时他刚加入中国共产党。他干了十几年的革命工作，兢兢业业教书，夹起尾巴做人，向党组织递交了十几份入党申请书。从他工作的那一年开始，他每年都写申请，决心不停地下，内容不断地变，可是他总有一些缺点让党的领导看不顺眼。终于1971年春天，云开日出，他在党旗下举手宣誓，并流下两行热泪。当天晚上，他炒了两碟好菜，把茅台酒从箱子里拿到餐桌上，说今晚我要喝掉这瓶茅台。但是他吃了两碗饭后，还没有把茅台酒的瓶盖打开。他的手在瓶盖上滑来滑去，母亲问他今天高不高兴？父亲说怎么会不高兴？我盼了十几年，眼睛都快盼瞎了，才盼到今天，我怎么会不高兴？母亲说那就把酒开了喝了。父亲茫然的眼神落到母亲的脸上，说真的喝了？母亲说喝了！你盼了这么多年，终于成为一位高尚的人，脱离了低级趣味的人，现在我命令你把它喝掉，这样才对得起党。父亲又摸了摸瓶盖，说我还是舍不得喝，说不定今后还有比这更高兴的事。母亲说还有什么比这更高兴的？父亲说难说，我们的生活会越来越好，前途会越来越光明，怎么会没有高兴的事。父亲只是摸了摸瓶盖，又把酒锁进箱子里。

父亲第二次动了要喝那瓶茅台的念头，是在1974年的秋天。那个秋天的气候和现在的任何一个秋天的气候大同小异，作为人民教师的父亲因咽喉发炎引发支气管炎,甚至还有可能引发肺炎。父亲每天生命不息咳嗽不止。他咳嗽的时候,双肩不断地往上耸,粗短的颈脖被他耸立的双肩埋葬。白天他站在讲台上咳,夜晚他坐在床沿咳,像一只木质愈来愈干燥共鸣声愈来愈好的音箱,把咽喉咳得像太阳一样通红。在校长刘大选,也就是你父亲的命令下,我父亲住进了市医院。医院给他吊了几天青霉素之后,他的身上冒出了一颗一颗的疙瘩,过敏了。

那时候他一边用喉咙咳嗽一边用双手抓他的皮肤,他的皮肤多处被抓伤,他感到呼吸困难。你可以想一想,当一个人呼吸都成为问题的时候,会是怎样一种情形?父亲那时万念俱灰,对母亲说我快不行了,我真傻,还傻乎乎地留着一瓶茅台,想等到最高兴的时候把它喝掉,我还能高兴吗?我快死了,还有高兴的日子吗?如果我还活着,那么出院之后的第一件事就是喝那瓶茅台。

40天后父亲康复出院,他把那瓶茅台又拿到了餐桌上,用手指玩弄着酒瓶盖,自言自语,说只有大病一场的人才知道生命的可贵,区区一瓶酒还舍不得喝,我还算什么男子汉大丈夫。碧雪,我可真的喝啦。碧雪是我母亲的名字。母亲说你想喝就喝,关我什么事?母亲对这瓶酒事不关己高高挂起,多少让父亲有些伤心。父亲捏着瓶盖的手突然散开,说我的病刚好,是不是不宜喝酒?母亲说不知道。父亲说酒对咽喉有刺激，我还是不喝为好。父亲把酒又放回箱子。我看见父亲当时不停地咂嘴巴，不停地吞食口水。

1975年冬天的一个傍晚，母亲已经做好饭菜，我们全家人都在等待父亲归来。父亲从来都是一个按时作息的人，很少让我们这样饿着肚子等他。在忍无可忍的情况下，我们围坐餐桌先吃，吃得肚子快饱的时候，天已经全黑，父亲骑着他那辆破单车回来了。父亲一踏进门就嚷着要喝酒，我们全都感到莫名其妙。

父亲打开箱子，取出那瓶他几次想喝而又未喝成的茅台，准备开怀畅饮。我敢肯定那一瞬间，父亲的每个细胞都活跃到了极点，他的喉咙他的食道他的胃都已经张开双臂，进入倒计时状态，期待茅台的到来。但是细胞呀喉咙呀食道呀胃呀，它们仅仅是做了一场梦，父亲手里的酒瓶被母亲一把夺了过去。母亲质问父亲为什么要这个时候喝酒？这个时候你高兴吗？你为什么高兴？你不是说等到最高兴的时候才喝这酒吗？我今天被厂里扣了奖金，你还想喝酒！

母亲因为上班时打了一个盹儿，没有及时接好织布机上的断线，所以被扣发了一个月的奖金。母亲每天要在近十台机子间走来走去，实在是太困了，就一边走一边打盹儿，多年来她已练成了这套打盹儿的本领。厂领导对我母亲说，因为你的一个打盹儿，吹了一桩生意，外商说我们的断线太多，所以不再买我们棉纺织厂的布匹。厂领导还说我一看那些线头，就知道是你何碧雪弄的，那些线头上简直就写着你何碧雪的名字。试想一想，正处在如此状况下的母亲，怎么会让我父亲喝酒？

母亲跟父亲僵持片刻后，做出适当让步，说你要喝也可以，但必须说出喝这瓶酒的理由，你必须说出一个让大家都高兴的理由。父亲吞吞吐吐，半天说不出一句话来。母亲说是不是升官了？父亲摇头。母亲说是不是提工资了？父亲又摇头。母亲说除了这两样，还有什么值得你高兴？父亲说我不喝了，我不喝了还不行吗？母亲说不行，你非得说出一个原因不可，你是不是在外面有相好了？父亲一拍大腿，从地上跳起来，说冤枉呀冤枉，这酒我永远不喝了。母亲说不喝了好。母亲把那瓶茅台锁进木箱里。

那瓶茅台就这样躲在木箱人不知，父亲到死也没有再动过喝那瓶茅台的念头，他也从不打开那只箱子。你肯定没见过那只木箱，那是装炸药的木箱……听到这里，刘小奇突然把他面前的茶杯碰翻了，那些茶叶洒在茶几上和他的拖鞋上。他问我真有这么一瓶茅台？我说有。他抬起沾满茶叶的脚背，在沙发上擦了一阵，然后用手拍一下我的后背，说走，现在我就去你家喝这瓶酒。

刘小奇穿着他那双沾满茶叶的拖鞋摇进我家，声音比他的身体先期到达。他说酒呢酒呢，快拿酒来。他的拖鞋好像存心不让他喝酒,在地板上滑了一下,他的身体向前倾斜大约三十度,他的双臂自觉地张开,平衡他风雨飘摇的身体。只一瞬间,他便稳住阵脚,身体弹回到本来的位置,垂直于地面。我领着他垂直的身体走进我父母曾经做过爱、曾经播种过我们的房间,指着那一只炸药箱说酒就锁在里面,但我没有钥匙,爸爸带走了一把,妈妈带走了一把,他们没有把钥匙交给我们。刘小奇大手一挥说,这好办,有锤子吗?我说有。他说拿锤子来。

我找出一把锤子递给他,他举起锤子砸木箱上的锁头。不管他多么使劲儿,锁头像一位久经训练的特工,始终咬紧牙关不开口说话,甚至在木箱上得意地摇晃,好像在蔑视我们。刘小奇急出一身汗,脱掉上衣,说我就不相信砸不开你。他运足全身的气力,对准锁头又砸了一下。我们都听到一声叮当。刘小奇说不能这么砸了,这样砸下去会震破里面的酒瓶,你们家有螺丝刀吗?这是什么牌的锁头,怎么这么传统、固执。他把眼睛凑到锁头上,把右手伸向我,说螺丝刀。我在他的手掌里放了一把螺丝刀。

他回头看我一眼,脱掉长裤。我想假如牛红梅不站在旁边,他很可能会连裤衩一起脱掉。他就穿着一条绿色的裤衩蹲在木箱前撬锁头,汗水像一层猪油涂满他的全身,就连他的裤衩也浸透了汗水。他以锁头为中心,不断变换方向和姿势,鸟仔从裤衩旁滑落出来,他全然不知。我和牛红梅看着他晃动着的鸟仔,竟然像看着一个木疙瘩,没有作出应有的反应。我们只觉得他撬锁头的声音,像雨夜的雷鸣覆盖我们的耳朵。我们不关心他的木疙瘩,只关心他能不能撬开锁头,今夜他能不能喝上那瓶酒。

嘀嗒一声,锁头被他撬开了。他从木箱里捧出酒瓶,鼻子抽了抽,嘴巴咂了咂。为了防止滑倒,他踢掉拖鞋,赤脚走出卧室来到客厅。他把酒瓶放到餐桌上,围着餐桌转了一圈,从不同的角度看着那瓶带有传奇色彩的茅台。仔细地看,认真地看过之后,他像一只饿虎扑向酒瓶,猛地拧开酒瓶盖,往嘴里灌了一口。他的每一块肌肉都绷紧了,绷到极限,就像一根弦绷到极限,突然当的一声,弦断了肌肉松弛了,他张开血盆大嘴啊了一声,酒的香气扑向我们的鼻子,整个家庭没有一处不酒香。刘小奇说好酒呀好酒。他穿着裤衩坐在椅子上,不时地往嘴里灌酒,恨不得一口气就把一瓶酒喝掉。他的裤衩起伏着,他的眼里充满血。喝了快半瓶,他抬起头寻找我们,说你们都坐过来,我告诉你们关于牛青松的故事。我和牛红梅坐到餐桌边。他打了一个饱嗝,放了一个我闻所未闻的响屁,说牛青松,我知道他在哪里。刘小奇嘴里喷出的每一个字,包括标点符号都充满酒气,如果划燃一根火柴,从他嘴里喷出的每一个字都会燃烧。

下面就是从刘小奇嘴里喷出来的充满酒气的可以燃烧的关于牛青松的故事:

你们绝对想象不到牛青松手里有钱时的那副嘴脸，叫什么来着？叫反革命的丑恶嘴脸。大约是在去年夏天，他突然找到我，说一定要请我吃饭。我说我又不是领导，又不能给你安排工作又不能给你转干，干吗要请我吃饭呢？他的双手紧紧拉住我的衣袖，说真的，我要请你吃饭。我的衣袖快被他拉破了。我说你就直说吧，需要我帮什么忙？是借钱或是免费按摩？他说都不是，就是想请你吃一餐饭。天哪，都什么时代了，还从地球上冒出一个白白请人吃饭的。我说你别耍什么花招了，我喜欢直来直去，你别等我把你的饭吃完了，才给我出一个难题，到那时我可不认账。他说绝对不会。我说绝对不会？他说绝对不会。

他把我带到金马酒楼，点了几个好菜，有虾有鱼有蟹有一瓶酒。我问他你发啦？他笑而不答。我不知道这小子葫芦里卖的什么药，想只要把他灌醉，他一定会说出真相。你们都知道，自从牛青松从少管所出来后滴酒不沾，全身上下没有一点儿坏习气，那一瓶酒是专门为我准备的。我劝他喝一口，只喝一口。他摇着双手说不喝。我当时就生气了，把酒瓶重重地拍在酒桌上，说你不喝我就走人，你不喝就是看不起我。服务员以为我们要打起来了，把餐厅里的音乐掐断，所有的吃客都看着我们。牛青松突然从餐桌边站起来，对着服务员吼道，干吗不放音乐？为什么不放音乐？音乐在他的吼叫声中再次响起。他以音乐为背景，脱掉衬衣，说你往我身上看一看。我看见他的身上布满大大小小的伤疤,它们像白杨树上的眼睛,全都注视着我。牛青松说我难道不想喝酒吗?我不敢呀。我说为什么?他说不为什么。

我们开始进餐,耳朵里填满低级趣味的音乐。我在嚼食声中在杯盘狼藉中喝了一口酒,故意把这口酒喝得很响,做出一副十几年没有喝过酒的饥渴状。牛青松说三年啦,我何尝不想喝酒,只是,我好不容易把流氓习气戒掉,怎么又能把它捡到身上来呢?我的这些伤口,有的是别人给我留下的,有的是劳动中留下的,有的是我自己用刀子戳的,不管是怎么留下的,目的只有一个,就是要教训一下这个名叫牛青松的人,好让他悔过自新重新做人。每一个伤口都有一段刻在骨头上的往事,每一个伤口都使我戒掉一种恶习,好像是伤口强行逼走了我身体里的恶习。我曾无数次对着伤口发誓,要做一个有用的人!等到伤口布满我的上身时,我的许多毛病也基本清除了,自己感觉已经是一个不错的人了。我像沾满污泥的人突然洗了一个澡,顿时有了脱胎换骨的感觉。

牛青松说到兴头上,突然抓起桌上的酒瓶,说我要喝酒。我夺过酒瓶不让他喝,说你快修成正果了,干吗还要放弃?你不是说不喝酒吗?千万别功亏一篑,千万别把三年的修炼一下给毁了,如果这样,你就是堆九仞高的土山,只差一筐土而不能完成。牛青松说不知怎么搞的,现在我突然想喝酒,只喝一口,行不?我递过酒杯,他轻轻地喝了一口,然后张开嘴巴露出满脸的幸福。酒是个好东西呀,只要你喝了一口,就想喝第二口,就像现在很多贪污犯,只要贪了一元钱,就会贪到100元、1000元,甚至几十万元。酒能使人吐真言,酒能使人交朋友,酒能使仇人亲如兄弟,酒能使我们忘掉身份、原则,忘记收取一元钱一句话的信息费。酒杯一响,黄金万两。酒杯一碰,一通百通。

不到一分钟,牛青松又向我请求喝第二口酒。我说这酒原本是你买的,你想喝就尽管喝,酒逢知己饮,诗向会人吟。他一定把我当成知己了,所以他又接连喝了好几口,脸像初升的太阳,渐渐变红。他说你们的父亲牛正国肯定没死,他躲在一个叫"南方之南,北水之滨"的地方。他说这是你们父亲在日记里留下的谜语,要我和他一起破解。我最怕猜谜语了。我坚信你们的父亲已经死了,不是意外事故,就是遭人暗算。我不停地给牛青松泼冷水,并打消他寻找父亲的念头。但是他不听我的,他有他的理由,说你们父亲用他的生日做存折密码,留了一笔钱,这说明父亲多么爱他,多么希望他挑起家庭重担。他认为钱是你们父亲专门留给他的,如果不是留给他的,绝不会用他的生日做密码。他还相信父亲留下这笔钱的时候,已经预感到了什么,希望他能拿这笔钱去寻找父亲或解救父亲,没准儿父亲正在受苦。说到这里时,牛青松哭了,他的鼻子一抽一抽的,整个身子不停地抖动。他说一定要找到父亲。听他那口气,恨不得一下子把你们的父亲找到。

我像哄小孩那样慢慢地哄他。他止住哭声,说之所以请我吃饭,是因为他有好多好多的话要对我说,现在说出来了心里痛快。在金马酒楼泡了三个多小时,他从怀里掏出一沓崭新的钞票,说这些钱真新。他用鼻尖嗅着那些崭新的钱,像呼吸新鲜空气一样拼命地呼吸。他说这么新的钱,真舍不得花。他把钱当抹布,在餐桌上抹来抹去,直抹得油光可鉴全身污垢之后,才把钱递给服务员。

我说牛青松,你到底有多少钱?他从口袋里又掏出一沓。我说这么多钱干吗不存起来?

他说这么新的钱哪舍得存。我说我知道你父亲在哪里。他说在哪里?我说我带你到一个地方去,你准能找到他。他说真的?我说真的。于是就有了后来的翠亨之行。

刘小奇又灌了一大口茅台,酒仿佛填满他的肚子又填满他的嘴巴,现在正从他的两个嘴角往下流,分不清是泪是雨,分不清是口水还是茅台。刘小奇抬起长满汗毛的手臂,抹了一下嘴角,说你们知道翠亨在什么地方吗?我们说不知道。他说翠亨在广东省中山市,是孙中山先生的故乡。

一星期之后,我收拾好简单的行李,随刘小奇坐上了去广州的列车。刘小奇去广东做一桩生意,而我则是为了到翠亨去寻找哥哥。这是我第一次出门远行,列车哐啷哐啷地开出南宁站时,我的鼻子一阵发酸,眼泪差一点儿掉下来。我想起在兴宁小学读书时写的一篇作文——《我爱你,南宁》。那时我爱南宁的太阳、草坪、建筑、邕江、空气、木波罗树和朝阳路,我爱我的爸爸、妈妈、姐姐和哥哥,现在我仍然热爱他们,热爱我作文里热爱的一切,只是爸爸已经死亡,妈妈已经改嫁,哥哥流浪异乡,我正坐着火车离开,南宁只剩下我的姐姐,她会不会在汹涌的人流中想念她的弟弟?

从坐上列车的那一刻起,刘小奇就向我宣布,此行的吃住全部AA制。他说我现在是沿着去年我哥哥牛青松的足迹,寻找牛青松。我现在看见的甘蔗林、稻田、路树、山峦、行人,牛青松也曾经看见过。如果不是因为我的鼻子长得与牛青松略略有些不同的话,那么他仿佛回到了去年夏天,时间不是前行而是倒退了。刘小奇坦白,去年去翠亨时,牛青松的行李包里带了两件假古董。一件是九龙壶,就是一个茶壶上有九条龙,每条龙的尾巴朝上头部朝下,把九个小杯放到龙口,然后在壶里装满水,水从龙口缓慢流入小杯,当九个小杯都装满水时,壶里的水正好流完,换一种说法,也就是九个小杯的容量之和等于壶子的容量。牛青松携带的另一件假古董是一个铜盆,铜盆有两个耳,只要你用双手不停地搓动盆耳朵,盆里的水便不停地跃动,好像烧开的水那样跳跃,甚至还起雾。如果你学过物理,就会知道这是共振现象,不足为奇。它们绝对是假古董,牛青松用2500元钱买下,准备拿到翠亨去出售。我曾经在翠亨卖出过类似的古董,两件大约可以卖

10万元。牛青松是在我的煽动下这么干的，当时我告诉他好像在翠亨看见过牛叔，也就是你父亲牛正国，但是我不敢肯定是不是他，因为我只跟他擦肩而过，我叫了一声牛叔叔他没有答应。牛青松听我这么一说，便激动得拍腿捶胸，说一定是爸爸，他没有死。

到达翠亨是第二天下午，刘小奇带我走进中山宾馆，住进405号房间。他拉开窗帘，说当年我和牛青松就住在这里，也是这一间。你好好感受一下，设想你哥哥当时的情景。他从窗口走到我的床前，叫我斜躺在床上，然后把我的两只手拉到我的后脑勺，说就这样，你不要动，当时，你哥哥就这么一副模样。半个小时以后，我们跟买古董的人接上了头。他们一共两个人，从门外走进来，就这么走进来，嘴里叼着香烟……刘小奇一边叙述着去年发生的故事，一边模仿去年的动作，仿佛他就是那两个买古董的人。他们进来以后，分别看了我们的货，并跟我们谈价钱。事先我已叫牛青松不出声，所以他当时就只管斜躺着一言不发，目光冷淡事不关己。我说一个盆加一套壶要15万元，他们不同意，只给5万元。我跟他们磨了好久，说我们也不容易，大老远赶来，为买它们花去了8万，你们也不忍心让我们做亏本生意。他们说最多给8万元。我说13万。他们说10万。如果10万元不卖，他们就走人。我说可以，但必须买两套。他们表示同意，说马上回珠海去跟老板要钱。双方约定第二天下午一手交钱一手交货。

他们出去以后，你想一想你哥哥作出了什么样的反应？我摇摇头说不知道。刘小奇说你哥哥当时眼球快要爆炸了，问我这是真的？我说是真的。他说明天下午，我们每人都有10万元？我说小意思的啦。他用手掐了掐脸皮，说我不是在做梦吧。大概是把自己掐痛了，他突然从床上跳起来，就这么跳起来，像小孩跳蹦床那样在席梦思上跳，在地毯上跳。跳过一阵，他问我准备拿这10万元干些什么？我说再做生意的啦，10万变100万，100万变1000万的啦。他沉默一会儿，说我首先要给牛红梅买一套漂亮的裙子，然后再给牛翠柏买一套名牌西服，然后带他们去北京游长城。毛泽东曾经说过不到长城非好汉，我要做一个好汉的啦。那天下午，我们在每一句话的后面都加上"的啦""的啦"使我们获得前所未有的快感。

第二天下午，刘小奇带我去逛中山故居、中山纪念馆。他说去年夏天，他也带着牛青松逛了这两个地方。我们行走在孙中山先生曾经行走的土地上，在他的故居旁吃喝拉撒。我问刘小奇，你和牛青松就在革命先行者的出生地坑蒙拐骗？刘小奇说，为了抑制内心的极度兴奋，当时我和牛青松详细地参观了中山纪念馆，像坐在历史课堂里的学生，差不多把孙中山先生的生平倒背如流。我们走出纪念馆时才中午12点钟，时间尚早，我们沿着街道往中山宾馆走。牛青松向我提议每人买一个牛仔包，以便下午用来装钱。我们于是选购牛仔包，认真地检查牛仔包的拉链，跟货主砍价，以此消磨时光。

当我们每人手里提着一个空牛仔包往宾馆走的时候，我们像提着10万元人民币那样兴奋。

好不容易等到下午，事情有了一点儿变化。珠海方面来电，叫我们把货送到珠海，并承诺每一套古董多给一万元。这像一盆冷水当头泼向我们。我对他们的行为表示怀疑，并质问他们是不是在给我们设陷阱？他们在电话里信誓旦旦，指导我们打一辆的士，并向我们保证不会有问题。成败在此一举，我和牛青松只能破釜沉舟了。我们把行李留在405号房间，每人只带上一只等待装钱的牛仔包。我们把货放到的士后箱，朝着珠海挺进。

在边检站，的士被拦下来检查。你应该知道，事情发展到这一步，我和牛青松的全部梦想破灭了。什么铜盆呀什么九龙壶呀，通通地被没收了，我和牛青松听候发落。好在我们携带的是假古董，如果是真的，我们都得坐牢。那时我看见牛青松脸色惨白，全身没有一个地方不颤抖。他刚出少管所，肯定不愿再进牢房。他茫然地望着我，尽管是望着我，但他的眼睛已不是眼睛，只是两颗玻璃球，没有形成目光。他的目光已经像水一样散落在地上。

我听到哐的一声，战士把我们价值连城的铜盆和九龙壶丢在屋角，那里已经堆了一大堆类似的东西。他们说假的，你们走吧。我们又坐回的士，好像又回到了人间。司机掉过车头，把我们拉回翠亨。坐在车上，牛青松一言不发，像是被吓呆了。回到405号房间,牛青松一头扑到床上,失声痛哭,眼泪像泉水一样从枕巾的两端汩汩而出。我伸手拎住他的衣领,问他为什么哭?他不回答,只是哭。服务员听到哭声,打开门跑进来,问我出了什么事?我说我也不知道。服务员拍拍牛青松的肩膀,问他是不是哪里不舒服?牛青松摇头,仍然哭着。我说他失恋了,你不要去惹他。服务员提着一串密密麻麻的钥匙走出去。

我最听不得哭声,特别听不得大人的哭声,一听到哭声我就想打人。我庄严地举起拳头,说如果你再不停止这种声音,我就揍扁你。他用手抹一把眼泪,说10万元,10万元啦!为什么别人那么容易发财?为什么10万元眼看就到手了还要飞掉?为什么别人可以享尽荣华富贵,我却险些又坐大牢?为什么别人可以去美国,我连长城也去不了?我仅仅是想给牛红梅买一套裙子,给牛翠柏买一套西服,可是我连这一点都做不到。牛青松不是在哭,简直是在唱。他这么一唱,我的鼻子也有些微微发酸。我把牛仔包从窗口丢出去,他也把牛仔包从窗口丢出去。他说都怪你。我说怪我什么?我们不挨坐牢已经万幸了。他说我原本是来找我父亲的,可是你偏要我跟着你搞什么古董生意。你说我父亲在翠亨,现在你告诉我,他在哪里?

翠柏,你知道,我对你父亲在不在翠亨没有一点儿把握。我只是为牛青松提供一个假情报,目的是想让他跟着我做成一桩生意,然后让他发财,让他人模狗样地抖起来。但是我的好心被狗吃掉了,牛青松根本不能体会我的用心,只是一个劲儿地质问我。

当时已经是晚上八点多钟,我们都不开灯,只有狮子和老虎的嚎叫,填满了黑暗的房间,我和他彻底地闹翻了。当一个人的好心被人误解时,那是多么令人伤心啊。我说你滚吧,我再也不想见到你。我刚这么一吼叫,就立即后悔了。牛青松在我的吼声中拉开房门走了出去。他走出去时的背影我至今仍记得,他关门时的愤怒声也不时地回响在我的耳朵边。现在,我也仍在为我的那一句"滚吧"而后悔。牛青松就那样消失在翠亨茫茫的夜色,也许说他消失在路灯的光芒中更为准确。我知道他身上已没有多少钱,拉开门追出去,问他需不需要钱?现在要往什么地方去?他推开我,说别管我,我去找我的父亲。我很想跟他说你的父亲我压根儿没有见过,他已经死了,但是我想让一个人拥有希望,总比让他没有希望好。就这样,我和抱着希望的牛青松分手了,我看着他充满希望的身影消失在翠亨隐约的路灯的余光中。

第五章

第五章

我跟随刘小奇在翠亨转了两天,没有牛青松的任何消息,我想翠亨之行该结束了。当我们收拾行李,准备离开405房时,刘小奇在翠亨结交的朋友姜八闯了进来。他告诉我们,牛青松曾有一段时间住在群乐旅店,那是一个极不起眼的旅店。

姜八带着我们转了几个小巷,我们看见一块破烂的招牌,上面竖写着"群乐旅社"四个大字。在招牌下坐着一位肥胖的中年妇女,她正在一只大塑料盆里洗窗帘,周围全是污水和肥皂泡。她看见我们时,脸上的五官堆叠到了一起,说住店啦?姜八说不住。她说不住店来这里干什么?姜八说找一个人。她说找什么人?刘小奇把我推到妇女的面前,说找这么样一个人。妇女的双眼定在我脸上,眼睛愈睁愈大,好像我是一块磁铁。忽然,她把双手抽出水盆,不停地甩动,想把手上的肥皂泡甩干净,但她还没有甩干净肥皂泡,便用健康强壮的双手抓住我的右手臂。我感到她锋利的指甲已陷进我的肉里。她说你终于回来了。

姜八问妇女到底是怎么回事?妇女说我在她旅店住了差不多半年时间,没有交一分钱住宿费便逃跑了。妇女说我是骗子,是流氓是阶级敌人。姜八说你有没有搞错?他是第一次来翠亨,你再好好看一看。妇女犹豫了一下,松开她的双手。姜八示意我们快跑。我和刘小奇像是被人拍打的苍蝇,撒开腿,皮凉鞋从那些污水上跳跃而过,把踢踏踢踏的追赶声甩在身后。我们像超音速飞机跑回宾馆,每人跑掉了一只皮凉鞋。

等了好久,姜八才回到我们身边。他告诉我们牛青松曾在群乐旅店住了半年时间,因为交不起住宿费,所以悄悄溜走了。老板娘也不知道他去了哪里,刚才还误把我当成了牛青松。我们把详细地址留给姜八,委托他打听牛青松的去向,只要一有牛青松的消息,就请他告诉我们。姜八拿着我们留给他的纸片,对着我们挥了挥手,我们便告别了翠亨。

其实,在我离开南宁去翠亨的第二天,牛红梅便收到了一封来自东兴的信,发信人牛青松。他在信上简单地汇报了他一年来的行踪,以及他去银行领走父亲留下的3000元钱的经过。就在我和刘小奇苦苦寻找牛青松的时刻,牛青松已经狗急跳墙,向牛红梅揭开了谜底。

牛红梅每天怀揣着那封信,期盼我从翠亨归来。她站在阳台遥望长青巷口,企图从平凡的人群中,突然看见我卓绝的头发。但是她看也白看,颈脖拉长了,我还没有回来。于是她每天在阳台上垫一块砖头,站得高看得远,目光越过楼群。我走进长青巷的那个上午,看见她站在四块红色的砖头上,大声呼喊我的名字,手里扬着几张信笺,想从阳台上跳下来。我推门而入,和她撞个正着,额头碰撞额头。我发觉她的骨头坚硬得可以,似乎不把我的额头撞出一个疙瘩誓不罢休。

不等我放下行李,牛红梅便把我推了出来,先在我口袋里塞了200元钱,然后又塞给我一个塑料袋,说没有时间了,你快点儿走吧。她推着我往车站走。在往车站的路上,她复述了一遍牛青松的来信,然后指着信笺的最后一行让我看:

8月26日下午6时,务必赶到东兴中越大桥桥头。

8月26日,也就是今天,如果你还不回来,我就得亲自跑一趟了,牛红梅说,边境证我已为你办好,塑料袋里是牛青松最爱吃的粽子,我亲手包的,如果你见到他,一定叫他回来。牛红梅不停地说,双手推着我的后背和臀部,把我硬推上拥挤的发往东兴的客车。

我是从客车的窗口跳下来的。客车到达东兴时已是下午6时30分,比牛青松约定的时间晚了半个小时。坐着三轮车赶到中越大桥桥头时,我没有看见牛青松的踪影。我提着塑料袋站在桥头等他,相信他会到来。

这时,我把目光投向那座经历过战争的桥,桥被拦腰炸断,两边的桥墩还保存着,许多钢筋裸露出来,像被炸断的血管。我的这种感觉在十年之后找到对应。十年之后我 26 岁，认识了一位钦州地区的诗人严之强，他在一首诗里写了这座桥，写那些裸露的钢筋是被炸断的血管。后来，中越关系恢复正常，这座有名的大桥再度修复。严之强写道：修桥，就像是对接那些血管。但是十年前，我孤零零地站在桥墩旁，傻乎乎地等待牛青松。

在我等待的过程中，有几丝夏天的风掠过发梢，桥下三四十米宽的河惊涛拍岸，对面是连绵的小山堆，上面布满碉堡。我向一个路人打听这条河流的名字，他告诉我叫北仑河。我足足等了一个小时，仍然没见牛青松，他失约了。正这么想着，一具膨胀的尸体从北仑河上游漂下来，一直漂到桥墩边。死者拖着长长的头发，像是一个女人，但我仔细看了一下，死者的嘴角和下巴挂着浓密的胡须，绝对不是女的。尸体在桥墩边逆时针转了一圈，向着下游漂去，他的五官和下巴、胡须消失了，尸体更像尸体。

我的脊背一凉，对着漂出去十几米的尸体叫了一声哥。尸体停了下来，并且慢慢地靠向河岸。我看见放大了的牛青松。他的身上布满伤疤。我说哥哥呀，你怎么变成了这副模样？说完，我一下子瘫坐在河边，对着哥哥的尸体痛哭。尖锐的哭声穿透异乡的天空，像一阵雨落在北仑河两岸。我忽然觉得我像一只遗落在荒原的羊羔，很孤单，好像地球上所有的人都死了，只剩下我凄凉地坐在河边……

哥哥的尸体紧贴着河岸一动不动，河水从他的下面走过，波浪鼓荡着他。他做着要站起来的模样，但他怎么也站不起来。我把姐姐亲手包的粽子丢下北仑河，三个粽子激起三朵浪花，剩下的粽子像刚从滚水里捞起来那么烫手。一切都充满着暗示，姐姐发烫的粽子，还有哥哥在桥墩边逆时针旋转的一圈。哥哥是不是要告诉我，他迟到了60分钟？

尸体停了十分钟，便恋恋不舍地漂走了。我对着漂走的尸体说请原谅我不能安葬你，哥哥，请原谅一个年仅16岁、身上只有200元钱、身处异乡的少年，他没有能力打捞你安葬你，只能让你继续流浪。我重复着这一句话，一直说到深夜。

第二天，我向河岸的居民打听有关牛青松的情况，向他们描绘牛青松的长头发和长胡须。他们告诉我，牛青松已在北仑河岸徘徊了近半年时间，起先人们以为他是偷渡者，后来又觉得他像走私犯，再后来都说他像诗人。他好像在河岸边寻找什么，上下求索，但好像永远没有找到。我说他是不是在找一个人？一位卖锑桶的中年人告诉我，他好像是在寻找父亲，有时他会站在柜台外边跟我聊天，说一说天气和物价。河对岸遍布地雷，一些动物常常引爆它们，每一次爆炸火光就会映红半个天空。他常常站在我的柜台边，看对岸的火光听那边的爆炸声，说他父亲肯定还活着。他想找到父亲，但没有办法进入越南。他相信他父亲在越南的芒街，说南方之南，北水之滨，指的就是越南芒街。

牛青松终于破解了父亲留在日记上的谜题，可惜还没有见到父亲，他便沉尸北仑河。我不知道他对父亲的猜测对不对？更不知道他的死因。带着这一大堆试题，我回到南宁。姐姐问我见没见到牛青松？那些粽子他喜欢吃吗？他为什么没跟你回来？我说没有见到牛青松，牛青松失约了。姐姐说我的天哪，他怎么能够这样？

在姐姐说"天哪"的时刻，姐夫杨春光正穿过南京火车站的检票口，爬上了西行的火车。他的肩上挎着一个半新旧的牛仔包，包里除了装着日常用品之外，还装着一双特别宽大的臭烘烘的球鞋以及两盒避孕套。你们能够理解杨春光带着避孕套回家，但你们永远也猜不透，他为什么携带一双半新旧的臭烘烘的比他的脚长出三厘米的球鞋？

还差十几天，我就是艺术学院美术系的学生了。我从一大堆相册里翻出几张牛青松的相片，它们像秋天的树叶陈旧不堪。我支起画架，临摹牛青松的头像。他的微笑从相片转移到我的画纸上，他永远活在我的心中。

杨春光的推门声吓了我一个大跳，他把马路上的热气、声浪和车玻璃的反光，全部带进客厅。他看着我五颜六色的手说，你在干什么？我想告诉他牛青松死了，但未等我开口，他接着又问，你姐姐呢？我想说姐姐上班去了。依然是不等我回答，他接着又问你姐姐几点钟下班？自行车的钥匙呢？我现在就去接你姐姐。他所问的，其实他都知道，他只是为问而问，不需要别人回答。我看着他像一阵风在客厅里卷了一阵之后，拿着自行车的钥匙跑了出去。他的脚步声急促响亮，在他急促的脚步声里，偶尔还夹杂几个充满南京气味的响屁。他的响屁提醒我，他是一个低级趣味的姐夫，才不会关心牛青松的生死。从这一刻起，我发誓不把牛青松死亡的消息告诉任何人，牛青松永远活在他们的臆想中。

十八时，牛红梅双手提着装满猪肉和蔬菜的塑料袋走进来，她一路走一路笑，臀部不断地向着前方挺进。她的臀部之所以不断地向着前方挺进，是因为杨春光不停地用手掌拍她的屁股。他每拍一下，牛红梅就往前挺一下。尽管他们把这些动作做得极其隐蔽，尽管他们摆着一副道貌岸然的面孔，但还是没有逃脱我的眼睛。他们的这些小动作一直持续到晚上，到共进晚餐的时候，我发现牛红梅洁白的连衣裙上，印满了杨春光的手印。杨春光的手印主要分布在牛红梅的臀部、大腿内侧以及胸口。

杨春光从上衣口袋掏出十元钱递给我，说人民电影院有好看的电影，你自己去看吧。我说我不喜欢看电影。他又从口袋里掏出十元钱，把两张崭新的人民币叠在一起，递到我的眼皮底下，说那你去请你的好朋友吃夜宵。我说我现在不饿。他又往他的手掌里添了一张钱，说随便你干什么，现在你就出去把这三十元花掉。我说我什么也不想干，就想待在家里。

杨春光失望地收回钱,说那你收拾一下餐桌,把这些碗洗一洗,我跟你姐要谈一点儿正经事。他拍了拍牛红梅的肩膀,牛红梅离开餐桌。他拍拍牛红梅的臀部,牛红梅像一头牲口,被杨春光赶进卧室。我知道他们不会有什么正经事可谈,把碗筷狠狠地摔在水池里,然后拧开水龙头。我听到卧室里传出嬉笑,觉得他们在欺骗我、剥削我。我对着卧室喊姐,牛青松他……卧室的门突然拉开了,牛红梅踩着拖鞋跑出来,说牛青松怎么了?我看见她连衣裙的扣子全部解开,背部露出白色的乳罩带,胸部原先印满杨春光手印的地方现在全湿了。她面带焦急,不停地问我牛青松怎么了?他是不是出事了?我用上牙咬住下嘴唇,感到嘴唇很痛。我说没什么,接着摇了一下头,泪水悄悄地飞落。牛红梅用双手抓住我的肩膀不停地摇动,说世上没有无缘无故的哭,既然牛青松没出什么事,你干吗哭?我说我只是想哭。

杨春光光着膀子靠在门框上,不耐烦地看着我们,说别管他了,他的脑子有问题。牛红梅在他的催逼下返回卧室,她光滑的颈脖被门板挡住。我回到水池边洗碗,水花溅湿我的衣袖,油腻沾满我的手指。我从沾满油腻的手上,感受我们越来越好的生活。卧室那边传来奇怪的哼哼声。我突然觉得我十二分地窝囊,他们在愉快地歌唱,我却在为他们洗碗。我说姐,牛青松他死了!卧室里没有任何反应。我拍打门板,继续说牛青松死了,在如此悲痛的时刻,你们怎么一点儿也不悲痛?

半个小时之后，姐姐才从卧室里走出来，杨春光赤身躺在床上。那些碗筷我已洗干净，并把它们放进碗橱。而牛红梅却衣冠不整，束腰的裙带拖到地板，脸上发出病态的红光。她用肮脏的右手摸了一下我的额头，说你是不是真的病了？我说没有，我没有病。牛青松真的死了。我重述一遍在东兴北仑河上所见，牛红梅全身像打摆子一样颤抖起来，她举起右手，很庄严地扇了自己一巴掌，说你为什么现在才告诉我？我说原本不想告诉你，只想让牛青松永远活在你的脑海里，但你们做得太过分了，不仅要我洗碗，还寻欢作乐。牛青松死了你们还寻欢作乐！我拍门的时候，你们完全可以停止一切娱乐活动，可是你们没有。牛红梅哭着跑进卧室，呜呜，青松，他真的死了，呜呜……

　　这时，赤身裸体的杨春光从床上弹起来，飞快地跑出卧室。他一丝不挂，就连拖鞋也没穿，跑到我跟前，扇了我一巴掌。我听到耳光的响亮，眼前一片金星，遍地萤火。他说你是存心跟我作对，牛青松死就死了，和寻欢作乐有什么关系？有的事情不是说停就停得了的，你总得把事情一件一件地做完。你为什么早不说晚不说，偏偏等我做那事的时候才说？我用仇恨的目光看着杨春光，看着他一丝不挂的身体。牛红梅从卧室里摔出一件背心，一条大裤衩，它们挂在杨春光的头上和肩膀上。杨春光像一棵挂满裤衩的树，不知羞耻地站在我面前。我因为看见他的裸体而忘了脸上的痛。

牛青松死了。牛红梅很想把这个消息告诉母亲何碧雪。正当她很想见母亲的时候,母亲竟神使鬼差地自个送上门来。那是第二天的早上,牛红梅提着保温壶准备到街角去买豆浆、油条。拉开门,她看见一堆花白的头发靠在门框上。花白的头发下面,是一张黪黑的脸,上面布满尘土和煤渣。牛红梅惊叫一声,说妈,你怎么睡在楼梯口?母亲缓慢地站起来,用手拍打裤子,说我来到时天快亮了,所以没有惊动你们。牛红梅说你的钥匙呢?母亲说早就弄丢了。牛红梅说那你为什么不拍门?母亲说怕影响你们睡觉。

牛红梅找出一套衣裳,把母亲推进洗澡间,然后出去打早餐。牛红梅想等母亲洗完澡吃过早餐,再把牛青松的消息告诉她。但是吃过早餐之后,牛红梅还是没有说。我们都看见母亲的眼里布满血丝,她似乎是整夜没有睡眠。牛红梅说妈,你先睡觉吧。母亲抬手抹一把眼角,说我睡不着呀。听她这么一说,我们都感到恐慌,好像她已经知道了牛青松的事,已经悲伤过了,现在正再一次调动悲伤。

母亲说我和老金辞职的时候没敢告诉你们,因为当时我们相信能发大财,想发财了再来见你们,好让你们高兴。母亲一边说话,一边抬手抹她充满血丝的眼角。

牛红梅(以下简称牛):你们靠什么发财?

何碧雪(以下简称何):开矿,通过你姑姑,我们从银行贷了 10 万元。我们带着那 10 万元钱，回到老金的故乡南丹县。你们也许不知道，老金他们那个村因为开矿全都发了。他们村庄的周围全是锡矿，随便找一个地方挖下去，就是人民币。

牛：看你这身打扮，好像还没有挖到人民币。

何：都怪我们运气不好。我们挖了两个洞，每个洞挖进去几十米，但没有碰到矿，可是别人挖进去几米就会碰上。最令人不可思议的是，我们挖的第一个洞被别人用 1000 元钱买走后，他们只挖进去两米就见了矿，现在那些黑乎乎的锡矿就从那个我们开挖的洞口排着队滚出来，日收入万元。老金气得血压升高心脏病发作双眼出血。

牛：贵在坚持，可是你们没有坚持。

何：怎么没坚持？我们坚持了。我们发扬愚公移山的精神，又挖了一个洞。这个洞是从老金祖父的坟头挖进去，只挖进去 10 米就见矿了。老金常常感叹，为什么我一定要挖掉祖坟才碰上矿？别人不用挖掉祖坟都发了，我为什么要挖掉祖坟才发？别人的祖坟是祖坟，我的祖坟不是祖坟吗？

牛：那么说你们快发啦？

何：这一点不用怀疑，我们肯定要发啦。只是现在碰到一点儿困难……

牛：什么困难？

何：钱，我们现在没钱了。银行催我们还贷款，我们身上一个子儿都没了。没有钱，就没法往深处开掘，那些矿就没法变成钱。我跟老金现在吃的是粗糠野菜,过的是猪狗不如的生活,已经两年没添置新衣裳,半年来没吃上一餐饱饭了。(母亲一边说一边抹泪。)

牛:这都是你们自找的,当初不辞职就不会落到今天的下场。

何:当初辞职的时候我曾经犹豫过,但那个叫马艳的记者,就是给老金写报道的那个记者,给了老金几个信封。第一个信封叫老金照顾孤寡老人,第二个信封叫老金救人一命。老金在救人一命时受伤住院,你们都知道老金成了英雄,报纸、电台印满了老金的名字,填满老金的身影。可是老金成了英雄后,没有跟单位领导处理好关系,他们发奖金分鸡蛋都没有老金的份儿。鸡蛋本来不值多少钱,但它说明领导眼里根本没有老金。老金觉得做英雄做名人毫无用处,便去问马艳下一步该怎么办?马艳又拿出第四个信封,指导老金生活。

牛:不是第三个信封吗?

何:第四个。第三个信封是老金躺在病床时拆开的。老金看到第三个信封时双手发抖,脸色发白。我曾经多次追问老金,那第三个信封要求他干什么?他死活不告诉我。马艳说你已经成为英雄,第三个信封的事就可以不去做了。当时马艳就把那个信封撕得粉碎,她给我们留下了千古之谜。

牛:第四个信封说的是什么?

何:下海。马艳说赶快下海挣钱,从现在起英雄没有用了，谁有钱谁是大爷。老金曾经问马艳那我的伤不是白受了？我的英雄不是白当了？我刚刚有所起色，又要我下海，这是怎么回事？马艳说她的决策是正确的，信则受益，不信则后悔。老金拿着马艳给的第四个信封，在家里走来走去，像电影里碰到难题的领导那样踱来踱去，一直踱了三天，抽掉六包香烟，最后一拍书桌，斩什么钉截什么铁地说：下海就下海！

牛：斩钉截铁，形容说话办事坚决果断，毫不犹豫。

何：事实证明马艳是对的，我们很快就要发啦，只是现在资金短缺。老金叫我回南宁跟亲戚朋友们筹集资金，将来发了可以给30％的利息。你投资1000元，还你的时候是1300元，投资10000元，还你的时候是13000元。只要你们肯投资，我可以先付你们3000元利息，只带走7000元。你想一想，一下子就捞了3000元利息，这样的好事打着灯笼也找不到。我知道你们没有钱，但你们可以发动你们的同事、朋友集资，告诉他们发财的机会到了，机不可失，失不再来。

我们觉得坐在对面的母亲像一位夸夸其谈的外交官，过去我们一直不知道她有能说会道的本领。她说话的时候嘴巴开得特别大，好像是她向我们描绘的矿洞，从里面可以掏出锡矿和人民币。只可惜她现在身无分文，正在为金钱而发愁。我们不忍心向身无分文为钱而愁的母亲施加痛苦，所以没有人告诉她牛青松死亡的消息。

牛红梅说她存有1000多元钱，那是母亲改嫁时金大印送给我们的,她一直珍藏着,并寻找机会物归原主。钱多少那是能力问题,集不集资那是态度问题。母亲被牛红梅说得心花怒放。何以说母亲心花怒放呢?因为我看见母亲绷紧的脸皮一点一点地裂开(又名解冻)。当时,牛红梅是想让母亲高兴高兴,想在母亲高兴的时刻,把那个坏消息告诉她。一好一坏两个消息,正如一正一负可以对消可以扯平,在高兴中淡化悲痛,在悲痛中插入高兴。

牛红梅带着母亲去银行取钱。她们走在车水马龙的大道上,走在街道两旁的玻璃里。母亲走得很谦虚,姐姐走得很骄傲,从她们走路的姿态来看,你根本分不清谁是谁的女儿。姐姐说妈,我要告诉你一个不好的消息。母亲说什么消息?姐姐说你千万别难过。母亲说我不知道你要告诉我一个什么样的消息,现在还无法决定我是高兴或难过。姐姐说我会告诉你的,你得有个思想准备。母亲说你说吧,我已经准备好了。

姐姐把1000多元钱塞到母亲手里。母亲像捏着记事本一样捏着那些钱,说我会报答你的,红梅。母亲捏了一下牛红梅的辫子转身欲走,准备去找别的亲戚、朋友集资,1000元钱对她来说只是杯水车薪。她问牛红梅,你不是说还有一件事要告诉我吗?牛红梅看着母亲花白的头发、发红的眼睛和瘦削的身子,突然把话咽了下去,说没什么,没有什么大不了的事情。母亲说那我走啦。母亲摇晃着朝7路车站台走去,和那些等车的人围成一堆。7路车还没有来到,母亲回头望了一眼。牛红梅说妈，牛青松死了。母亲说什么时候死的？牛红梅说8月26日。母亲说哎，这孩子……牛红梅以为母亲会当场晕倒，或者哭上一场，但母亲没有哭，她只是不停地说这孩子。这时7路车从远处哐啷哐啷开了过来，母亲跟随人流拥向车门。她伸开双臂跳上7路车，身子是那么灵巧矫健。她把头挤出车窗，说红梅，我走啦。

晚上，杨春光和牛红梅在卧室里比赛摔瓶子、砸玻璃，他们竟然毫不留情地打了起来。他们打起来的原因极其简单，杨春光说我的母亲像一个江湖骗子，到处骗钱，就连自己的女儿都骗。牛红梅说这1000元钱是金大印留下来的，她一直都在寻找机会归还给他们，现在机会来了，那些钱只是回到它的原处，她压根儿不图什么回报。杨春光不相信牛红梅有这么高的思想境界，做出一个鄙视的表情，说从牛红梅当时谈话的语调来看，牛红梅是羡慕那30%的利息的，只是自己没有再多的钱，所以才投了1000元，如果有10万，牛红梅也会投进去。杨春光估计，牛红梅拿钱给母亲的时候，就恨不得把那30%的利息抢回来。

牛红梅觉得自己长了这么大，还没有受过这样的冤枉，开始往地上砸她的化妆品，甚至还提到了离婚。杨春光被离婚这两个字一下子搞活跃了，当即伏在梳妆台起草离婚申请书。牛红梅并不把杨春光的离婚申请书当一回事，还在不停地砸玻璃瓶子。她每砸一个玻璃瓶,杨春光的身子就颤抖一下,好像那些玻璃瓶全都砸在他的身上。为了抵抗玻璃的声音,杨春光起草一句,念一句。牛红梅说你起草也是白起草,我不会签字,不会离婚。杨春光说不是你提出要离婚吗?牛红梅说我不会离婚,反正我不会离婚,离婚不是我这样的人做的。

杨春光一拍床铺,说你不离但我要离。杨春光把手伸向牛红梅的历史,开始打捞那些陈谷子烂芝麻,说牛红梅你从来就没有正经过,先后跟医生冯奇才、流氓宁门牙同居。跟医生冯奇才同居尚可原谅,因为那是初恋,经验不足,况且冯奇才也算是一个知识分子。但是跟宁门牙那样一个流氓睡觉,是可忍孰不可忍,没有丝毫可以原谅的理由。我不知道这几年是怎么稀里糊涂过的?我对我如此好的心理承受能力表示钦佩。牛红梅,你不仅历史不清白,而且……杨春光说到而且时,拉开了床头柜抽屉,从里面掏出一串避孕套,说我走的时候还剩8个避孕套,可是现在只剩下4个。同志们,杨春光对着我喊同志们,你们说这里面有没有问题?这4个避孕套是谁使用了?

我在叙述杨春光张牙舞爪的时候,忽略了牛红梅的表情,所以我还得花开两朵各表一枝。当时,我代表姐姐用仇恨的目光盯着杨春光,仇恨的余光落到了姐姐身上。她先是抱头痛哭,然后用手撕扯头发,然后搬起椅子砸自己的脚背。做完这一切之后,她似乎仍然没有表达完自己的心情,拉开保险盒，准备触电身亡。在这万分紧急的关头，杨春光还在向我晃动避孕套。我对着他们大叫一声：那4个避孕套是我用的！

他们的声音和动作全都凝固，四只眼珠子对着我。杨春光说你刚初中毕业就干这个了？我说干了。杨春光把那串避孕套丢回床头柜。事实上我没有动过那些避孕套，那上面沾满了细小的灰尘。姐姐说你险些害了我，我守了一年多的活寡，一年多不知肉滋味，还反遭陷害。姐姐盖上保险盒，断了求死的念头，仿佛一下子变得冰清玉洁起来。

那么，这又怎么解释？杨春光从床底下拖出一双特大号的臭烘烘的球鞋，这不是我的鞋子，也不是你们的鞋子，那么，它是谁的鞋子？姐姐的脸一下就白了。

这个晚上，姐姐没有回她的卧室，而是睡在牛青松的床上。她反复问我那4个避孕套的下落，并且为我的前途担忧。她说不管怎样，一个刚刚初中毕业的学生是不应该做那种事的。我告诉她这一切都是圈套和陷阱，那是杨春光自编自演的一出戏，他最清楚避孕套的下落，他也知道我在说谎。其实我没有干过那种事，一个没有干过那事而又说自己干过的人，就像一个穷汉说自己是富翁，穷汉冒充富翁也未尝不可，只是有人知道了底细，我一冒充，他的心里就发笑。

姐姐缩回被窝保持沉默，大热天她也感到全身发冷，要我在她身上加盖两床被窝。我听到从她抖动的牙齿缝里冒出一连串的脏字，她的脏字直指杨春光。

第二天早晨，杨春光端了一张椅子拦在我们卧室门口。他穿着一条大裤衩赤膊坐在椅子上，天气愈来愈热，他的脖子和胸膛挂满汗珠。我从卧室走出来时，他偏了偏腿，给我让了一条小路。但是姐姐要出来时，他把路封死了。姐姐说你在干什么？杨春光说我要向你检讨。姐姐说有什么好检讨的，我要上班。杨春光说我已经到厂里去给你请假了，今天你休息。你看一看我身上的汗水，它们是我刚才去给你请假时骑自行车骑出来的。

杨春光的后背也全是汗水，汗水沿着它的脊背往下滑，浸湿了他的大裤衩。牛红梅站在门框边，还没有洗脸，两只眼睛像是被硬物撞击后肿起来的疙瘩。她打了一个长长的哈欠，那些委屈、愤怒、怨恨都随着哈欠跑出来，喷到杨春光的头发上。牛红梅说检讨吧。杨春光咳了两声，清理一下嗓子，说其实我是一个卑鄙小人，为了达到我个人的目的，常常不择手段。像昨天晚上，我说你曾经跟两个男人同居，一个是知识分子，一个是流氓，这无异于往你的伤口上撒盐。谁愿意跟流氓同居？你是出于无奈，而且当初并不是你追我而是我追你，在跟你结婚之前，我也知道你的一些往事。当时我能容忍你的前科，可是现在为什么不容忍了？早知今日，何必当初？把你的历史翻出来，是我的不对。另外，我们结婚之后，一个在南京一个在南宁，我没有尽丈夫的义务，我们没有过上真正的夫妻生活。上大学之前，我是兴宁小学的体育老师，是国家干部,有工资有身份,不用读大学也可以把日子过下去。可是我偏偏没有珍惜幸福的生活,偏偏要上什么狗屁大学。这样一来,我害苦了你……

杨春光从大裤衩里掏出一块手帕,擦了擦右眼角的泪水。他好像是真的流泪了,但是他没有擦左眼。我想一个人不可能只有一只眼睛流泪,要流的话应该是两只眼睛同时流。牛红梅不管三七二十一,已经被杨春光感动了,她摸了一下杨春光的下巴,说这样的话我爱听。牛红梅端过一张椅子坐在门框内,好像是要耐心地听下去。

杨春光说更叫人恶心的是,我明知道你为我守身如玉,却还想诬陷你。8个避孕套,其实全在,我拿走了4个,然后对你发难。那双从床底下拖出来的球鞋,是我的同学刘光洁的,我从南京把它带回来,目的是想把它作为道具,迫使你离婚。你看我是不是一个卑鄙小人?牛红梅的脸一阵黑一阵白,她咬紧嘴唇一言不发。

杨春光说我还是一个非常懒惰的人,你回忆一下,自从我跟你结婚以后,我做过什么家务?没有,一点儿也没有。我基本上是衣来伸手,饭来张口,有时连澡都懒得洗。在学校我从来不洗衣服,也从来不刷牙,三天洗一次脸,十天洗一次澡。我的衣裳从买那天起就穿在身上,一直穿到不能再穿了,才脱下来丢到门角。当我把第二件衣裳穿得不能再穿的时候,我会回到门角去找被我丢到那里的第一件衣裳。我就这么轮番地穿那些发臭的衣裳,有时同学们实在看不过眼,便帮我洗一洗。他们一边洗一边骂我,说我小便胀了都懒得上厕所,宁可尿泡胀破,也不愿意上厕所。知我者,同学也,他们说的大致属实。

牛红梅说这些毛病你完全可以改正。杨春光说我改不了,我改了好多次都改不了,简直是顽固不化病入膏肓。我有病,有不少的毛病,比如……比如自私(杨春光从大裤衩里掏出一张白纸,上面写满密密麻麻的字,像是专门为了检讨列的提纲。他的目光不时瞥一下纸片,他的双手轻度地颤抖),我很自私,一次我跟同学用纸牌赌钱,把他身上所有的钱都赢过来了,连他的饭票都输光了。我说还要赌吗?他说还赌。我说你用什么赌?他说赌一根小手指。于是我们又赌了一局,他又输了。我抓起一把小刀准备割他的手指。他扑通一声跪在我面前,说饶了我吧杨春光,今后我再也不赌了。可是一个赌红了眼的人,是不会原谅任何人的。我举着刀一定要割他的手指。他告饶不行,从地板上站起来,把左手掌拍在书桌上,说要割你就割吧,但你只能割我的手指,不能放我的血。赌之前,我只答应你割一节小手指,没有答应你放血。只要你不放我的血,你就割吧。

他这样一说,我一下子软了下来,再不敢割他的手指了,但我用另一种办法折磨他。他身上已无分文,没有钱买饭吃。同学们知道他爱赌,谁也不借钱给他。他钻进蚊帐,把自己关在床铺里，生自己的气。我买了一份饭，买了几个好菜还外加一瓶啤酒，故意夸大嚼食声。饭菜的香味飘进他的蚊帐，我听到他吞食口水的咕噜声。他不停地骂自己运气不好。其实他并不知道我已在扑克上做了手脚，为了赢几个小钱，我常常在扑克上做记号。我用这个故事来证明我自私，实际上不够百分之百的准确，它除了证明我自私外，还证明我贪婪、残酷、狡诈。

牛红梅说你原来不是在读书，而是在干这些勾当？

杨春光说是的，我还很好色。在校园在大街在公共汽车上，只要我看见一位漂亮的女性，眼睛就会发亮，精神立即抖擞，甚至产生下流的念头，想跟她们睡觉。我从南京带回来的那双球鞋的主人名叫刘光洁，他与我同寝室四年，来自武汉，喜欢打篮球。他有一位老乡在我们学校外语系学习，说到外语系，我想你一定猜到了，刘光洁的老乡是一位女性，而且是一位漂亮的女性。她经常光顾我们寝室，找刘光洁散步、看电影、跳舞。只要刘光洁的老乡王祖泉一走进我们寝室，我们八位同学立即团结紧张严肃活泼。我们叠被子的叠被子，看书的看书，倒开水的倒开水，咳嗽的咳嗽，搓手的搓手，总之我们都变得十分虚伪，一点儿也不自然，好像王祖泉同志不是来找刘光洁，而是来找我们似的。

当刘光洁和王祖泉一离开寝室，寝室立刻炸开了，14只刚刚看过王祖泉的眼睛堆到一起，7张刚刚跟王祖泉打过招呼对过话的嘴巴，几乎同时发出一声感叹：真他妈的白，真他妈的丰满。王祖泉的白和王祖泉的丰满全校公认，这也是她跟你的区别。

牛红梅说她怎么个白法？又丰满到何种程度？

杨春光说打个比喻，她就像白云那么白，像山谷中的雾那么白，你明明看见雾在眼前飘动，可你一伸手却抓不到那雾。至于丰满，主要表现在她的乳房上，她的乳房有饭碗那么大（说到这里，杨春光用手比画了一下，仿佛抓住了王祖泉的饭碗）。刘光洁是校篮球队前锋，每当他打球的时候，王祖泉总站在球场边为刘光洁鼓掌。她一鼓掌，我们就傻眼。为什么？因为她胸前的两只碗像两只野兔，不停地跳动。

有时刘光洁会叫王祖泉帮他洗衣服，洗的时候也顺便帮我洗。刘光洁有洁癖，他绝不允许把我的衣裳混到他的衣裳里。于是，王祖泉洗衣裳的时候必须用两只桶，一只桶装刘光洁的衣裳，一只桶装我的。在洗衣服之前，王祖泉喜欢掏我们的口袋，生怕我们把什么重要的东西遗漏在口袋里。她常常从刘光洁的口袋里掏出零钱、口香糖、饭票，而从我的口袋里总能掏出一张纸片。她觉得奇怪，便打开来看，纸片上写着三个大字：我爱你。她对这三个字并不在意，也从来不跟我提起。但是后来她看多了，生疑了，就当着同学们的面把纸条举起来，说快来看呀，杨春光谈恋爱了。同学们抢过纸条，问我爱的是谁？他们坚信这是一张我没有传递出去的纸条，而丝毫没有怀疑我是写给王祖泉的。在他们逼问下,我只说了三个字:瞎写呗。沉默了一会儿,我又说了三个字:瞎写呗。他们(包括王祖泉)都相信我是瞎写。

一天晚上,王祖泉到我们寝室找刘光洁,她需要刘光洁陪她到火车站接她妹妹。但那天晚上体育频道恰好重播一场NBA篮球赛,刘光洁正准备出门找电视看。刘光洁爱篮球如命,特别崇拜那些美国篮球明星,甚至模仿他们在篮球场上不停地嚼口香糖。王祖泉的到来使刘光洁为难,他说这样吧,我叫我们寝室的人陪你去接你妹妹,谁愿陪王祖泉去一趟火车站?

我们七个人同时举起手臂,说愿意。刘光洁说不行,不需要这么多人,我必须在你们中间选一位老实人陪王祖泉去火车站。所有的人都回答自己老实。刘光洁和王祖泉摇头晃脑,对我们的老实表示怀疑。为了显示公正,刘光洁建议投票,谁的票数多,谁就陪王祖泉去火车站。投票的时候,不停地有人问王祖泉,你的妹妹漂不漂亮?

结果,每个人都投了自己一票。只有我得了两票,其中一票是刘光洁投的。我恨不得立即挽起王祖泉的手,昂首阔步走向火车站。刘光洁向我扬起威严的拳头,说你要老实一点儿。我点着头说老实一点儿,嘿,老实一点儿。

尽管我的口袋没有多少钱,但我还是叫了一辆出租车。一路上,王祖泉不停地说篮球篮球,干脆跟篮球结婚算了。我知道她是在说刘光洁，也好像是对我表示歉意。我一言不发，更不阻止她说刘光洁的坏话。我欲擒故纵，假装看车窗外晃动的路灯，像一位诗人正在构思诗歌那样深沉。她说你怎么不说话？我说其实那些纸片都是写给你的。她说什么纸片？我说你洗衣服时从我口袋里掏出的纸片。她显得有些激动，呼吸声愈来愈粗重，说不会吧，你明知道我跟刘光洁是朋友。我说越是艰险越向前，明知山有虎偏向虎山行。她突然大笑起来，说你真好玩。

那天晚上，我们没有接到她妹妹，第二天才收到她爸爸从武汉发来的电报，说她妹妹因事没有出发。但是当天晚上，她无比焦急，拉住我的手（不是有意的，更没有任何象征和寓意，仅仅是焦急状态下一个毫无意义的动作，一个纯粹的动作），在人群中跑来跑去，从这个出口跑到那个出口。那些旅客就像树林，他们的面孔仿如叶片，我们穿行期间，肩膀碰着肩膀，胳膊肘碰着乳房，屁股敲打屁股。说真的，当我的胳膊碰到她的乳房时，我差一点儿就叫起来。我知道那只不过是忙乱中的合理碰撞，但我愿意那是双方蓄谋已久后彼此发出的信号。

看了几个出口，都没有她妹妹，她满脸红光喘着粗气停止奔跑，这时她才发现她的手攥着我的手。她把手甩开。我看见汗珠从她的额头上滚下来。她说怎么没有妹妹，会不会出什么事？我说不会出什么事的，我们国家的治安状况如此之好，怎么会出事？她望了我一眼，说你真会说话，刘光洁就没有你会说话，他只会打球。说话时，她的眼珠子又滴溜溜地转动，脖子伸长了。每一个和她妹妹身材相近的人，都被她认真地看了一遍。

我陪着她在火车站又站了 40 分钟，说了许多无关痛痒的话。她妹妹始终没有出现，她压根儿就没来，而是在武汉的家中打呼噜。回到学校时已经深夜，刘光洁看完球赛后，站在校门口等我们。他不问青红皂白，先朝我的腹部打了一拳，然后才问为什么现在才回来？我感到腹部像刀割一样疼痛，整个身子快站不住了。王祖泉及时拉了我一把，我因此而没有倒到地上。王祖泉说我没有见过你这么粗鲁的人。刘光洁说你只跟他出去一个晚上，就认为我粗鲁了，你是不是觉得他比我文雅？王祖泉没有回答刘光洁，气冲冲地走进校门。刘光洁在后面追她。

也许是刘光洁知道了真相，后来他并没有责怪我怀疑我，我们仍然是最好的朋友。王祖泉不时背着刘光洁跟我约会，但是她也常常跟刘光洁约会。跟我约会的时候，她让我把双手搁在她的胸口上，任凭我捏弄。当我向她提出更高的要求时，遭到了她的拒绝。她说在我和刘光洁之间，她还没决定嫁给谁。在还没决定嫁给谁之前，她分别跟我们约会……一声清脆而响亮的巴掌扇到杨春光的脸上，那是牛红梅运足气力横扫过来的巴掌，杨春光的脸被打歪了，五根手指印在他厚颜无耻的脸上。牛红梅说我只问你一句,你跟她睡过没有。杨春光说没有。牛红梅说没有就好。杨春光说可是,她已经爱上了我,她非跟我结婚不可。牛红梅说难道你没告诉她,你是有妇之夫?杨春光说告诉了,她要我离婚。牛红梅说离婚,没那么容易。

　　杨春光说后来的事情出乎我的意料,我只是想沾点儿小便宜,暂时用她来满足一下生理要求,谁想到结局竟是这样……刘光洁在一次球赛中跌破膝盖,住了两个多月的医院。尽管他的膝盖后来黏合了,长成疙瘩了,但他走起路来却像个瘸子。王祖泉是个完美主义者,不愿意嫁给一个跌破膝盖骨的男人,于是就嚷着要嫁给我。她说我五官端正身体健康,是摸过她乳房的两个男人之一。其中一个摸过她的男人残废了,她不愿嫁,那么,另一个摸过她的男人就必须娶她。红梅,我是一个好色之徒,你一点儿也不值得为我守身如玉。没有任何一个女人,愿意跟一个好色之徒生活,你也不应该例外,况且……

　　况且我已经阳痿了。你也知道,刚从南京回来的那个晚上,我跟你弄了半个小时都没弄好,这种病症在我身上已有一年多时间。作为男人,谁也不会希望自己阳痿,但是阳痿了,就得面对现实。我不想害你,不想让你永远过不上性生活,所以我们还是离了吧。我是卑鄙小人,我懒惰、自私、好色、阴险毒辣、阳痿,如果我是一个女人,我都不会跟我这样的男人过日子。我看不起我自己。

牛红梅说与其去害王祖泉,还不如害我;与其让王祖泉过不上性生活,还不如让我过不上。不管你怎么阳痿、好色、自私、懒惰、阴险毒辣,反正我不同意离婚。

杨春光用双手捂着他的左脸,把头扭过来,对我说翠柏,告诉他们我已经阳痿了,告诉所有你认识的人。

假期还没有结束,杨春光便离开南宁回南京。他是坐飞机飞回南京的,对于一个刚大学毕业正准备读研究生的人来说,坐飞机未免有些奢侈。80 年代初期,一个普通的中国公民是很难有能力承担飞机票的。杨春光坐飞机不符合中国国情,他既不能享受公费,又不能贪污受贿,何苦拿本来就不多的钱来浪费?我猜想他之所以坐飞机,是因为想尽快投入王祖泉的怀抱。

但是杨春光不承认我的猜测,他说之所以用最快的速度离开,主要是因为不喜欢南宁这座城市(他竟敢大言不惭地说他不喜欢生养他的这座城市)。南宁有他的童年,南宁看见过他流鼻涕穿开裆裤,所以他害怕南宁揭他的短,恨不得离它远远的。他说南京,那才是好地方,三国吴、东晋、宋、齐、梁、陈、五代南唐、明初、太平天国及辛亥革命时均建都于此,1927 年至 1937 年,及 1945 年至 1949 年是国民党政府的统治中心。1949 年 4 月 23 日中国人民解放军解放南京。解放后，南京的工业迅速发展，化学工业占全国重要地位，钢铁、汽车、机械、水泥、无线电、仪器仪表、纺织、食品等也极其突出。有特产云锦和板鸭。鲁宁输油管接通这里。市内有南京大学、南京工学院、南京师范学院、华东水利学院等高等学校和科学研究机构。市北有南京长江大桥，市东紫金山有天文台、中山陵、明孝陵和灵谷寺。市内热河路广场建有渡江胜利纪念碑。革命纪念地有梅园新村、雨花台。名胜有玄武湖、燕子矶和莫愁湖。南宁有这么多东西吗？没有。那时如果你想让杨春光兴奋，只管说南京的好话就够了。你赞美杨春光还不如赞美南京。杨春光临上飞机时，对牛红梅说除非我从飞机上摔下来，否则我要离婚，你好好考虑考虑（都什么时候了，牛红梅还为杨春光送行）。

之后，杨春光和牛红梅书信往来频繁，信的主要内容是讨论离婚。每一次来信，牛红梅都拿给我看，一方面坚决要离，一方面坚决不离。牛红梅说她将采取持久战，把杨春光拖垮。这也是那个时期中国的大多数女性公民的选择。

快放寒假的时候，牛红梅跟厂里请了半个月的假，准备到南京去找王祖泉，她不相信天底下还有别的女人比她长得漂亮。为了这次远行，她用积攒下来的工资买了两套时髦的冬装，买了上好的润肤露、洗发精以及化妆品。她带上这些上好的东西，坐上列车朝着南京挺进。她一面往她的脸上、手上涂润肤露，一边漫无边际地遐想，脑海里回荡着曾经家喻户晓的一句口号：打过长江去，解放全中国。现在牛红梅是打进南京去，不想闹离婚。

杨春光想不到牛红梅会不远千里来到南京，他花了几天时间，带牛红梅游了南京的名胜古迹。他们把游览的最后一站放在南京长江大桥。站在南京长江大桥的桥头，看着滚滚东逝的长江水，牛红梅用手拍打着水泥栏杆说，除了这座大桥，我并不觉得南京有什么好。杨春光说该看的地方你已经看了，该玩的地方你也玩了，你打算什么时候回南宁？牛红梅做出一副惊讶的表情，仿佛突然记起了此行的目的，说我要见见王祖泉。

杨春光找出各种理由，不让牛红梅与王祖泉相见。性急之中，牛红梅想到了杨春光的导师。五十出头的先秦两汉文学硕士生导师田仕良丧偶多年，他把一腔热血放在《诗经》的研究上。据杨春光介绍，他有许许多多的怪癖，痛恨女人是他的怪中之怪，一般情况下，他不招女生。他的这种怪癖也体现在饮食上，凡是雌鸡他绝对不吃，凡是女人做广告的饮料，他坚决不喝。他何以把女人痛恨到如此地步，没有人能够弄清楚。

牛红梅背着杨春光敲开了田教授的门，她想能够管住杨春光的，只有他的导师田仕良了。田仕良拉开门，把自己的身体塞在门缝里。他的眼皮迅速往上跳跃，目光炯炯有神。他没有赶走牛红梅，这说明牛红梅的某些地方吸引了他。

牛红梅像见到亲生父亲一样扑到田教授的怀里，嘴巴发出哭声，眼睛流出泪水，她的哭声穿行于发黄的先秦两汉的文学书籍。田教授用手不停地抹牛红梅的头发，两只老鼠眼望着合上的门板，生怕有什么人突然撞入。他像党的组织突然接纳了失散多年的党员，但心里却在担心这个党员叛没叛变，会不会带来什么危险。他说孩子，别哭了，你怎么愈哭愈大声？你这么一哭，邻居听见了还以为是我欺负你。为了避免误解，我们还是到校园里走一走吧。

牛红梅跟着田教授走在南京大学校园的小径上，他们走过之处落叶纷纷破碎。田教授一言不发，伸出他的右手，保护牛红梅正在发抖的肩膀。牛红梅依然在哭，但是没有刚才哭得厉害，好像暴雨过后的细雨。牛红梅不仅哭，还要倾诉，她说我只想见一见王祖泉，没有别的愿望，我就想见一见王祖泉。如果她长得比我漂亮，我就同意离婚；如果她没有我长得漂亮，我凭什么要同意离婚？离婚总得有一个理由。田教授说此话当真？牛红梅说当真。田教授说我去把他们叫来。

田教授横穿阴暗的树丛，晃到路灯之下，朝着研究生楼跑去。他跑步的姿态十分特别，两只手握拳抬到脸部，好像是要跟谁拳击。尽管他的头发已经秃顶，尽管他学富五车吃透先秦两汉，但他的步伐还是普通人的步伐。他竟然为这么一件事情着急，牛红梅的心里有一丝感动。

深夜，田教授坐在一张塞满枕头的藤椅上，对面坐着杨春光、牛红梅和王祖泉。大家都沉默着，只有杨春光和王祖泉不时用他们中国人的嘴巴，说几句并不流畅的英语。牛红梅要求田教授给她和王祖泉作出权威性的评判，她们谁更漂亮？田教授感到无从下手，他看着他们，嘴里不停地吐出烟雾。吐了一会儿烟，他一咬牙，说你们两个都给我站起来。牛红梅和王祖泉同时站起来。田教授说你们以我的藤椅为圆心走一圈。牛红梅和王祖泉围着藤椅走。田教授的头跟随她们的步伐转动，转了一个半圆之后，田教授的脖子扭得像麻花，他赶紧把脖子和脸回到正常位置，说现在，我向你们两位提出一些问题，看谁能够回答并且回答得好。请问《离骚》的作者是谁？牛红梅摇摇头，王祖泉也摇头。田教授说屈原，屈原你们都不知道。田教授不可理解地叹一口气，说你们知不知道《诗经》对后代文学有什么不好的影响？牛红梅说一定要知道《离骚》和《诗经》吗？这和漂不漂亮有什么关系？田教授冷笑一声，说王祖泉你知不知道《诗经》对后代文学有什么不好的影响？王祖泉说我是学英语的，又不学中文。田教授说你这是崇洋媚外，中文是基础的基础，《诗经》和《离骚》是我们中华民族的优秀文化遗产，你们怎么不读一读？《诗经》的不少雅诗和颂诗是属于统治阶级的庙堂文学和宫廷文学，后世封建文人正是把这些继承下来，用以歌颂统治阶级的文治、武功和祖先的"圣明"，成为他们献媚求宠的手段，历代礼乐志中所载的郊庙歌、燕射歌，以及虚夸的赋、颂、铭、谏等都是这一类作品。这就是《诗经》对后世的不良影响。

　　田教授把他手中的烟头狠狠地摔在地板上，踏上一只脚，似乎要撕破脸皮下定决心说一点儿什么。他左手叉腰，右手不断地挥舞，说王祖泉除了会说英语外，并没有更多的优势，当然皮肤的白，胸部丰满是两大优点。但只要你看一眼牛红梅，就知道你的这些优点不是优点。你看看，你看看……田教授微眯双眼，嘴巴不停在咂着，像看着某件艺术品那样看着牛红梅，人家牛红梅，眼睛是眼睛，鼻子是鼻子，身材苗条，臀部丰满，牙齿雪白，手臂修长……我真不知道杨春光你怎么会忍心丢掉这么美好的东西？你知道我一贯讨厌女人，可是当我看到牛红梅之后，立即就改变了这个坚持多年的习惯。杨春光低头不语，不停地用左手掌抚摸他的额头。

　　等了好一阵子，杨春光才抬起头。他说面对两位伟大漂亮的女性，我感到渺小丑陋。你们给我一点儿时间，我会作出正确的选择。两位伟大漂亮的女性走出田教授的客厅，客厅里只剩下师徒二人。师傅说你的理由是什么？王祖泉并不比牛红梅漂亮。徒弟说为什么要有理由？你们那一代人一定要有理由，我们这一代人不一定要有什么理由。如果硬要找出理由的话，我想是因为我太贪心，学海无涯，艺无止境。文章是自己的好，老婆是别人的好。如果当初我娶的是王祖泉，那么现在我会追求牛红梅。师傅一拍大腿说，这就是理由？真他妈荒唐！

牛红梅的南京之行即将圆满结束，杨春光似有回心之意，他说再让他考虑考虑。牛红梅说我比王祖泉漂亮，这可是你的导师说的。有了导师正确权威的评价，牛红梅像吃了定心丸，仿佛是打了胜仗的运动员，踏上了回南宁的列车。她把头伸出车窗，对送行的杨春光说我等你的信。杨春光频频摇动手掌，像是驱赶蚊虫。

周末，我从艺术学院回家去看望姐姐牛红梅，她独自坐在新买的电视机前看电视。看见我回来了，她抬起头说你姐夫还没来信。这是我第四次听她说你姐夫还没来信。姐姐从南京回来后，除了上班基本不出门，基本不走亲访友，仿佛这样坐在家里就能把姐夫的信盼来。

姐姐利用星期天专门打扫了一下我们的信箱，从里面扫出许多尘土和蟑螂屎，然后剪了一张白纸垫在信箱底层。万事已备，只等信来。

一天早上，姐姐正坐在财务室里数钱，那些钱都很新，她数过之后，分别把它们装进不同的信封，桌子上摆满了信封和人民币。忽然，一个信封落在桌子上，她以为是空的，没有认真地看，等她把百多个信封全装好钱后，才捡起那个她认为是空的信封，脸唰地一下就白了。那是杨春光从南京寄来的，杨春光没有把信寄往家里而是寄到单位，肯定不会是什么好事情。牛红梅犹豫了一下，没有打开。

牛红梅躲到厕所里,她的书桌上摆着全厂干部职工的奖金,同事们进进出出看到百多个鼓胀的信封,却看不到她。财务科长对着门外喊牛红梅。有人说她上厕所了。财务科长就跑到女厕所门口喊牛红梅。财务科长是男性,他喊了好几声都没听到牛红梅回答,便拉住一个路经厕所的女工,请她到女厕所里看一看,看牛红梅是不是待在厕所里?女工用手掌捂住鼻子,刚走进女厕所就退了出来。女工说牛红梅在厕所里面哭。

财务科长说,哭,有什么好哭的?牛红梅,你把大家的奖金放到桌上,却跑到厕所里来哭,就不怕把钱搞丢了。今天是全厂发年终奖金的大喜日子,你干吗跑到厕所里去哭?财务科长说了一阵,没有把牛红梅从厕所里说出来,生怕那些奖金被人拿走,又匆匆忙忙赶回财务室。

同事们才不管牛红梅为什么哭,而是把她的哭当做笑谈广为传播。但在我每周回家的有限日子里,我没有看见牛红梅流过一滴眼泪。她再也不提杨春光的信,楼下的信箱渐渐又沾满尘土和遍布蟑螂屎。大约过了半年多时间,我推开家门,看见牛红梅的面前摆着一菜一汤,汤的旁边摆着一封信,她吃一口饭菜,看一行文字,然后又吃一口饭,目光被信纸上的内容深深吸引,仿佛沉浸在一种幸福的气氛中,脸色红润,以至于没注意我的到来。

我走到餐桌边,她慌忙把信笺收进手掌,说你不在家的日子里，我总是这样，一边看信一边进餐，已经这样好久了。我问她看谁的信？她说是一个朋友写来的。我说能不能给我看一看。她说不能。这时，她的脸是幸福的脸，她的表情是重新谈恋爱的表情。

牛红梅又回到朋友和同事之中，有时她还把那些神秘的信件拿去给她的女朋友们传阅，也有人找上门来看那些信。趁牛红梅不在家，我闯进她的卧室。好长一段时间没有进入她的卧室了，里面的摆设在我的眼里顿时生动无比，姐姐的气氛感弱，女人的气氛浓重。我拉开抽屉，发现了十几封她爱不释手的信。

信全都是杨春光从南京写来的，我拿着它们的手微微颤动，如果你们对这些信感兴趣，就请随我的目光往下看——

第一封信

经过反复考虑，我还是选择了王祖泉。我的这种选择，并不是因为你有什么缺陷，而是王祖泉太厉害了。我取得硕士学位之后，一定会留在南京，王祖泉现在也联系了一个很不错的单位。你曾经很在乎我跟王祖泉睡没睡过，现在我正式告诉你，我们已经睡过了。事情就发生在你离开南京的那个晚上……

第二封

你走之后的那个晚上，王祖泉来找我。她首先是痛骂我的导师，认为她比你漂亮，而我的导师却说她没有你漂亮，所以她说我的导师没有档次，素质差极。骂完导师之后，她要我表态，就是在你们两个之间作出选择。我说我选择她。她问我用什么证明。我说我发誓。她认为发誓等于放屁，丝毫不能证明什么。我征求她的意见。她说最佳的证明就是两个人睡在一起。未等我反应过来，她便拉着我朝着一个地方奔跑。我衣冠不整，脚下只穿着一双拖鞋。我们朝着一个地方跑步前进……

第三封

天气非常之冷，我感到有许多风划过我的耳朵。奔跑中我们都出了一层汗，彼此也听得到喘息声。在一幢建筑物前我们停了下来，那是乒乓球室，有一扇窗口已经破烂了，我跟随王祖泉从窗口往里爬。她爬了好久都爬不进去，我用双手抬了一下她的臀部，她像一个篮球从窗口滚进去。我在抬她臀部的时候，突然产生了一种前所未有的冲动，决定今晚要大干一场。等我爬进去以后，王祖泉已经脱下她的裤子躺在乒乓球桌上。因为天气的原因，她没有脱上衣。你很难想象不脱上衣是一种什么样的景象，这种景象提醒当事人，这是一次偷偷摸摸的工作，是一次慌慌张张匆匆忙忙的工作，富有刺激和挑战性。我们之间就从来没有出现过这样的镜头，我不知道你不脱上衣时，会是什么样的情景……

第四封

我们忙碌十多分钟，便把事情办完了。我感到天气特别寒冷，身上的每一个地方都被冻僵了。其中有两个细节我必须告诉你：一是她不像你那样大喊大叫，她比较有涵养，始终保持沉默。我说你叫床呀。她叫了一声"床——"她在叫"床"的时候，我扑哧一声笑了。当时我们的床是乒乓球桌，她叫的"床"就是乒乓球桌，这说明她经历这样的事情也不是太多。第二就是我们在办完事情的时候，乒乓球桌被我们压塌了。那是一张用了多年的乒乓球桌，它的腿已经腐烂。当然如果我们稍微收敛一点儿，不用太大的力气，也不至于把球桌压塌……

第五封

现在你应该知道我的身体不存在任何毛病，我没有阳痿。我跟你说我阳痿，是因为我对你已经失去激情。每个周末我都和王祖泉在乒乓球室幽会，现在天气转暖了，我们可以在乒乓球室过夜。你知道我们一夜做多少次吗？七次，这已经打破了我和你的纪录……

第八封

今天是星期天,我约上了几个朋友到诗人羊克家玩。我们先是包饺子,然后猜谜,然后各自唱几首流行歌曲。羊克同志朗诵了几首他的新诗,我们都听不懂。晚上我们在羊克的客厅里铺了一个地铺,三男三女睡在客厅里。王祖泉睡在我身边,王祖泉的身边是胡月,胡月的身边是赵杰。大家同睡在一起,感到特别兴奋。这时我突然想到一个字母S。我叫王祖泉睡成S状,我也睡成S状,两个S合并在一起,我从后面把王祖泉收拾了。王祖泉是一个聪明的孩子,她在我们干活的时候,故意鼾声如雷。完事的时候,她把裙子塞到我手里……

第十一封

当进入乒乓球室的时候,我们发现已经有人占领了我们的地盘。我们找了一张离他们较远的球桌躺下来,彼此目不斜视。但是我们制造的声音还是干扰了他们。他们于是弄出比我们更响的声音。你知道我是一个自尊心极强的人,王祖泉也不甘示弱,我们绝不容允别人的声音比我们的响亮,差不多又把那张球桌压垮了。他们或许是疲劳了,或许是感到自卑,终于从窗口爬了出去。第二天木工们修复了那个破烂的窗口,还装上了铁条。我们再也进不了乒乓球室,我们必须转移地方……

杨春光的信像三流小报的连载小说，我把它们揣进兜里。下午，牛红梅野炊归来，我问她干吗不跟杨春光离婚？她说干吗要离婚，这样不是很好吗？离婚还得结婚，我为什么要从这个坟墓跳进另一个坟墓。晚上吃饭的时候，牛红梅发现她的信件少了好几封，她翻箱倒柜，好像家里失窃一样焦急。她问我是不是从抽屉里拿走了信件？我说没有。她有气无力地坐到沙发上，认真严肃地回忆信件可能的去向。我叫她吃饭，她说没有胃口。半年多来她总是一边看信一边吃饭，就像有的人一边看报纸或者看电视一边吃饭那样。

我从兜里掏出那些信件丢在餐桌上。牛红梅从沙发上跳起来，扑向餐桌，立刻变得有精神有胃口了。牛红梅对我说当初看这些信的时候，她曾经用手扯过自己的头发，恨不能用石头给天砸出一个窟窿，但是看多了也就无所谓了，反而靠这些信件打发无聊的日子，就像是看小说，唉……其实王祖泉是一个很不错的姑娘，她的幸福也是我的幸福。你想一想，她能在诗人羊克家的客厅里睡成一个S，还打鼾声，这多么了不起。牛红梅像表扬自己一样表扬王祖泉。

后来，在无数个我回家的周末，牛红梅断断续续地告诉我：

王祖泉病了。

他们吵架了。

田仕良导师对杨春光的行为表示反感。

他们已经两个月没过性生活了。

如果王祖泉少说两句,那么他们的关系不会闹得这么僵。

王祖泉为什么不主动一点儿,真是急死人了。

他们终于和好了。

牛红梅像谈论国家大事一样谈论以上的内容。当她接到杨春光跟王祖泉和好的这封信时,硬拉着我跟她下馆子。我拒绝她的邀请,说这有什么值得高兴的?她站在客厅一言不发,整整站了 15 分钟,说如果你不跟我下馆子,我就永远这么站着。15 分钟、20 分钟、30 分钟、35 分钟,时间一秒一秒地过去,我终于同意了她的请求。

被牛红梅邀请的还有她的同事张珠玲,好朋友罗东荣。三个女人再加我,正好组成"四人帮"。牛红梅建议大家都必须喝一杯啤酒,没有人表示反对。牛红梅举杯邀大家,说为杨春光和王祖泉言归于好干杯。四只玻璃杯碰在一起,啤酒的泡沫溢出杯口,流到女人们的手背。喝到最后,她们都有些醉了,都一个劲儿地傻笑。牛红梅的笑声特别响亮,好像是有人在挠她的胳肢窝。牛红梅愈是笑得开心,我愈是想哭,觉得牛红梅已经变态。那个夜晚的笑声莫名其妙,她们摇晃的身体和张开的嘴巴都显得十分虚假。

我从纸堆里找出牛红梅高中时期的作业本,开始模仿牛红梅写字。这个本子上全是她过去写的作文,翻开第一页,就会看见《论幸福》的标题,然后是《说说谦虚》《记一件难忘的往事》《毕业后的打算》。牛红梅在《论幸福》这篇作文里,引用了俄国著名作家列夫·托尔斯泰的小说《安娜·卡列尼娜》的第一句话:"幸福的家庭都是相似的,不幸的家庭各有各的不幸。"我把她的这本作文认真地抄写了一遍,最后我的字迹和思想全部牛红梅化了。我用牛红梅的字体给杨春光回了一封信:

春光:

　　你好!在你跟王祖泉相好的日子里,我也认识了一位男朋友。他是画家,长头发大胡子,常到我们卧室里来作画,我给他做模特儿。画着画着,他经常丢下画笔,把我抱到床上。他的手上全是颜料。他从来不洗手,把那些颜料涂到我身上。他说我的身子就是他的画布。有一次他给我做模特儿,要我画他。他像一个野人,每一个毛孔都散发出力量。我只看他两眼,便感到四肢无力,连一支画笔都举不起来,差一点儿晕了过去。我从来没有那么认真仔细地看过一个男人,包括你。

红梅
9月27日

　　这封由我策划以牛红梅名义发出的信件,导致的结果就是牛红梅再也收不到杨春光的来信。她不知道杨春光断信的原因,经常问单位的同事,你们看见我的信了吗?她开始留意楼道里的信箱，每天下班回来，总要把眼睛贴到信箱上望一阵，就像在报纸上看连载小说的读者突然买不到报纸那样焦急。她也常常在周末问我今天是星期几？是上午或是下午？我吃饭了没有？她连自己吃饭都模糊了。

班主任说如果大家愿意出钱，我们班可以请一位模特儿，让我们每周练习一次画人体的基本功。班主任刚一宣布这个决定，所有的课桌被同学们的手指、巴掌和拳头敲响。我们进艺术学院美术系已一年时间，还没有画过真的人体。

又一个周末，我吹着口哨推开家门，准备跟牛红梅要一点儿钱，拿去交给班主任。牛红梅不在家，她大概又在同事家打麻将。近半年来，牛红梅迷上了麻将，她已经把她的爱好从阅读杨春光的信件转移到了麻将桌。有一次我问她，杨春光来信了吗？她说杨春光是谁？说过之后她接着发笑，惊讶自己怎么连杨春光都遗忘了。

我打开电视，坐在沙发上，等待牛红梅归来。我在等待中不知不觉地睡去。是牛红梅归来的推门声把我惊醒的，她看了我一眼，便直奔洗澡间。电视上布满雪花点，时间不早了，睡意一阵阵袭来。我对着洗澡间说给我一点儿钱。洗澡间里传出哗哗的流水声，像正在下的一场大雨。我说姐，给我一点儿钱吧。这一次，我说得很坚决，并且很响亮。牛红梅说你要钱干什么？我说我们班要集资请一位模特儿。牛红梅说一定得请吗？我说一定。牛红梅说不画模特儿就成不了画家吗？我说成不了，不画模特儿的美术系学生只能画黑板报，绝对成不了画家。牛红梅说要多少？我说100元。

牛红梅在洗澡间里尖叫一声，说怎么要那么多？我刚刚输掉了一个月工资，现在身上一文不名，等明天我赢了再给你。我说你赌钱了？牛红梅说玩点儿小刺激。我说你怎么能够保证明天晚上你会赢？牛红梅拉开门，赤身裸体从洗澡间冲出来，身上的水滴还没有擦干。她说如果我赢不了她们，就给你做模特儿，你看一看我，哪一点儿不比那些模特儿强？家里有，何必花钱。

我看见牛红梅用拧干的毛巾，在身上来回地擦，一边擦一边望着我笑，一边望着我笑一边揉她的乳房。她通体透明，像透明的白萝卜，折射客厅的灯光，使深夜明亮无比。她的每一根汗毛和她的心、肝、肺以及大肠，被我清楚地看见。我甚至看到了她的心理活动，突然产生了一种空前绝后的冲动，想如果她不是我姐姐，我就把她强奸了。我的拳头愈捏愈紧，手指骨的嘎嗒声惊天动地。我不敢再多看她一眼，低下头暗暗发誓，一定要报答她。我一定要报答她！

我想我报答她的唯一方式是给她再找一位丈夫。产生这样的想法之后，我希望得到刘小奇的帮助。我说牛红梅快完蛋了。刘小奇用十分惊讶的目光打量我。当时他正在指挥一群工人装修他的按摩室，他吞并了临近的两间发屋，然后大兴土木，准备开一家桑拿按摩中心。木头、瓷砖和水泥堆满了屋子，他穿着一双沾满白色石灰的皮鞋，在材料之间上蹿下跳。他说为了这个中心，他已经忙了一个多月，从图纸设计到购买原材料到定床以及擦皮鞋纸，没有一样他不亲自过问。

我跟着他在三间屋子里走动，他一会儿纠正瓷砖的贴法，一会儿告诫电焊工注意防火，并要求水泥工节约水泥。他告诫工人的时候，我偶尔也插上两句话，内容不外乎是他说的内容，只是口气比他更严厉。其实这个按摩中心和我没有丝毫关系，我的严厉是典型的狐假虎威。他上厕所，我也跟着他上厕所。他小便我也小便，他大便我也大便。我发觉他在大便的时刻，还在用手机跟别人通话。我不知道世界上还有没有比他更忙的人？

出了厕所，我始终比他慢半步，让他感觉跟着他的是一位无足轻重的人，让他感觉良好。他好像这个时候才发觉我的存在，说你老跟着我干什么？啊……你刚才在说牛红梅，牛红梅怎么了？我告诉他牛红梅快完蛋了，她整天沉迷赌博，才20多岁却像一个老奶那样生活，整一个不求上进低级趣味，甚至连性生活都不过，好像也没有这方面的需求。看在已故的哥哥牛青松的份儿上，我们能不能为她重新设计一下人生？刘小奇大手一挥，差不多把他捏在手里的大哥大挥掉了。从他挥动的手臂上，我看到了一种力量。他说设计什么鸟人生，你叫她到我的按摩室来工作，每月工资1000多元，还不包括小费,下星期就开始培训,地点在二楼大厅。

我把这个消息转告牛红梅。牛红梅觉得这是一个不错的主意,当即就用手掌压迫她的指关节,从她的手掌之下传出指关节放松时的嘎嘎声,仿佛是马上要给人按摩。但是她仍有忧虑,说自己是国家的正式职工,舍不得丢掉铁饭碗,白天上班晚上按摩,又怕身体吃不消。我建议她先试一个星期,如果刘小奇这边的待遇确实好,可以考虑停薪留职。牛红梅表示同意。

牛红梅按时参加刘小奇开业前办的按摩培训班学习。在老师手把手的教导下,她记住了人体的不同穴位,知道按什么穴位,人会感到四肢无力或酸麻或产生说不出的舒服。一次她叫我伏在床上,做她的试验品。她从我的头部一直按到我的脚板底,每一个步骤都极其严密,轻重缓急适当。我感到血液欢畅,每一个细胞都像春天的小草活跃起来。但是待我从床上爬起来时,看见牛红梅大汗淋漓,衬衣湿透了,紧紧地贴在她的身上。她呼吸混乱,面带笑容,好像是在为掌握一门技术而兴奋。

刘小奇按摩中心开业的那天晚上,二十多位按摩小姐统一着装上班,她们的胸前都挂着一块牌,那是她们的编号。牛红梅的名字暂时消失了,取而代之的是一个"9"字,只要领班喊到9号,牛红梅就必须站起来,服从领班的分配。领班叫干啥就干啥,哪里需要往哪里。在一大群十八九岁的姑娘们中间，牛红梅年龄最大，她突然产生了自卑感，后悔加入了这一支奇怪的队伍。她想逃跑。

小姐们陆陆续续地被领班叫了出去，她们出去的时候，腿根贴着腿根，连跑带跳，像是准备登台演出那么兴奋。回来时，她们显得极其疲惫，哈欠连天，像卓别林那样迈着外八字。有几个小姐连续被退了回来，她们说碰上了一位难缠的客人。领班终于叫到了9号，牛红梅临危受命，朝着最艰苦的包厢走去。

包厢里躺着一位秃顶的中年男人，他的目光像手指一样抚摸着牛红梅。他故意沉默了两分钟，或者说深沉了两分钟，然后说是她们派你来的？牛红梅说是的。他说你是不是这里最漂亮的小姐？牛红梅说不知道。他突然伸手在牛红梅的胸口摸了一把。牛红梅后退一步。他说我不需要按摩，需要特殊的服务。我的车停在楼下，如果你同意的话，我们马上到我的别墅去。我有轿车和别墅，如果你愿意我还可以养你，像你这么漂亮的小姐，不应该待在这种地方。你让我高兴了，我还可以用公款给你买摩托车、手机什么的，但是前提是你必须让我高兴。

这位秃顶的可以利用公款为牛红梅买摩托车和手机的中年人，说话的时候喜欢闭着眼睛，只有在每个句号的地方，他才把眼睛睁开。当他第四次睁开眼睛时，牛红梅已经退到了包厢的门口，准备逃离。他闭上眼睛大喝一声：站住。你要知道今天刘小奇请的客人，都是有权有势的，只要我一不高兴，刘小奇就有可能办不成这个按摩中心。我，也许是你这一生见到的最高级别的领导，不要不识抬举。

牛红梅看见他的嘴巴突然变大了，他的秃顶像一只光滑的葫芦，不停地晃动。冯奇才、宁门牙、杨春光像英雄人物，从她眼前一一闪过。她想他怎么可以这样？就是宁门牙也比他强一百倍，他怎么没有一点儿自知之明？这么漫无边际地想着，她已经走到了按摩中心的楼梯口。

刘小奇从后面追上来，说红梅姐，你不能走，他看上你了，一定要9号给他按摩。牛红梅说我是国家正式职工，我不干这个。刘小奇从上衣口袋掏出一个放大了的挖耳勺，说你看好了。刘小奇把挖耳勺塞进右边的耳朵眼，来回掏着，五官因为耳朵的快感扭成一团。他说你说说，挖耳勺和耳朵谁舒服？耳朵并不因为挖耳勺而有所损失，你为什么不干？何况你还可以拿钱。牛红梅大笑，你把我当什么人了。刘小奇说只要你帮这个忙，我可以给钱。牛红梅说多少？刘小奇说2000元，不，1000元。刘小奇从口袋里往外掏钱，他一百两百、三百四百，五百六百地数着，当他数到1000的时候，把手里的钱全部递给牛红梅。牛红梅重新数了一遍，发现刘小奇递给她的钞票只有600元。刘小奇把100元放大成200元，他的数字高出实际钞票差不多两倍，也就是近乎翻了一番。牛红梅说言而无信，我不干。她把钱还给刘小奇，说你像一位手里捏着铜板的财主，拼命地张开手指，让铜板从指间滑落，等你把怜悯我的手伸到我面前时，你的手中只剩下一枚铜板了。刘小奇说英雄也有不英雄的时候，我现在手头比较紧。牛红梅突然打了一个喷嚏，感到快乐无比。一个喷嚏使人快乐，一声吆喝使人忧伤。牛红梅哼着当时流行的一首俄罗斯民歌，离开了刘小奇的按摩中心。

我提着饭碗往学院的食堂走去，许多同学都和我一样提着饭碗往食堂走，他们以步伐为节奏，以勺子为锤，以饭碗为鼓不停地敲打着，叮叮当当的声音从他们的手掌间滑落出来，填满他们身后的空间。我正想今天的晚餐到底是吃瘦肉豆腐或青菜萝卜的时候，刘小奇拦住我的去路，告诉我牛红梅放弃了他那里的工作，希望我能劝一劝牛红梅。

刘小奇的嘴巴在跟我说话，眼睛却跑到了那些女学生身上，似乎要打她们的主意。

刘小奇请我在学院门口吃了一份快餐，便用他的摩托车拉着我回家。牛红梅不在家，她又出去打麻将了。我和刘小奇找了好几个地方，才在楼上的江伯妈家找到她。我们把她从麻将桌上叫下来。她满脸痛苦。我们则恨铁不成钢。刘小奇说他现在是创业时期，万事开头难，希望牛红梅支持他的工作。牛红梅认为那种地方不应该是她去的地方。他们连宁门牙都不如，为什么向我提出无理的要求？刘小奇点上一支香烟，慢慢地吸，烟雾从他的气孔里冒出来。他说红梅姐，你的首要问题是改变观念，观念改变了其他问题则迎刃而解。比如说地里长着一棵萝卜，你把它拔出来，土地并没有受到伤害。我说姐，杨春光在南京过着腐败的生活，你为什么不可以以牙还牙？刘小奇立即纠正我的观点，说我是严重的狭隘主义。只要牛红梅接受他的观点，那不仅仅是报复杨春光的问题，而是关系到前途广不广阔的问题。将来的世界是有钱人的世界，谁有钱谁是大爷，现在两条路摆在牛红梅面前，一条是贫穷一条是富裕，出身不由己，道路可选择。一个晚上可以拿到一个月的工资，牛红梅你到底选择哪一条路？是继续贫困下去呢，或是迅速富裕起来？

牛红梅脑袋里的麻将声渐渐被我和刘小奇的声音所取代，我们像两只打气筒不断地给她打气。刘小奇说无论发生什么，你都把它当做一场梦，噩梦醒来是早晨，谁会责怪你在梦中所做的事？我说既然这个世界可以把假的当做真的，你干吗不把真的当做假的？牛红梅的脑袋快被我们说爆炸了。当时，我的心理特别阴暗，特别希望牛红梅堕落，事实上我和刘小奇就像两只手，在暗暗地把牛红梅往一个地方推。我们引诱她，希望她做一个魔鬼而不是上帝。刘小奇这样做的目的是为了他的生意，而我，则是为了报复杨春光。如果牛红梅听刘小奇的话，跟刘小奇走，那么，这将是对杨春光最有力的还击，也会使我扬眉吐气。

几天之后，刘小奇为了改变大家的观念，清洗大家的脑袋，在二楼大厅开办一期按摩小姐心理素质培训班。牛红梅按时参加，她和那些年龄参差不齐的同学们先是看录像，了解国外的按摩情况，然后再看几个充满激情的故事片。故事片的情节大都遗忘了，她只记住片中大量的接吻镜头，接吻的镜头后面是诗歌一样的音乐。教员站在电视机旁说，在西方接吻就像握手，什么时候你们能够把接吻当做握手了，我们才开始讲课。故事片仍在继续着故事，教员不时提问这是什么？学员们回答接吻。教员很失望地摇头。等下一个接吻的镜头出现时，教员再提问。有三分之一的学员答握手，三分之二的学员答接吻，大厅里的声音吵成一片。教员在等待时机，当学员们被故事片吸引的时候，他突然按了暂停。他问学员们这是什么？回答握手的人愈来愈多，他们由三分之一发展到三分之二，到近乎三分之三。只有一位学员说这是接吻。教员用手敲了敲银屏，说这是接吻吗？学员说接吻。教员说真是接吻？学员说真是接吻。所有的学员都望着这位孤零零的站立者发笑。教员又敲了敲银屏，说你敢肯定这是接吻？学员说是握手。教员终于松了一口气，学员们全都噼噼啪啪地鼓掌。

　　接下来由教员授课，他告诉学员们在按摩室里必须正话反说，这样既能保护自己，又能拿到更多的钱，使顾客高兴而来满意而归。他举了很多例子，其中有几个牛红梅记忆深刻。比如你不爱，你必须说爱；你不喜欢，必须说喜欢；你不同意，必须说同意；你同意，则说不、不、不……教员在黑板上写下了一些关键的词，让学员们反复朗读，互相测试。学员们异常活跃，一些没有学会正话反说的学员不时发出惋惜，要求测试她们的学员重新测试。这样一遍又一遍，一天又一天，学员们把黑板上的那些词背得滚瓜烂熟。

不爱——说爱　不喜欢——说喜欢

不同意——说同意　同意——说不不不

不高兴——说开心　高兴——说高什么兴

痛苦——说愉快　丑陋——说英俊

失败——说成功　钱少——说钱多

粗俗——说高雅　流氓——说英雄

坏人——说你好　好人——说你坏你坏

死亡——说有的人死了他还活着

文盲——说知识分子

黑暗——说灯火通明

没有才华——说才华横溢

衰老——说幼稚　年轻——说成熟

拍马屁——说志向远大

第六章

刘小奇骑着摩托车外出采买时路经我家，看见我家的门窗全部敞开着，就把摩托车停在我家门前，提起摩托车后座上的一捆麻绳径直走进去。室内的光线相当昏暗，牛红梅披头散发正专心致志地拖地板，她好像要利用这个下午把家里彻底清洗一遍。清水在地板上滚动，当她看见刘小奇走进来时，说了一句"室内一片光明"。

这是牛红梅在心理素质培训中心学会的正话反说法，故意把昏暗的室内说得灯火通明。刘小奇说红梅姐，你想好了没有？牛红梅说什么想好了没有？刘小奇说你去不去我的按摩中心工作？牛红梅说不去。刘小奇一扬手里的麻绳，说今天你不想去也得去，我要把你绑到我的按摩中心。刘小奇手里的麻绳和他手的拇指一样粗，麻绳的一头在他挥手的一瞬滑落，像一根拐杖连接地板和他的手臂，地板上的一些水迅速跑到麻绳上。这一小捆粗糙的麻绳，使牛红梅想起了码头、农村，想起了城市之外的广阔天地。

刘小奇拖着一截麻绳追赶牛红梅。牛红梅以为刘小奇只是开开玩笑，所以并不躲避。刘小奇手中的麻绳很快架到了牛红梅的脖子上，牛红梅感到脖子冰凉，一弯腰从绳索之下逃脱，跑到门外。刘小奇强行把她推上摩托车，拉到按摩中心，反锁在一间小包厢里。

包厢里有沙发有音响有电视机，刘小奇告诉牛红梅什么时候同意按摩了，什么时候按铃。刘小奇刚走出包厢，音乐随即响起来，那都是牛红梅特别喜欢的音乐，她坐在沙发上自个唱开了。唱了一首又一首，牛红梅感到口渴，便按了一下呼叫铃。刘小奇堆着笑走进来，问牛红梅同意了？牛红梅说我要喝水。刘小奇转身退出包厢，隔着门板上的一块玻璃摇头。牛红梅不停地按呼叫铃，呼叫铃一直呼叫着，却没有人进来。这时牛红梅才知道刘小奇给她设了圈套，她紧闭嘴巴停止歌唱。

包厢里的音乐突然变了节奏，变成了摇滚乐，尽管牛红梅不停地提醒自己不要受骗上当，但她的身体还是像蛇一样摆动起来。她听到自己摆动的身体拍打空气的声音，汗水一丝一缕从毛孔流出。摇了一会儿，她感到很累，倒在沙发上。

睡意像两只不紧不慢的小虫爬上她的眼皮，但音乐却像棒子一样敲打她的额头。有一只看不见的手在改变音乐的节奏和强弱，牛红梅觉得棍子漫天飞舞，一会儿重一会儿轻，它们有时像狂轰滥炸的飞机，有时像深夜里女人的哭泣或号叫，它们存心不让她入睡。牛红梅想非得答应刘小奇不可吗？我不答应他，他又能把我怎样？谁给他这个权利？你有你的权利，我有我的道德，我干吗要听从你的安排？你是上帝吗？不是。刘小奇你不是上帝。

从来没有这么认真想过问题的牛红梅，突然产生了一种思考的快意，她坚决认为这就是思考，我一思考，刘小奇的目的就达不到。牛红梅对着门板上那一小块透明的玻璃咆哮，外面往来穿梭的人恍若隔世，他们好像听不到她的声音，看不到她的动作。门板上的玻璃快被她的吼声震破了，包厢里的音乐像洪水猛兽淹没她的声音。她想我要继续思考，我思考的问题是谁剥夺了我睡觉的权利？

下半夜，门板上的那块玻璃被音乐震破，它像解冻的冰块发出嘎嘎声。牛红梅看见四五条裂纹由上而下，把玻璃划开。牛红梅打开门窗，想从窗口往下跳，但窗口已被铁条封死。她觉得包厢像一座牢房，身体和思想被囚禁在里面。音乐，那些让她无比崇拜的音乐，现在像成堆的垃圾倾倒在她耳朵，她面对窗台呕吐起来。

擦干净嘴巴，她想我还是妥协吧。她刚想妥协，包厢的门便推开了，刘小奇堵在门口问，你终于想通啦？刘小奇的眼角挂满眼屎，一边说话一边打哈欠。牛红梅对他这种自作聪明的问话非常反感，说你怎么知道我想通了？你又不是上帝，你看得见我在想什么吗？刘小奇发出一声冷笑，转身朝走廊挥手。音乐突然消失，两位女服务员提着拖巴和铁皮撮走进来，细心打扫窗台上的秽物。牛红梅挥舞手臂，像驱赶苍蝇，又像是赶躲在角落里的音乐，直到服务员失手把铁皮撮砸在地板上，她才停止挥手。终于，她听到了铁皮砸在地板上的声音，高兴地叫起来，仿佛回到真实的世界。她对刘小奇说我不会答应你的要求。

两位服务员收拾完窗台，往包厢外走去，她们一个人的手里拿着拖把，一个人手里提着铁皮撮。刘小奇双手抱在胸前，手掌轻轻拍打手臂，说既然你不同意，那只好再委屈你一下。刘小奇离开包厢，门再次被反锁。牛红梅面对刘小奇离去的背影骂了许多脏话，她的嘴巴是印刷机，它把那些脏字全部印到了刘小奇的背部。

令人作呕的音乐声再次响起，牛红梅感到头皮快裂开了，她想不就是按摩吗？按摩是什么？按摩是皮肤跟皮肤的接触，它和不能睡觉相比，和眼前的痛苦相比，几乎不算一回事。牛红梅伸出细长的食指，在呼叫开关上狠狠地按了一下，一下两下三四下，五下六下七八下，九下十下十一下，包厢的玻璃上贴着一张小姐的脸，它像一幅画。牛红梅说你告诉刘小奇，我答应。玻璃那边的脸消失了。消失了大约半个小时，那张脸又贴到玻璃上。这次，牛红梅注意到玻璃上的裂纹，裂纹把小姐的脸切割成不规则的块。小姐说刘经理不在，他走之前告诉我们，没有他的同意不准打开包厢，不准停放音乐，连音乐的音量都不准调小。总台的服务员也没找到这间包厢的钥匙，可能是刘经理把钥匙带走了。没有刘经理，谁也无法打开这扇门，除非把门砸了。

牛红梅用指甲撕扯沙发，撕扯了几十下才把沙发皮撕破，从沙发内掏出海绵，用海绵塞住耳朵。这样，她感觉好受一些，于是蜷缩在沙发上，双手抱住肩膀，双脚弯曲，保持婴儿在母亲子宫的姿态，膝盖几乎碰到了额头，尽量缩小自己的肉体，仿佛缩小了就能逃避噪音的伤害。那一刻，她甚至想变成一只蚂蚁，藏到沙发的缝隙。

噪音持续到第二天下午三时，这并不是刘小奇所希望的结局，他离开牛红梅时，只是想找个地方睡一觉，实在太困了。于是，他钻进了牛红梅隔壁的包厢。睡下时，他不停地提醒自己不要睡死，要随时注意牛红梅那边的动静。迷迷糊糊中他睡熟了，熟得像一只腐烂的苹果。当他醒来时，手表上的日历已跳了一格，时针已指向第二天下午的三点。他从沙发上跳起来，隐约感到自己犯了一个什么错误。犯了什么错误呢？他一时想不清楚。他走出包厢到卫生间去撒尿，尿到一半的时候，突然想起牛红梅。他以最快速度撒完尿，以最快速度拉好裤子上的拉链，有几滴没有排干净的尿滴落在裤裆里。

刘小奇掏出钥匙打开包厢，包厢里的声音形成一股气浪，冲得他一个倒退。他命令手下关掉声音。包厢安静了，刘小奇看见蜷缩在沙发角落的牛红梅慢慢地伸腿,就像一只垂死的母鸡那样伸长她的腿。当她的腿绷直脚尖碰到沙发扶手时,她睁开眼睛,但是她只睁开了一秒钟,又迅速合上眼皮,像一个长久蹲在黑暗的人害怕见到阳光。她说我答应你,但你必须让我睡上一觉。她伸出舌头舔舔嘴皮,翻了一个身,便躺在沙发上睡着了,鼻孔里喷出引擎似的声音。

刘小奇关上包厢的门,坐在一旁看牛红梅睡觉,发现牛红梅的耳朵里塞满海绵。他说红梅姐,要睡你到家里去睡。牛红梅哪听得到刘小奇的说话,她的每一个细胞仿佛都睡死了。刘小奇拔开她耳朵里的海绵,又说了一遍刚才说过的话。牛红梅仍然听不到。刘小奇看了一眼海绵,把它摔到茶几上,开始拍牛红梅的肩膀,扳动牛红梅的身体。他说你可以到我的办公室去睡,也可以到我的卧室去睡,甚至可以到宾馆里去睡,但你千万别在这里睡。牛红梅任凭刘小奇扳动、拍打、咆哮,挠她的胳肢窝,都没有反应。就连刘小奇拍打她的乳房,她也没有反应。刘小奇把海绵重新塞进她的耳朵。

刘小奇想现在我即使把她强奸了,她也不会知道。刘小奇扣上包厢的门,脱光牛红梅的衣裤。牛红梅苗条的身材在黑色的沙发衬托下,愈加显得美,美得像一座山,美得像一尊发光的奖杯,而她身下的沙发就是奖杯的底座。刘小奇扳开她的腿,一条腿架在沙发上,另一条腿滑向地板,她的腿被刘小奇扳成直角。刘小奇就在沙发上把牛红梅给干了。干的过程中，牛红梅一直处于睡眠状态，除了发出几声呓语，始终没有多余的声音。从包厢外走过的小姐们透过门板上的玻璃，看见刘小奇起伏的脊背，她们知道刘小奇在干什么，刘小奇知道自己在干什么，只有牛红梅不知道自己在干什么。

刘小奇找到我，说他的按摩中心需要更换招牌，希望我能抽空为他设计。我说我对招牌的设计没有什么研究。他说没研究不要紧，可以向别人学习，也可以模仿好的设计，天下设计一大抄。他把摩托车的速度降到最低，拉着我参观几条主要的街道。我坐在摩托车的后座上尽力伸长脖子，看街道两边各式各样的招牌和广告牌。刘小奇不断地回头告诉我，看仔细了，你看别人的招牌是怎么设计的。他频频回头，摩托车差一点儿撞到了一辆出租车的车灯。

回到填河路19号，我开始为刘小奇设计招牌。他打开曾经囚禁我姐姐牛红梅的那个包厢，把纸、笔和各种颜料摆在茶几上，然后打开空调打开音乐，我像皇帝一样被他侍候着。话题突然转到我姐姐牛红梅的身上，那个下午，我还不知道他曾经囚禁过我姐姐，曾经在我坐着的沙发上把我姐姐干了。他对我姐姐表现出最大的同情，说我们得想个办法，把你姐姐解放出来。我说有什么办法？他说登一则征婚广告，让你姐姐从应征者中选择合适的丈夫，然后放弃杨春光。

设计完招牌，我们坐在包厢里起草牛红梅的征婚广告，在广告里用了两个形容词：貌若天仙、身材苗条。喜欢文学成为牛红梅的爱好，打羽毛球是她的特长。牛红梅被我们写得面目全非。写完之后，刘小奇在上面加盖了他们公司的公章，并掏了100块钱，到邮局把广告寄往北京发行量最大的一张报纸。

我们像期待共产主义那样，期待那一则征婚广告的回音。一个月之后，牛红梅开始陆续收到应征者的信件。她对这些信件莫名其妙，举着那些参差不齐的信封问我，这是怎么一回事？是谁的恶作剧？她已经看到了那一张刊登她征婚广告的报纸，当她看到那一张报纸时，脑袋轰地响了一下，好像是谁拿电棒敲了一下。财务室的所有同事都盯住她，她的脸像火烧着那么烫。她把工厂里凡订有那份报纸的办公室、车间清理了一遍，把那张报纸偷了出来。

牛红梅说翠柏，你知道吗？你们这是犯法，你们想要我犯重婚罪吗？

从此，牛红梅再不正眼看那些来信，把它们丢在沙发的角落。每个周末，我都把那些信件小心地剪开，看男人们如何向她表白爱慕之情，如何向她掏心挖肺。偶尔从信封里滑出一两张男人英俊的面孔，我就拿到牛红梅的眼前晃来晃去，想让她为他们打分。但是任凭我怎样晃动，她都不看。只要我手里拿着照片走向她，她就提前闭上眼睛。她闭眼睛时，眼角堆起许多皱纹，从皱纹堆叠的程度，可以判断她是在用力闭眼睛。由此也可以推断，她对眼前的诱惑坚决抵制。

我对于来自北京的信件充满好感,认为那里的人品质优良,诚实可信。事实上,十多年来,我把北京一直当做我的心脏,它供给我血液和思想。但是没有北京的应征者给牛红梅写信,他们的条件大都优越,不屑于在报纸上寻找配偶。只要北京的男人们一招手,天下的美女都会拥进京城。在一天又一天的盼望和遐想中,我终于盼来了四封来自北京的求爱信。

第一封信的主人寻问牛红梅是不是处女?第二封信的主人抄袭了当时极其流行的一首情诗。第三封信的主人说冬天快到了,你能不能为我织一件毛衣?一直到第四封信的出现,我才为牛红梅看到了希望。

第四封信来自北京电影制片厂,写信人姓苏,名超光。他说他身高1.8米,体重80公斤,摄像师,每月工资收入千元,父亲是高干,有四室两厅的住房。他是独子,现跟父母居住。如果牛红梅同意,他可以南下见面。如果牛红梅想去北京,他可以提供飞机票。如果双方的感情能够按他的愿望往下发展,牛红梅调进北京不成问题。如果……来信一口气写了十几个如果。我把来信向牛红梅宣读,牛红梅用棉球塞住耳朵。我把照片拿给她看,她的眼睛连缝都不留。最后,我把照片和来信贴到她卧室的门板上,相信她会被来信和照片打动。

在我回艺术学院的日子,牛红梅详细地阅读了那封贴在门板上的信,不知出于何种原因,态度异常坚决的牛红梅开始跟那位姓苏的摄像师通信。她把苏超光的来信锁在抽屉,剪下几丝头发寄给苏超光。高兴时,她偶尔说两句苏超光,说苏超光曾给中国当时较红的几个影星摄过像,是几部著名影片的摄像师。牛红梅似乎已经坠入情网,把跟苏超光通信当作那个时期的一大乐事。他们在信里商量约会时间,但牛红梅编造各种理由,把约会的时间一推再推。她决定去北京之前,先跟杨春光办妥离婚手续。

接到牛红梅的电报后,杨春光坐飞机回到南宁,他把一只大皮箱丢在客厅,便到卫生间洗澡。牛红梅做了一桌丰盛的晚餐迎接他,餐桌上有白切鸡、白灼虾、酸甜排骨、红烧鱼,这一桌菜花掉了我姐姐一个月的伙食费。杨春光看着这一桌菜直拍巴掌,说好吃,真好吃,真他妈的好吃呀。他的赞叹声常常被大团大团的食物打断。看着他的吃相,你绝对想不到他是一个明天就要去办离婚手续的人,倒像是专门从南京赶回来吃这一餐饭。

吃饱喝足之后,杨春光打出两个响亮的饱嗝,拍拍肚皮,从皮箱里拿出一双女式皮鞋,递给牛红梅。牛红梅没有伸手。杨春光把皮鞋放到沙发上,这时他发现了堆在沙发角上的信件。他坐在沙发上读那些信,每读完一封,就把信纸放在腿上,用手掌抚平,整整齐齐地码着。他想把那些信件夹好了,就问牛红梅有没有夹子。牛红梅把一个黑夹子丢到沙发上,顺势坐下,跷起二郎腿。杨春光脱掉她的拖鞋,为她穿上新买的皮鞋,趁机捏了牛红梅一把。牛红梅的小腿往上一抬,皮鞋飞过电视和餐桌,落到对面的角落里。

第二天早上,牛红梅穿着那双新买的皮鞋紧跟着杨春光出了家门。他们准备到兴宁区民政局办离婚手续。由于路途不远,他们一致同意步行。在步行的过程中,他们还可以说一说话,脑子里倒一倒往事。他们刚走到长青巷口,牛红梅突然蹲了下来,对着路边的邮筒发出几声干呕。尽管她的嘴巴张开有乒乓球那么大,但她什么也没吐出来,好像一条失去水的鱼那样,嘴巴一张一合,什么也没有吐出来。杨春光把身子靠在邮筒上,说怎么了?牛红梅说不知道,我已经有两个月没来月经了。杨春光的身体像被谁戳了一下,说是不是怀孕了?牛红梅说怎么会呢?我又没跟男人睡过觉。杨春光发出一声冷笑,说走吧,快走吧,反正我们就要离婚了。

他们继续往前走。杨春光的步子迈得快,近乎小跑,总是跑出去十多米了,又才停住等后面的牛红梅。牛红梅说我也曾经想可能怀孕了,但是我确实没碰过男人,没碰过男人怎么会怀孕呢?一千个不可能,一万个不可能。牛红梅不停地说着,汗水冒出来了,脸色发白了。杨春光只管低头走路,对牛红梅的辩解充耳不闻。

他们终于看到了兴宁区人民政府的招牌。牛红梅突然感到马路上的汽车全钻进了她的脑袋,它们在里面轰鸣奔跑。牛红梅的身子开始摇晃,她扬起右手在脑门拍了一下,就像拍蚊子那样拍了一下,便倒到了马路旁。倒下去时,她叫了一声春光。

　　杨春光拦了一辆出租车,把牛红梅送进医院。医师告诉杨春光,牛红梅怀孕了。牛红梅只在病床上躺了两个多小时,便不再眩晕。走出医院大门,牛红梅仍然往兴宁区民政局方向走。现在她走在前面,杨春光走在后面。杨春光说你打算要这个孩子?牛红梅说怎么不要?我连名字都给他(她)想好了。杨春光说叫什么名字?牛红梅说牛感情。杨春光说可是他(她)没有父亲,他(她)的父亲是谁?牛红梅说我也不知道,真的不知道,但是我可以给他(她)找一个。

　　兴宁区民政局的招牌像火辣辣的阳光,扑到他们的眼球上。杨春光在后面叫了一声牛红梅。牛红梅说怎么啦?走呀。杨春光说如果你有难处,我们可以推迟离婚,孩子总得有一个爸爸。推迟一年、两年都可以,反正我也不急着跟别人结婚。我跟王祖泉仅仅是同居,知道吗?同居。杨春光掉转身往回走。牛红梅的眼泪被他说出来了。牛红梅说春光,我要为你买一张飞机票。

　　牛红梅真的给杨春光买了一张飞机票。杨春光于次日飞离南宁。

　　牛红梅要我请一天假,跟她一起分析和思考一下,孩子的父亲到底是谁?她坐在沙发上,勾着脑袋。我坐在餐桌边的椅子上,昂首挺胸。我们首先采用排除法,对牛红梅周围的男人进行排除。牛红梅说两个月前,税务部门曾经到我们的财务室进行税收大检查,我跟检查组带队的人握过手。他是检查组里唯一的男同胞,握手总不会怀孕吧?我说不会。她说也是两个多月前,我去给厂长送季度奖金。我们的厂长从不好色,口碑好得很,当时,他接过奖金,在我的左边肩膀上拍了一下,说红梅呀,你怎么越长越漂亮了。我说漂亮又不犯法。他哈哈大笑,把手掌收回去。拍肩膀是不可能使人怀孕的,这一点我敢肯定。我说我也敢肯定,如果拍肩膀也能使人怀孕,我们艺术学院的女孩子差不多全怀孕了。

牛红梅说三个多月前,我们厂招待几个医药公司的经理,办公室下了一个通知,凡是长得有几分姿色的女性都要到舞厅去陪经理们跳舞。不知道你去没去过花山舞厅?那里的灯光十分昏暗。有一个来自玉林的房经理肥得像一头猪,喝了好多酒,喷出来的酒气差不多都把我醺醉了。可能是他看出了我的反感,便跟我吹嘘,说喷出来的酒气全是茅台,每一口都值几十元。跳了两曲之后,我不想再跟他跳了。办公室主任说牛红梅,你要为我们的厂里想一想,跳舞能跳出经济效益,你现在不是代表你自己,而是代表全厂干部职工跟他跳舞。我只好继续跟他跳。他问我愿不愿做他的情人,如果愿意的话,可以给我买轿车、项链、住房。我没有回答他。他说请不要假正经的啦,像牛小姐这么漂亮的小姐,早就应该被人养起来的啦。他试图贴近我,但由于腹部太突出,始终未能得逗。只有在我稍微放松警惕的时刻，他的腹部才会从我的腹部轻轻擦过。腹部和腹部的轻微摩擦会使人怀孕吗？我说不会，但你那天晚上喝没喝酒？她说没喝。我问她后来呢，还有没有其他不轨的动作？

牛红梅说舞会快结束的时候他在我胸口摸了一把。我想反击他痛骂他，但已经来不及了，舞厅的灯那一刻全部明亮了。第二天厂长对我说，红梅呀，这一摸，全厂有了奖金；这一摸，房经理跟我们订了100万元的合同；这一摸呀……厂长说到最后的时刻，竟然唱了起来。厂长怎么知道"这一摸"呢？我想肯定是房经理跟他说的。

我说厂里给没给你多发一点儿奖金？牛红梅说没有，他们只在全厂的大会上表扬过我一次，说每一个干部职工都应该爱厂如家，要有献身精神，像财务室的牛红梅同志，就给我们厂带来了经济效益，大家要向她学习。厂长这么一说，全场的干部职工把巴掌都拍红了。我感到脸一阵热，那时，我的脸一定红到了脖子根。后来，有许多熟悉我的人都问我，是怎么给厂里带来经济效益的？能不能给他们介绍一下经验。我知道他们是在奚落我，就尽量回避他们的奚落，一听到他们发问，就像罪人一样低下头，像处女一样让脸蛋和脖子发红。我愈是这样，他们愈是兴奋，脸上洋溢着奇怪的表情。他们把我当作落水狗痛打，当作穷寇追赶。我低了差不多100次头，红了近100次脸，脖子酸痛，脸再也不红了，就是我在心里暗示它红，它也不红。不就是让别人摸了一把吗，干吗要装孙子？我对盘问我的人说，是呀，我让房经理摸了一把，给厂里带来了 100 万元的合同，你们不知给别人摸了多少把，却没给厂里带来一分钱。

我说这和怀孕无关，你别把话题扯得太远了，问题的关键是两个月前，你跟没跟过男人睡觉？一听到睡觉这两个字，牛红梅像摸了大奖一样，眼睛顿时明亮了一百倍。她伸出双手在空中拍了一下，一个巴掌拍不响，两个巴掌响当当。牛红梅说有了，一定是刘小奇干的好事。她不等我寻问有关情况，便推着我出了家门，要我跟她一块去找刘小奇。

在去填河路 19 号刘小奇按摩中心的路上，牛红梅详细地介绍了刘小奇绑架她的过程。我们一致把疑点放在牛红梅熟睡的那五个小时上。五个小时可以改变一个国家的命运，怎么不可以使牛红梅怀孕呢？我提醒牛红梅认真回忆那天下午的所有细节，她摇摇头说全都记不得了，那天实在是太困了。她只记得醒来的时候，两只耳朵眼里都塞满了海绵。海绵怎么会跑到耳朵里去呢？她至今仍感到不可思议。

到达刘小奇按摩中心，正好是上午十点。我设计的那块招牌已经挂了出来。我和牛红梅直奔二楼刘小奇的卧室，一敲门，我听到卧室里发出刘小奇熟悉而亲切的声音。

刘小奇打开门，只穿着一条绿色的裤衩。他从门缝里看了我和牛红梅一眼，又把门合上了。他隔着门板说你们，找我干什么？我拍打他的门板，说你先让我们进去，进去了再说。他说我还要睡觉，需要休息，有什么事就赶快说。我说你先让我们进去。他说我的房间还有人，你不能进来。无论我怎样哀求，刘小奇就是不把门打开，最后竟然沉默起来。门缝里隐约传出他的鼾声，他好像睡熟了。

我又拍了一下门板，说这也不是什么光彩的事，你是我哥哥的好朋友，我们的姐姐也是你的姐姐，你怎么能趁我姐姐熟睡的时候和她干那种事？你干我的姐姐，也就是干你的姐姐。你把我姐姐害苦了。

刘小奇敞开门，现在他已经穿好了衣裤，只是还没有洗脸，眼角挂着两团眼屎，眼皮还没有完全彻底地睁开。我从来没有发现他如此丑陋，他的扁鼻梁，他的大嘴巴，他的黄牙。他抱着膀子坐在我们对面的床上，说你们这是敲诈，是勒索，红梅姐，你说一说我什么时候干过你了？干这事不是说干就干的，它需要感情，需要时间和环境，需要天时地利人和。它不是拍肩膀，不是摸乳房，不是脱衣裳。如果你们认为我干了什么，那么请你们说一说我是在什么地方干的？我是怎么干的？牛红梅说我只是怀疑，没说一定是你干的。你没干就算了，何必扣那么多帽子。我怀孕了，但我不知道是怎么怀上孕。杨春光在南京一直没回来，我没有跟任何男人睡过觉，只在你包厢里睡过五个小时。刘小奇说我可以对天发誓，那五个小时没有任何人碰过你，如果真有什么人碰过你，你也应该知道，那个地方是女人最敏感的地方。牛红梅拍拍脑袋，说所以我感到奇怪。

两个星期之后的一天晚上，我和牛红梅共进完晚餐。牛红梅在餐桌上铺开一张报纸，对腹中的胎儿进行胎教。她的左手边放着一本《怎样做妈妈》，右手边放着一沓稿纸。我把电视的音量调到最小。牛红梅偷偷看了我一眼，发现我没注意她，就把左手按在腹部，右手捏住一支钢笔，说牛感情，妈妈现在教你写作文。你听到了吗？现在妈妈教你写作文。今晚写的题目是《爸爸在南京》——我的爸爸叫杨春光，他长得英俊潇洒，一表人才，为了要大学本科文凭，也是为了改变自己的命运，他刻苦学习，终于考上了南京大学中文系。他不远千里去了南京，留下妈妈牛红梅一个人。平时妈妈好孤独，有什么心里话没人说，有什么困难没人帮助。但是妈妈是好样的，天塌下来双手擎，地陷下去独身顶，一咬牙，把所有的困难都克服了。爸爸也是好样的，读完本科读硕士，为了学业假期也不回南宁。他游过秦淮河、总统府，看见南京的柳丝黄了又绿（牛红梅拍拍腹部），感情，你知道吗，这是景物描写，刚才写爸爸的相貌是肖像描写。爸爸尽管没有多少钱，但他经常坐飞机。他想跟妈妈离婚，有点儿不爱妈妈了，但当他得知妈妈怀上你后却推迟了离婚的日期。爸爸明知道你不是他的孩子，还那么爱我，不是爸爸胜似爸爸。虽然他不在我身边，但我们的心却连在一起。我的好爸爸，他在南京。

牛红梅画完最后一个句号,眼睛潮湿了。电视正在重播王景愚表演的一个哑剧,题目叫《吃鸡》。王景愚用牙齿咬住鸡肉,双手拼命往外拉扯,鸡肉像橡皮一样愈来愈长,但怎么也拉不断。拉到不能再拉了,王景愚一松手,鸡肉弹回他的脸上。牛红梅好像是看到了这一幕,她离开餐桌走到沙发边,发出一串笑声。拉不断的鸡肉(当然都是虚拟的鸡肉,王景愚的手上其实什么也没有,他只是用夸张的动作告诉观众,他是在吃鸡),让王景愚恼怒,开始把鸡肉拉长到脚板底下,用脚拼命地踩。鸡肉仍然不屈不挠,任凭王景愚的腿伸出去多长,都没有把鸡肉扯断。看到这里,牛红梅发出了更为响亮的笑声。她捂住嘴巴,想尽量克制,但笑声像水一样从她指缝泄漏,愈漏愈多,最后,她干脆把手掌移开,让牙齿全面暴露,双手抱着腹部弯下腰,嘴里不断发出哎哟哎哟……

王景愚的表演仍在继续,他找来一把锤子和一颗铁钉,把鸡肉的一头钉在餐桌上,嘴巴咬住鸡肉的另一头,绕着餐桌不停地转,鸡肉在餐桌上绕了一圈又一圈,但是那些坚韧的鸡肉啊,依然坚韧着。牛红梅的笑声像芝麻开花节节高,高到一个地方,笑声忽然没了,只见嘴巴张着,仿佛已把笑声像钱那样花完,现在连一根牙签都买不起。时间凝固了一会儿,牛红梅双手撑住膝盖,从地板上艰难地站立,一股浓稠的血像蛇那样滑出裤管。牛红梅在笑声中流产。

从进入医院那一刻起,她就不停地笑。她对着医生、护士笑,对着同室引产的或刮宫的妇女们笑,对着我笑。我不知道她哪来那么多笑声。笑了三天之后,她才平静下来,脸上恢复了正常的表情。

出院后,我劝牛红梅写一封信给北京电影制片厂的摄影师苏超光。她已经好久没给人家回信了,可人家的信总是按时寄来。我说现在牛感情流产了,杨春光会马上跟你办离婚,你要为自己寻找一个好归宿。牛红梅对着我直摇头,好像不把她的脖子摇断,誓不罢休。

我曾经模仿过牛红梅的字体给杨春光写信,现在我又重操旧业给苏超光回信。我在写信的时候,手指变得修长,胸部渐渐膨胀,身体和思想全部牛红梅化,也就是说我在写信的时候暂时变成了牛红梅。我告诉苏超光,因为单位临时派我到外省去推销药品,所以一直没有给他回信,也因此误过了见面的时间。如果他真有诚意,希望他到南宁来,彼此认识认识。苏超光来信说他现在正拍一部冲击金鸡奖的电影,时间很紧,如果我有诚意的话,可以到北京去,来往路费以及吃住全部由他包干。

我每一次寄出的信和苏超光的来信都让牛红梅过目,她只是把那些字看一遍,并没有喜悦或思念的表情,好像那些字与她无关。我从相册里偷出她的照片,不断地寄给苏超光。苏超光好像是真的感动了,来信说看得出我是一位有情有义的姑娘，不仅长得漂亮，而且十分真诚。和我比较起来，他说他反而显得虚伪，他身高只有1.75米，却骗我说有1.8米。为此，他深表不安，并请求我谅解。我去信告诉他，外表美不算美，心灵美才是真正的美，尽管他身高只有1.75米，我还是愿意见上一面。有缘千里来相会，无缘对面也不瞧。

　　苏超光又一连来了两封信，把他的身高从1.75米降到1.7米，再降到1.65米，说这才是他真正的高度。为什么要把自己从1.65米拔高到1.8米呢？因为怕我歧视他。现在的姑娘都喜欢找高个子男人，他害怕失去我，所以把自己加高了0.15米，希望我能理解他的心情。我告诉他，其实我也有虚伪的地方，我已经不是姑娘了，被别人强迫了——有一天，我在家里睡午觉，弟弟外出时忘记锁门。他的朋友刘小奇来串门，发现我睡在床上，便把我糟蹋了。你说这算怎么一回事呢？我竟然被一个毛孩子糟蹋了。

　　苏超光变被动为主动，想尽办法安慰我。他说你被别人糟蹋了实在可惜，但这也是没有办法的事情，凡是漂亮的女人都容易被糟蹋，别人强迫不等于自愿，希望你不要背思想包袱……我对这事也不会在意，是人都有遗憾，没有遗憾反而显得不真实。

　　我和苏超光的书信愈来愈频繁，有时一天写一封。我和他的对话也渐入佳境，已发展到非见面不可的地步。在我们敲定见面的时间后，我告诉他我还有一个弟弟牛翠柏，必须允许他与我同行。苏超光表示同意。

和苏超光约定的时间是旧历年底的一个日子，我们打算在北京过春节。为了见面不尴尬，牛红梅勤奋阅读苏超光的来信，不时从信笺上抬起头，问我现在离春节还有多少天？我们真的去北京过春节吗？我说真的。牛红梅说你们不要合伙骗我。我说我是你的弟弟，怎么会骗你，如果连我都骗你了，那这个世界上还有谁人不骗你。她说不骗就好。她把目光落到信笺上，继续阅读苏超光的信件。随着阅读量的增加，我发觉姐姐滋生了盼望的心情，这种心情像禾苗一样，在她的体内慢慢生长。

我提醒她为苏超光准备一份礼物，这份礼物不一定昂贵，但必须别致，必须出人意料，并且能代表爱情。她说她已经准备好了。我想看一看她准备的礼物，她不让我看，故意制造神秘气氛。

杨春光在我们去北京之前赶回来，跟牛红梅办离婚手续。办完手续后，他们站在兴宁区民政局的门口握了大约两分钟的手，他们暗暗使劲儿，总想使对方的手疼痛。最后，彼此都疼痛了一下，手指离开手指，嘴巴还发出了友好的微笑。牛红梅由微笑发展到大笑，由量变到质变，笑得马路上的汽车都停了下来。杨春光站在一旁说，这有什么好笑的，离婚有什么好笑？

走出北京火车站,我看见一双手、两双手、许多双手举着写上名字的纸板。我在纸板中寻找,目光越过一块纸板又一块纸板,没有找到"牛红梅"的名字。我们随着人流往前走,走了大约十米,看见拥挤的人群之外,写着"牛红梅"的纸板被人高高地举着,比旁边的要高出差不多一倍。

我的目光沿着纸板往下滑,看见粗壮的手臂、人头、呢子大衣、呢子大衣的下摆盖住一颗人头,被盖着的人头下面是棉衣、棉裤、大头皮鞋、水泥地板。这块纸板之所以举得如此之高,是因为它是由两个人共同举起来的。举纸板的人坐在另一个人的肩膀上。当他看见我们时,立即从另一个人的肩膀滑到地面,突然矮了一半,迅速由高大变为平凡、普通。他先付给驮他的人20元钱,等那个人走开了,才转过身来跟我和牛红梅握手,说我叫边鼓,欢迎你们到北京来。我是苏超光的朋友,昨天下午,为了那部冲刺金鸡奖的影片,苏超光被导演临时拉到保定去补拍镜头去了,预计今天晚上或明天赶回北京。你们的吃、住和游览由我负责。

这个名叫边鼓的人身高不足1.6米,比牛红梅还矮半个脑袋。如果你把他的眼睛、鼻子、耳朵、嘴巴分开来看,没有一处不优秀,但是当它们组装到他的脑袋上时,却夸张变形了,好像有一个重量长期压迫面部,而那些被压迫的肌肉正期待着重量消失,期待某一瞬间突然恢复到正常位置,而这一瞬间似乎永远不会到来。

他拦了一辆黄色"面的",把我们拉到电影制片厂附近的一家宾馆。我和牛红梅分别住进三楼的两个单间。房间里有暖气,我们把身上的棉衣脱了下来。边鼓坐在牛红梅的房间聊天,说他是从陕西来的自由撰稿人,每天靠一把剪刀加糨糊为各地的晚报、小报提供影视拍摄动态和电影明星的照片,以及介绍影视明星的文章,偶尔也与别人合作写写剧本,现在苏超光他们正在拍摄的电影《唱遍天涯》,就是他和另一位北京的作家合编的。他嘴巴里吐出来的名字,常常会把我吓一个大跳。那些我在电视里或报纸上看见过的明星,现在就在他的嘴里滚动着。他每说一个演员的名字,就用右手拍打一下左边的胸膛。他的胸膛像一面鼓,被拍得咚咚地响,仿佛拍得越响,他说的话就越真实。

为了陪我们,他在三楼也订了一个单间,说钱都是苏超光留下来的,不花白不花。我遵照他的指示,在共进晚餐时点了几个好菜。他说点吧点吧,反正苏超光有的是钱。

用罢晚餐,我们仍然回宾馆牛红梅的房间。边鼓坐在沙发上没有离开的意思,不停地说演员们的逸闻趣事,嘴角堆积了两团白色的泡沫,我都为他感到累了,可是他还在说话。我说如果你有事的话,可以走了,你陪了我们半天时间,也挺累的。他说不累,一点儿也不累,苏超光反复告诫我要陪好你们,我怎么能不陪好你们呢?

牛红梅从她随手携带、有备无患的坤包里,抓出一把红豆递给边鼓，说我们什么也没带，就带了一口袋红豆。边鼓双手接过红豆，说这就是王维诗里写过的红豆？牛红梅点点头。边鼓说这就是用来表示爱情的红豆？牛红梅又点了点头。我们以为他拿到红豆后，会知趣地走开，谁知他又以红豆为话题，说了两个多小时。他离开牛红梅房间后，我们累得连洗澡的力气都没有了。

第二天，边鼓带我们去颐和园。我们爬了佛香阁，荡了昆明湖的舟，晚上回到宾馆，边鼓去找苏超光。苏超光还没回来。我对边鼓说，他怎么能够这样？把我们骗到了北京，自己却溜了。边鼓不停地搓着他的手掌，说他也有他的难处，得听导演的。你们再耐心等一等，或许明天他就回来了。如果他不回来，我陪你们去游长城怎样？边鼓用讨好的口气征求牛红梅的意见。牛红梅说你问我弟弟。我说他再不回北京，我们也不玩了，我们回去。边鼓在房间里走来走去，一会儿拍脑袋，一会儿摸下巴，说怎么能够这样呢？你们刚来就想走，连长城和故宫都还没有玩，怎么就想走了？

第三天，牛红梅早早就起床了，把口袋里的红豆散发给宾馆的服务员。那些年轻的服务员抓住红豆，就像抓着爱情那么兴奋。我听到边鼓的敲门声，故意没开门。他叫服务员打开房门，走进来，掀开我的被子，说快起床，我带你们去找苏超光。

我们跟着边鼓出了宾馆，进了电影制片厂，左拐10米，再右拐 20 米，再往前走 30 米，来到一排低矮的房屋前。边鼓指着一扇破烂的门板说，这就是苏超光的宿舍。边鼓拍了一下门板，同时叫了一声苏超光，屋里没有任何声音。我们估计里面也不会有什么声音，边鼓只是拍给我们看一看，以此证明苏超光真的不在北京。边鼓抬起右脚，开始踢门板，他每踢一下，就骂一声他妈的苏超光。门板摇摇晃晃，差不多被他踢破了，一些粉尘和朽木脱落到他的皮鞋上。我说走吧。边鼓说他真的不在，我们与其在这里踢门，还不如去逛一逛天安门，去逛一逛故宫。

这天晚上，边鼓拿着苏超光发自青岛的一份电报给我们看。苏超光说他们摄制组已被导演拉到了青岛，为了赶镜头，他恐怕一两天还回不来，特委托边鼓照顾好我们，并保证在春节前赶回北京。我们只好听边鼓的。去长城游玩的那天，牛红梅忘了穿棉衣。出门时谁都没注意，一直上了旅游车，边鼓才呀地叫了一声，说牛红梅你怎么没穿棉衣？牛红梅也是这时才发现自己没穿棉衣，她望了望车窗外的雪花，再看看自己的身子，说不冷，我一点儿也不觉得冷，哎？我怎么一点儿也不觉得冷。也是从这一天起，我才知道牛红梅不怕冷，她穿着一件薄毛衣在八达岭的长城上走来走去，没一点儿冷的感觉。她甚至扒开砖头上的雪花，去辨认砖头上的字，去看谁谁到此一游了。

游完长城，边鼓又接到苏超光的一份电报，说他们摄制组已飞到上海,希望我们玩得开心。再过一天,苏超光又来一份电报,说他们已飞到福州,恐怕要在福州过春节了。他让边鼓为我们买了两张返程的火车票,打算在福州拍摄完毕后,即赶到南宁与我们见面。我和牛红梅要在北京过春节的想法就此破灭。边鼓想尽办法用高价为我们买了两张卧铺,坚持要送我们上火车。我对他说了许多感激话,当然也骂苏超光不是个东西,是大骗子,狼心狗肺。边鼓说骂得好,苏超光他不是个东西。

临上火车时,牛红梅把她口袋里的红豆全部倒到垃圾桶,说南宁有的是红豆,我不可能再把它们背回去。边鼓放好我们的行李包,把车票交给我们,便下了火车。他站在车窗外,跟我和牛红梅说话。我看了看手表,火车要 30 分钟后才开。我说你回吧,天气怪冷的。他双手抱在胸前,双脚跺了跺,说没什么,我陪你们说一说话。我一时找不到话说,该说的话也已经说了。他张了几次嘴巴,想说什么也没说出来。

上车的人愈来愈多。边鼓望了那些跑动的人群一眼,又跺了跺脚,说红梅,其实我就是苏超光。他说这句话时,有许多热气从他的嘴里喷出来。我被他的这句话吓起了一层鸡皮疙瘩。我看牛红梅,她基本没作出什么反应。边鼓低下头,说明天就是除夕了,我真不忍心把你们送走,真希望你们能跟我在北京过一个春节,可是我再也骗不下去了,我不想再骗你们。我知道你们看不中我,我这一辈子从来没跟你这么漂亮的女人说过这么多话,相处这么长的时间。她们总看不上我。我能写文章,边鼓是我的笔名。我也有钱,家里没任何负担,可是她们就是不愿跟我结婚。我起码谈了二十多次恋爱,但没有一次是成功的。我知道我们也不会成功,夫妻不成朋友在,就算是我请你们来北京玩了一趟。如果你们不认为我是骗子,愿意跟我在北京过春节,现在我仍然欢迎你们下车,过完春节后,我再买票送你们走。我知道我说也白说,你们不会看上我,你们不会下车⋯⋯

我看见牛红梅的脚动了一下,好像是要下车的样子,迅速用手按住她的膝盖,不让她站起来。她的眼泪,她好长时间没有流过的眼泪终于夺眶而出。边鼓吊着两只手,呆呆地站在窗口外面,说她怎么了?她为什么不骂我?她是被我吓怕了吗?我告诉边鼓,她这是高兴,我的姐姐她好久没这么高兴了。不高兴时,她常常发笑。高兴的时候,她常常哭。如果不是你真的长得难看,我百分之两百地愿意让她下车。边鼓说人总得讲一点儿感情,为什么要以貌取人?你让红梅自己表态,她的命运她可以自己选择嘛。红梅,你说呢?这时火车已启动,边鼓小跑着跟随我们的窗口,似乎想得到牛红梅的回答。牛红梅抹了一把眼泪,把眼泪甩出车窗,眼泪砸在边鼓的脸上。边鼓说红梅,你说呢?牛红梅说我听弟弟的。边鼓停止奔跑,车速愈来愈快,我看见他被抛在站台上,呐喊着,不停地用手扇自己的脸蛋。

从此，我再也不相信心灵美才是真正的美，外表美不是真正的美。有时，外表美实在是太重要了。

火车所过的城市或村庄，到处洋溢着春节的气氛。欢度春节的巨大横幅挂在高楼上，农村的孩童在收割后的稻田里点炮仗。我看见土墙上的春联，看见汽车撞死了一位中年妇女（她骨头被压碎的声音铺天盖地），看见夜晚的城市里燃放的焰火，看见一位坐在自家门前的老大爷，缺了四颗门牙。我和牛红梅都想不到，这辈子会在火车上度过除夕之夜，仿佛没有家的孩子。

第二天早晨醒来，已经是春节了，火车仍然在我们陌生的地盘上滚动。牛红梅从中铺伸出头来，说了新年里的第一句话。她说凡是骗子都有一个"光"字，杨春光、苏超光，他们都是骗子。他们为什么要骗我们？我说不知道。牛红梅摇了摇脑袋，头发像水一样从中铺飞流直下。忽然，她自个笑了起来，在她的笑声中，窗外闪过一堆小山和一排挂满冰雪的树木。

我刚走出南宁火车站，就被一双手抓住了左手臂。抓住我的手温柔细腻阴险毒辣，它的十个手指中至少有两个手指留着长长的指甲，指甲深深地戳进我的肉里。这是一双愤怒的手，这是一双有话要说的手，它长在发誓永不嫁人的老处女牛慧的身上。牛慧是我的姑姑，我已经好久没提到她了。

牛慧抓过我的手臂，又去抓牛红梅的手臂，把牛红梅的手臂当话筒，说你们终于回来啦，我接了三天的站才接到你们。去北京也不跟我商量商量，你们的眼里还有我吗？我不明白，你们干吗跑到北京去谈恋爱？更不明白你们干吗要恋爱？干吗要结婚？没有男人你们就活不下去了吗？不谈恋爱你们就不是你们吗……从牛慧的嘴里一连吐出十几个问号，我们无法回答她如此深奥的提问，好像她在发问的时刻，根本不考虑听到什么回答，就像领导做报告，只顾不停地说，说过来说过去，始终没主题。绕了许多弯子，牛慧才告诉我们：他还活着！我突然感到脊背一阵阵地冷，我害怕发生的事终于发生了。牛红梅似乎还没来得及明白，问牛慧谁还活着？谁？牛慧说牛正国，你们的父亲。牛红梅说不可能，绝对不可能。牛青松都已经死了，他怎么还活着。牛慧说一个星期前，我收到他托人从东兴寄来的信，他现在在越南的芒街，要我代他向你们问好。牛红梅说有的人死了，他还活着。

带上他曾经用过的一些用品，跟我到芒街去找他，牛慧说，我知道他的脾气。我坐在沙发上一动不动，把牛慧的话当作耳边风。牛红梅说我太累了，已经没有再走下去的力气，现在我需要睡觉。牛慧把希望寄托在我身上，严肃认真地看着我，说他是你们的父亲，又不是我的父亲，你干吗一动不动地坐着？我说我宁愿他死了。牛慧抽动双肩，发出神经质的尖叫，说你真没良心。我说我宁愿他死了，他为什么还要活着？

为什么在消失十年后，又回来打乱我们的生活？只要他还活着，就说明我们全错了，何碧雪错了，金大印错了，牛青松白死了，我们白活了。因为他的出现，我们所做的一切，包括我们为他流过的眼泪，全部变得没有意义了！

牛慧像是被我说服，带着征求的口气问，那还去不去找他？我说不去。她沉默了几分钟后，跑到我卧室的书桌边，寻找牛正国曾经用过的用品，从书桌里翻出几张旧照片、一把旧牙刷和一支旧钢笔。她用手抹这些旧东西，想把上面的灰尘抹掉，一边抹一边说还是去见一见他，说不定他发财了，我们可以分一杯羹。

第二天，我背着还未打开的旅行包，跟随牛慧向着东兴进发。牛慧要去见她阔别十年之久的哥哥，我代表牛红梅、牛青松去见曾经死去、现在又复活的我们的父亲。青松已死，父亲健在，我愤怒、恐慌、好奇、悲伤、怀疑地坐在汽车上，想象我父亲的模样。牛慧问我见到他时会怎样？她连拥抱的姿势都已经想好，并且决定给他一个吻，这将是她此生中献给男人的第一个吻。我告诉她我一点儿都不激动，我很想激动，但是我的大脑、心脏它们一点儿也不激动。

牛慧通过熟人，在东兴办了我们两人的临时护照。我们踏上木船，夕阳正好西下，北仑河红得像一摊血。船每移动一下，河水就皱起一条又一条波纹，人的倒影、土堆的倒影、楼房的倒影全都不见了，只有晚霞的倒影那么红色地刺激我的眼睛,好像要把我的眼睛刺瞎。一船人说着乱七八糟的语言,他们的语言从船头飘到船尾,又从船尾荡回船头。我想起胡须飘扬满身伤疤的哥哥牛青松,我们的船仿佛正从他的尸体中间穿过。我提高警惕,认真聆听周围复杂的空气,仿佛闻到了父亲的气息。他的这种气息,在几十公里之外,我也嗅得出来。

姑姑手里拿着父亲给她的信件,迈着殷勤的步伐。尽管她年过四十,但她的身材苗条,女性的气息饱满。我用力迈开大步,总跟不上她的速度。她近乎小跑,好像要一直跑进父亲的怀抱。遇到十字街口,我们就停下来,向行人打听父亲留下的地址。他们听不懂我们的话,我们也听不懂他们说些什么。牛慧用手指把他们的目光拉到信纸上,他们仍然摇头。他们不认识我父亲写的汉字。

我们只好站在路口,等待机会,对所有从我们面前走过的人点头、微笑。姑姑叫我对着街口喊谁知道芒果路10号。我说我不喊,要我这样喊,还不如回家去。姑姑白了我一眼,很失望,用手抹了抹颈脖,对着街口喊谁知道芒果路10号?谁知道芒果路10号?她的喊声尖利高亢,十足的美声喊法。在她的喊声中,几十张面孔稍稍调整了一下角度,面对着她。面孔们或笑或不笑地看着姑姑,他们或许认为姑姑正在歌唱。他们只看了几十秒钟,便背叛了姑姑的喊声,又把他们的面孔调回到他们原先保持的角度。

谁知道芒果路10号？谁带我们去芒果路10号，我给他100元人民币。谁带我去，我给他130元人民币。终于有一位我们的同胞，从人群中脱颖而出，迎着姑姑的喊声走过来。他说我带你们去。姑姑说走吧。他站在姑姑的身边不走。姑姑说走呀。他说先付钱。姑姑从小挎包里掏出130元人民币递给他。他的双腿为人民币而开始迈动，我们一左一右地跟随，生怕他突然跑掉。

左转大约200米，遇到一个路口。路口全是中国人开的餐馆。从一个粤菜馆的巷口往右转，过两个路口后再往左。他一边走一边抬头看门牌号，说快到了。我突然闻到一股特别的气味，这种气味铺天盖地带着越南人的特色，我一时还搞不清这是什么气味。越往前走，这种气味越浓烈，我抽一抽鼻子，想原来这是厕所的味道。他站在厕所前，转了一下头部，说怎么会是厕所？芒果路10号怎么会是厕所？他从姑姑手里拿过信，眼珠子在信纸上滚了一圈，然后说是这里，就是这里。我们认为他在行骗，所以拦住他。他指着厕所上的"10"说，这就是芒果路10号，我已经把你们带到了目的地。我们说不可能，这不可能是真的。他说怎么不是真的，这里明明写着芒果路10号。他冲开我和姑姑的肩膀，从来路走回去。从他气冲冲的步伐和摇晃的背影判断，好像是我们骗了他。

我们认真打量这两间厕所，它没有丝毫特别之处。它的左边画着男人头，右边画着一个女人头，墙根之下，堆着一大堆碎玻璃。我想父亲不可能变成厕所，假若窗口是他的眼睛，砖墙是他身子，那么他的头呢？在哪里？还有他的尾巴，他的尾巴会不会变成一根旗杆，立在厕所的后面？这样想着的时候，我的心头掠过一阵痛快，大声笑起来。我想我错了，父亲又不是猴子又不是孙悟空，他怎么会有尾巴？姑姑说你笑什么？这有什么可笑的。

天色完全暗淡了，我已经看不清姑姑的面孔。我说有人在开我们的玩笑？姑姑说是谁？我说给你寄信的人。姑姑说寄信的人是谁？我说我怎么知道？但是他一定知道我们，我们看不见他，他看得见我们。我们不知道他，他知道我们。姑姑说是谁在戏弄我们呢？

晚上住在一家简陋的旅店，姑姑一直没有睡意，要我陪着她说话。她把身边的人回忆了一遍，认为在她的朋友中或熟人中或反目为仇的人当中，没有谁会做这么缺德的事。她又把我和牛红梅的敌人过滤一遍，始终找不出合适人选。我感到很疲劳，说睡觉吧。姑姑说再说一会儿话。再说什么话呢？我实在找不出什么话好说，便问她为什么不嫁人？她的脸色很难看，站起来想走，但刚走出去两步，又倒退着回来，坐在那张唯一的椅子上。我说姑姑，你还是不是处女？她的脸突然红了。她竟然脸红了，跳起来走出去，好像屁股下忽然长出了钉子。她说我哥哥怎么生出这么一个儿子？我想姑姑终于走了，我可以好好睡上一觉了。

刚刚睡着,我就被一阵拍门声惊醒,拉开门,看见一位小姐站在门外。她不说话,只用手指做了一个下流的动作。虽然我还没有下流过,但我无师自通知道那是什么意思。我把她挡在门外,她用力往门缝里挤,快挤进门时,我猛一使劲儿,把门关上。她仍然拍打门板,声音悦耳诱人。如果她总这么拍下去,我会挺不住的,赶紧用枕头捂住耳朵。捂了一会儿,拍门声消失,世界上没有声音,我再也没有睡意,脑子里飞舞着小姐的各种器官。那些器官像塑料做成的,它们飞舞着,显得很虚假。我尽力想把它们变成真实的肉体,但我没这方面的经验。塑料继续塑料着,虚假依然虚假吧,我的脑子里突然蹦出这么一句。

又是一连串拍门声,它肆无忌惮地勾引我。我忍无可忍,决定打开门,把拍门的小姐抱到床上。房间里一片漆黑,走廊上的灯也熄灭了,我没开灯,摸索着走到门口。拉开门,抱起拍门的。拍门的双脚来回晃动,踢打我的腰部,由于害怕跌下去,她的双手吊住我的脖子。我把她丢到床上,床板发出一声喊。她说开灯,我是你姑姑,开灯。打开灯,我看见躺在床上的真是我姑姑,她的眼睛像是不适应灯光,依然紧闭着。闭了一会儿,她睁开眼,从床上爬起来。

姑姑说睡不着,所以把你叫醒了。她在房间里走来走去,走了差不多两个小时,然后说戏弄我们的人会不会是吴明天?我问谁是吴明天?她说我过去的恋人。我说你谈过恋爱?她说谈过，我们还一起生活了好长一段时间。他要我跟他结婚，我不愿结。我认为爱可以超越一张结婚证书，何必那么不自信，非领结婚证不可。他说总要有一个说法。我不喜欢有说法，他一定要有说法，就这样我们分手了。就这么简单，我们分手了。我说你原来不是老处女？姑姑说谁规定我一定要做老处女，谁的规定？我说不是谁的规定，只是有人在背后曾这样骂你。

姑姑说了一会儿吴明天，又回她的房间睡觉去了。我不知道她能不能入睡，反正我是在极度疲劳之下睡着了。不知睡了多久，我又听到了敲门声。姑姑一边敲门一边叫我。我打开门。姑姑说我真蠢，我后悔了一个晚上，我们为什么不走进厕所去看一看，哪怕进去撒一泡尿都好，说不定厕所里藏有什么秘密。天亮之后，我们还得去厕所，不进去看一看就这么回去，我不甘心。

天很快就亮了。我和姑姑再次来到芒果路 10 号。姑姑说我进女厕所，你进男厕所，我们都进去撒一泡尿。我说我没有尿。她说没有也得进去。我说我不进去。姑姑跑进女厕所。我没有听她的吩咐，盯住墙根下那一堆玻璃。那些玻璃闪闪发光，有几块稍大的出现了我的头像。在我的头像后面是一间三层的楼房，有两颗脑袋正伏在二楼的栏杆上，张望我的后脑勺。我猛一回头，好像看见了牛正国。

我朝厕所对面的楼房喊了一声爸爸，跑过马路，扑到楼房前的铁门上。二楼的两个人没有反应，老者木然地站在那里，旁边的小孩对我莫名其妙地傻笑。姑姑及时从厕所跑出来，一边跑向铁门一边扣皮带。她说哥哥，我是牛慧，这是你和我们的合影，这是你曾经用过的牙刷，这是你用过的钢笔。老者和小孩从二楼走下一楼，出现在我们面前。那张我们熟悉的面孔，悬挂在离我0.5米的正前方。我说爸爸，我是牛翠柏，你还记得我们吗？你曾经把我吃进嘴里的三个小馒头打了出来。牛正国摇摇头，从姑姑手上拿过钢笔和牙刷，把这两件物品举到头上，偏起脸认真地看了一遍。他没有看出什么名堂，把牙刷和钢笔还给姑姑。姑姑把相片递给他。他看了一眼相片，对身边的孩子说了一串我们听不懂的越南话。孩子跑上二楼，叫来一位又黑又瘦的中年妇女。妇女问我们找谁？我们说找牛正国，他是我的爸爸，是牛慧的哥哥。妇女看了牛正国手里的相片，对牛正国耳语。牛正国摇头。妇女说他说他不认识你们。他现在已说不成中国话了。有什么话跟我说。姑姑把收到的信递给牛正国，牛正国仍然摇头。姑姑又把信递给妇女。妇女说我不认识中国字。他是从东兴跑过来的，是我的丈夫。这是我们的儿子，已经8岁了。

我的手穿过铁门，抓住牛正国花白的头发，用力拉过他的头。他的头撞到铁条上，就像一只皮球撞到铁条上，发出噗噗声。铁门里的人惊叫起来。我说牛正国，你他妈怎么不认识我们？当我再次把他的头撞向铁条时，妇女伸出两只手卡住我的手臂，说你别这样，你放了他，他已经没有记忆了。他像是受过刺激，什么也记不起来，就是一分钟前做的事，说的话，他都记不起来。你不能怪他，你松手！我不会松手，我怎么会松手呢？我紧紧抓住他花白的头发，听到头发脱落的声音。忽然，手背传来一阵剧痛，我把手飞快地缩回来，顺便拔下牛正国的一小撮头发。我的手背上印满了小孩的牙印，没等我手背的疼痛消失，他们已转身钻入楼房，空留下疼痛像虫子一样在我手上慢慢爬行。

走出芒果路，我发现那位又黑又瘦的妇女跟踪我们，她一直跟到我们住的旅社门口，才转身离开。姑姑说也许他杀过人，否则他不会受这么大的刺激。我说他恐怕是在某个瞬间突然想见我们了，才心血来潮写了一封信给你。从他留的地址来看，他是想见我们，而又不想让我们看见他。姑姑说他怎么变成这样了？

中午，那位越南妇女走进我的房间，从衣兜里掏出一个长方形的布包。打开第一层灰布，我看见一块黑布；打开黑布，又看见一块红布；打开红布，露出一块白布；打开白布，是一块黄布；黄布之下，是一层塑料布。她整整打开六层布的遮盖，从里面拿出一个长方形的笔记本。我接过笔记本。她点了点头，跑出房间。

锁上房门，我开始静静地翻阅笔记。笔记本的扉页写着：大事记。这三个字是我父亲的手书，我熟悉得不能再熟悉了。翻过这一页，我看见：

·1976年9月9日凌晨,去学校路上,我想偷,被人看见,打了他一拳,他倒地,后脑勺撞水管,死。走过去看他脸,是个瞎子。

·9月9日晚,到东兴。

·9月10日请人带路,过河,到芒街。

·我的妻子叫何碧雪,女儿牛红梅,儿子牛青松、牛翠柏。

·我家的地址:南宁市兴宁路长青巷21号。

·牛慧,妹,南宁市人民银行。

·在芒街嫖一女人,她说要做我老婆。

·贩卖200克海洛因成功。

·走私汽车三辆,被追,几乎中弹。

·再嫖。女人说她有钱起房。

·同居,等于结婚。女人叫胡丽娟。

·见面,说价钱。

·坚持就是胜利。学越语。

·暗号:5481460

·生小孩,取名牛皮、牛彼岸、牛鬼、牛牛、牛想家、牛中国、牛仔。

·去旅社,赌,嫖。

·没钱,再赚。老三说,不要害怕。

- 托老三，寄信。
- 我的地址：芒街芒果路 10 号对面。
- 吵，忘记。
- 金勺缺点无尾鱼

......

  姑姑问我还去不去找他？我说回家吧。我们收拾行李，结了账，过边检站，到河边，上船。从船上望过去，东兴的楼顶上挂着各类啤酒、电视、电池、冰箱、洗衣机的广告牌。狗肉的香味飘到了河的中央。我在河中央丢掉了牛正国的那本笔记本。笔记本一点一点地被水浸湿，摇晃着像一块木板，像一只纸船，像一张树叶，像一泡大便，像一只避孕套，像一声救命，像一个标点符号，像一本笔记本，慢慢地飘远、下沉。我说有的人活着，他已经死了。姑姑说你说什么？他一定杀过人，否则他不会这样。

尾巴

尾 巴

艺术学院毕业以后，我分配到话剧团做美工。我常常看演员排练，也常常随剧团到各地演出。这样混了七八年，我开始写剧本。团长告诉我，现在人们都像被什么拖着，一个劲儿地往下掉，要写，你就写向上的作品。按照团长（团长也是导演）的意思，我把剧本修改了一遍。团长说不行，还得修改。我不是专业编剧，所以并不急着修改，把剧本搁在抽屉里，一搁就是一年。

一年之后，团长已把我这个剧本彻底遗忘了。我原以为没有我的这个剧本，剧团就找不到戏演。谁知这一年，全国各地涌现了一大批先进人物，剧团光演这些先进人物都演不完，哪里还考虑我的本子。

我把这个本子改编成单本电视剧，到电视台找一位名叫张三秀的导演。张三秀是省里的名导，曾多次获导演奖。我并不认识他，只是通过报纸的介绍对他略知一二。我把剧本递给他，他看我足足有两分钟，说你是干什么的？我说美工。他说这样跟你说吧，如果你拉到30万元赞助，咱们就拍这个本子。我说你还没看本子呢？他说只要你拉到赞助，什么样的本子，我都能拍好，这就是我与其他导演的不同之处。

到哪里去找30万元钱呢？30万元，对于我来说比登天还难。我去找刘小奇，他说拍电视？我从来不看省电视台的节目，凭什么要我赞助他们30万元？我说反正你钱也有了，我们玩一玩呗。刘小奇说玩？这有什么好玩？有30万元干吗还要他当导演？我自己都可以导了。刘小奇说那么多废话，不外乎想证明30万元多么重要，而要他掏那么多赞助不亚于在大马路上碰到响尾蛇。

我不知道自己为什么对拍一个电视剧那么看重，那时我真恨不得把自己卖了，然后用卖自己得来的钱拍我写的剧本。我听别人说金大印在南丹开矿发了大财，于是请了一个星期的假，到南丹去找金大印。

我向县文工团的朋友打听金大印的情况。他们露出惊讶的神情，说他是你什么人？他可发了！现在已是千万富翁。我说我是他的朋友。

第二天，姓侯的朋友带我进入金大印的矿区。我们在一个矿洞边找到了金大印。他的脸好像几天没洗了，上面沾满矿渣，脚下蹬着一双解放鞋。看见我时，他咧嘴笑了一下，说来啦。我说来啦。他说你去找你母亲吧,她在对面的那幢白房子里。那是矿区里唯一的一幢白房子,我朝着它走去。

母亲看见我时不停地抹泪,她的手一下又一下地抬起来,抹着眼窝,就像电视里的慢动作。她说你终于来啦,我还以为你把我们忘记了呢?红梅呢?她还好吧?我说好,好……我一连说了十几个好。这一年母亲已经 60 岁了,她的头发像纸一样白。我说你都差不多老死了,还待这里干什么?是为了钱吗?母亲说不为什么,只给老金煮煮饭,给他看看这个地方。母亲对南宁已没有什么兴趣,更愿意待在山里,她甚至发誓要死在这个地方。

晚上,我跟金大印谈了电视剧的事情。他说不就是 30 万吗?我答应。我说你真是个好人,是一个懂艺术的人。我差不多叫了他一声爸爸。

沉默了一会儿,金大印说但你必须答应我一个条件。我说什么条件?他让我跟牛红梅结婚。我说这绝对不可能,你已经跟我母亲结婚了,你是我爸爸,怎么想出这样的坏主意?金大印说我跟你母亲只是同居,我们从来没领过结婚证。你母亲已经 60 岁了,而我只有 58 岁。你母亲的头发全白了,而我的头发比你的还黑。你看一看,你认真地看一看,我现在还长出了一颗牙齿。金大印张开嘴巴,露出白灿灿的牙齿,好像要把我吃掉。我看见他那颗新长的牙齿,有电话上的按键那么大。

我把金大印的要求转告母亲。母亲说这也是她的主意。母亲说只要牛红梅为姓金的生出一个孩子，他的钱就全是我们牛家的钱。母亲要我回去跟牛红梅商量商量。我说那你呢？你的位置在哪里？母亲说我就做他们的顾问，有兴趣可以垂帘听听政，关键的问题他们必须请示我。母亲说到这里时，不停地用手拍打膝盖，好像已经有人在向她请示了。

回到南宁，我向牛红梅转告了金大印和何碧雪的意图。姐姐保持沉默，不回答，只顾翻阅那些流行杂志。我再问她，你同不同意？她从杂志上抬起头，十分害羞的样子，用杂志挡住了半边面庞，说我听你的，但是，翠柏，你真的能拍电视剧吗？我说能。她说你干吗要拍电视剧？我说好玩呗，当你把人物的命运玩弄于股掌之间的时候，你会觉得很快乐。姐姐说我听你的。

金大印来到南宁，把我叫到他的别墅里。他在南宁早就买房子了，但他现在才告诉我们。他提出要跟牛红梅订一份合同。我说一定要订合同吗？他说一定要订。我说你们一领结婚证，那就是合同。他说仅仅结婚证是不够的，现在许多夫妻都不把结婚证当一回事。说着，他从上衣口袋里掏出两份事先打印好的合同。

合同书

甲方：金大印

乙方：牛红梅

经双方协商，达成如下协议：

1. 在领取结婚证之后，甲方赞助乙方弟弟30万元人民币，用于拍电视剧。

2. 乙方必须爱甲方，体贴甲方，必须忠贞不二，必须为甲方生一小孩。

3. 凡涉及家庭的重大开支、经济收入等，甲乙双方必须请示乙方的母亲。

4. 结婚那天，乙方的所有陪同人员在离开家时，不准掉头往后看。

我在这张草拟的合同书上增加了一点：

5. 乙方只居住在南宁，不随甲方到矿区生活。

金大印说可以，但还要加一点：

6. 如果乙方违反合同，必须赔回30万元赞助费（包括利息）。

我知道牛红梅因多次流产，已丧失生育能力，所以我说再加一点：

7. 生儿育女，关系双方身体状况，倘若因生理因素不能生育，不应追究责任。

金大印以为我藐视他的生儿育女之能力，于是爽快地答应了我的这一要求。他说我就不相信我操不出儿女来。

我轻而易举地模仿牛红梅的字迹，在合同书上签了字。金大印拿着合同书去找牛红梅，问是不是她签的字。牛红梅说我弟弟签的字，也等于我签的字，如果你不放心的话，我还可以在上面按一个手指印。金大印掏出一盒印油，牛红梅狠狠地按了一下，手指像出了血。她把手指轻轻地按在合同书上，指纹清晰可辨。

时间是秋天。金大印选择一个日子，开着一辆奔驰、两辆本田来接牛红梅，他要把她接到别墅去。车子上了一层蜡，显得十分光亮精神，车头车尾缀满鲜花。我和母亲、姑姑都换了新装，新装都是金大印买的。金大印在姐姐的脖子上挂了两条项链，在姐姐的十根手指上戴了六枚形状不同的戒指。金大印反复告诫我们，等会儿出发的时候，所有的人都不能回头，如果一回头，我们就会回到贫穷的生活里。

三辆车子缓缓地驶出长青巷，我们全都伸长脖子往前看。我们的目光掠过高楼、围墙，看到远处的蓝天上。我们的目光愈拉愈长，仿佛看到了共产主义。我想那才是我最向往的生活。我很想问金大印是不是看得愈远,将来的生活就愈好。但看着金大印挺拔的颈脖,我不敢问他。

没有人回头。车队像一条河,缓缓地流在深秋的风里。

写于1996年夏天

附录

活着为了讲述

——首发责任编辑手记

林宋瑜

在我做文学编辑的 20 多年里,有些作家是与我共同成长的。也就是说,当我还是一个没有任何作家资源、靠在自由来稿沙里淘金发现稿源的编辑学徒时,大作家的稿子与我无缘,我必须在大量的自由来稿里淘出可能被选用的稿件。

东西的稿子,就是这么淘出来的。

田瑛当时是编辑部主任,也写小说,在文坛很活跃,已经名声在外,所以他不时收到一批来自四面八方的文学青年寄给他的稿子,他也不时会拿出一摞交代我看。这么做是一箭双雕,一是检查这个新来的小编辑的工作能力,一是节省他的时间,提高工作效率。

记得是 1991 年的年底吧,我刚刚到《花城》杂志工作几个月。我已经连着看了几个月自由来稿,开始有点郁闷这些稿子怎么没有我过去看到的文学作品有意思呢?老编辑们就教导我,你看到的正式发表出来的作品,都是经过编辑筛选、甚至与作者讨论修订过的。从许多水平参差不一、甚至大多不好看的稿子里编选出有文学价值的、还可能成为名家名篇的作品，推荐给读者们，这就是编辑工作的价值与意义。

我就这么一天天地看稿、写审稿意见、写退稿信……

有一天，我读到了《幻想村庄》，一个短篇小说，一位来自广西河池的作者，是报社记者。他给自己起了个笔名：东西。这个笔名很醒目，但又不算特别怪异，比起他文绉绉、有点女性化的本名——田代琳，更容易让人记住。稿件里还夹着一封给田瑛的信，这种文学青年写给文学编辑的信，套路大同小异，基本可以忽略不看，所以我直接读稿子。读着读着，就提起神来。因为语言里有一种节奏，作品里有一种氛围，开始在感染着读它的人。小说的具体情节我已经忘了，但至今想起这个小说，我还会浮现一个阴暗、怪诞、鬼魅的乡村画面，贫困而沉重的乡村生活，人活得有点歇斯底里，充满各种错乱的感觉。那时候，拉美魔幻小说正在中国文艺青年间传阅，写作或不写作的人，都会偏爱这样一种风格，我也不能免俗。好不容易读到一篇对眼的，就积极写了审稿意见递给田瑛复审了。

作品被采用了。这是东西首次以"东西"为名发表的作品，算是东西的处女作。当然之前他已经发表过一两篇作品，用的是"田代琳"这个本名。关于笔名的确定，东西后来也写过文章说这件逸事。总之，从此以后，东西就成了《花城》

的作者，也成为我的作者。我们建立了联系，主要是书信往来。这也是我最早独立责编的作品之一，所以说，东西是与我这个小编辑共同成长的作家。不同之处是，写作改变了他的命运，他从广西一家边远地区报社的记者成长为当代著名作家，我一直在花城出版社做编辑，从刊物到图书再到版权贸易，工作时间长了，就资深了。

两广比邻，后来他不时会潜入广州，主要是见田瑛，他们一起打牌喝酒侃大山。东西不仅笔头机灵，口头也很机灵，而且幽默，是很能调侃、反应敏捷的人。他个子较小，让我常常联想到鬼马精灵的顽皮猴大王。

但是，读他的作品多了，你会在笑意中掉下泪来。那是藏在文字深处的辛酸、痛楚。就像他的一个中篇《没有语言的生活》，有无法言说的苦难，欲说还休的沉重。正是这样，体现了东西对人生的敏锐而透彻的洞察力。

连续在《花城》发表几个中短篇小说之后，东西也同时在《收获》《作家》等文学刊物发表作品。他的写作开始引起关注，东西在文坛崭露头角。已经无须自由投稿，而是约稿越来越多，写不过来了。不过，因为与《花城》的这种渊源，他一直会把他认为重要的作品给《花城》。当他完成第一部长篇小说《耳光响亮》时，他也是首先给了《花城》。

《耳光响亮》是我觉得很有共鸣的作品，因为故事背景发生在 20 世纪 70 年代末 80 年代之间，正是中国社会的转型期，也是敏感的历史变迁期，可以是，是一个大时代。而小说的主人公牛家三姐弟正处少男少女时期，是即将进入成人世界的成长期。这也是我，还有东西的成长期，我们都是60年代出生的人。这个时代背景，对小说人物、对于作者、对于责任编辑的我，都有特别的意义，它呈现了60年代出生的一代人的精神心灵图景。

从某种意义上看，这也是一部成长小说。父亲在伟大领袖毛主席逝世的同时失踪了，之后，母亲改嫁，姐姐牛红梅带着弟弟们艰难生活，并开始了寻父的漫长历程。在这个既残酷又荒诞的现实世界里，三个孩子扭曲成长。社会巨变、家庭变故、稚嫩的心灵也历经沧桑……在这个寻父的历程中，女主人公牛红梅成为恋人、妻子、母亲、第三者，她本来也是女儿和姐姐。东西让这位女性担当了女性所有的角色。这样，当然就有许多故事可以讲述了。

寻父成为小说的主题，也是小说的重要线索。父亲这个形象常常在东西的小说中出现，而且这个人物总是显得遥远、神秘、模糊，既高大上又虚无缥缈，似乎成为某种象征，某种寓言。所以，寻父的过程是充满焦虑的，也是极有悬念的，展开故事的空间就很大，很有张力。叙事因此常常产生出其不意的效果，这是东西文学表达的聪明之处。

《耳光响亮》发表在《花城》杂志1997年第6期上，受到读者和评论家的普遍关注，可以说是东西的成名作。这部小说后来被收进当时影响颇大的、由王蒙主编的"布老虎"丛书中，并入围第五届茅盾文学奖25部终评作品，又被改编为电影《姐姐词典》和20集电视连续剧《响亮》。20多年来，它已拥有多种不同版本的图书，也得到各种文学解读和评论。它既是东西个人的重要作品，也是当代文学中不可忽略的一部长篇小说。

2006年，我离开了《花城》杂志，但东西与《花城》的缘分还在继续。他迄今只发表过三部长篇小说。除了《耳光响亮》，2005年在《收获》杂志发表了《后悔录》（当年我应邀参加了在南宁召开的广西三剑客的作品研讨会，《后悔录》是会上讨论的重点作品），2015年《花城》杂志发表了他的第三部长篇小说《篡改的命》，并因此在2017年获得中断20多年、又刚复办的第六届"花城文学奖·杰出作家奖。"

祝贺东西！

前段时间我读加西亚·马尔克斯的自传《活着为了讲述》，刚打开书页，我就被题记抓住了："生活不是我们活过的日子，而是我们记住的日子，我们为了讲述而在记忆中重现的日子。"作家的价值大概就在于他如何以文学的手段重现纷繁的人生记忆，如何把现实的世界、活过的日子转化为值得记住的人生。哪怕这些人生记忆充满丑恶、荒诞、癫狂，它依然有其文学存在的意义。

东西的创作正是基于他独特的生存经历和生命记忆。他对复杂人性既明察秋毫，又抱有温情。所以他的作品，总有一种既诙谐又沉重的矛盾的痛感，有一种让人笑出泪水的黑色幽默。对于小人物的命运、苦难的灵魂，他有执着的关注和表达。而他的文学技法也日趋成熟，并不断突破。

　　我，依然会是他的读者之一。

愉快的阅读　疼痛的思考

——读东西的长篇小说《耳光响亮》

洪治纲

一代人有一代人的成长记忆。这种记忆随着时间的历练不仅不会淡忘和消失，还会在生命中形成越来越深的隐秘情结。在我看来，东西的《耳光响亮》就尖锐地触到了我们这些六十年代出生人的成长记忆。它通过一种喜剧性的诙谐气质和黑色幽默式的叙述方式，在重现历史记忆的同时，既揭示了我们这一代人心灵成长的种种悲剧真相，也让我们深切地洞悉了内心深处的某些隐秘情结。

《耳光响亮》将故事时间择定在二十世纪七十年代末到八十年代中期。对于六十年代出生的人来说，这无疑是他们艰难的告别与迷惘的寻找的一种"人生转型期"。以牛氏三姐弟为代表的六十年代人，正是在这种独特的社会背景下出场了。他们想告别"文革"记忆，却又不自觉地利用"文革"化的生存方式制造生活的酸甜苦辣；他们四处寻找新的人生理想，却又被急剧变化的生存现实所扭曲。东西精心选择了牛翠柏作为视角,通过这个不谙世事而又必须时刻直面世事的叙述者,为历史记忆的重现打开了一个独特的叙事空间,也使我们在那种缭乱的现实秩序中看到,生存的痛苦与诗意的理想竟然如此奇妙地缠绕在一起,不幸的遭遇与精神的贫乏却将生活倒腾得鲜嫩无比。

小说的主体事件是由牛正国的突然失踪所导致的整个牛家内部的解体。面对父亲的消失和母亲的离走,牛红梅、牛青松、牛翠柏三姐弟开始了相依为命的生活。这里,东西彻底抛开了权力话语对人物成长的制约——无论是学校还是家庭,对于牛氏三姐弟都已不复存在。突如其来的灾难被无人管束的自由放纵所代替,传统伦理的正常教育被青春激情的全方位迸射所消解,这使得他们在直面复杂的社会现实时,不仅失去了必要的心灵关怀,也失去了正确的价值引导。同时,由于"文革"记忆的熏陶,传统教育的疏离,以及青春期少年本身的非理性躁动,他们不可能理解人生的道义、责任和义务;而正常的生存价值观的缺失,又使他们不可避免地步入一种伤害与被伤害之中。

于是我们看到,在失去丈夫和家庭重荷的双重盘压下,母亲何碧雪选择与金大印结合,试图以此来挽救濒于溃散的家庭,肩负起孩子成长的责任和义务。但是,她的所有努力,最后却被子女们无穷无尽的伤害所取代。牛红梅希望用少女最为可贵的无畏和纯真去寻找自己的情感归宿和幸福人生,然而，在那个浪漫与温情早已缺席的年代，现实最终以极为冷酷的手段消解了她对生存的诗意怀想。她与冯奇才、杨春光都曾经历了生死爱恋，但物欲、肉欲以及声誉却从各自角度一次次地强调剥夺了她的爱情权利。在爱与欲望的永久性对峙中，她像堂·吉诃德战风车一样，韧性越强、挣扎越努力，悲剧性也就越深刻。她的最后选择，实质上是用现实苦难彻底地肢解了有关爱情的所有神话。牛青松和牛翠柏的生存经历，更是充满了悲剧的震撼力。因为他们不仅仅是被伤害者，同时还是伤害他人的能手——这个"他人"不是别人，而是给了他们生命、爱和成长关怀的亲人。他们以少年特有的反叛精神和对自我"尊严"的捍卫，陷入了某种可怕的伤害与被伤害的怪圈之中。

在这场青春扭曲的过程中，东西始终将冲突的可能性安置在血缘亲情的内部，以骨肉之间不知不觉的残害来凸现理想、爱和关怀的可怕缺席。在叙事表层，它带给人们的是强烈的情节冲突，但这种冲突由于超越了常理规范，因而直入人性内部，构成了作者对精神畸变的拷问和质疑。但它又不是从经验的意义刻意地消解许多人性基质，而是通过这种人性基质的不断被颠覆，表达了作家对成长记忆中历史、社会以及人类生命本体的再思考。

值得注意的是，面对这一沉重的历史记忆，东西却择取了一种非常独特的叙事方式：诙谐机智的反讽与细致缜密的写实相糅合,记忆流程的解构与经验场景的临摹相穿插,主流价值的显在消解与人性主体的潜在呼唤相映衬……一方面,东西大量地借用了那些带着明确历史标记的语录和口号,让它们潜伏在人物生活的每一个角落,构成人物表达思想的自然语言,从而折射革命话语对人性成长的潜在规约,将悲剧延伸到更为广阔的历史之中;另一方面,他又充分发挥自己的智性特长,将反讽、诙谐、调侃等手段融会在一起,形成一种奇特的喜剧式的叙述风格。这使整部小说在叙述语言上保持着轻松、机智、幽默的鲜活情趣,阅读起来,意趣横生,快感十足。

但愉快并不意味着轻松。恰恰相反,《耳光响亮》在制造了一个愉快文本的同时,其实早已将很多尖锐的疼痛潜藏在故事的内部,并由此向我们道出了这样一种真实:成长、环境、遭遇、努力……一切可以言说的和无法言说的——它在演绎一个个鲜活生命的同时,也撕裂了他们那饱含伤痛的、真实的灵魂。

一部好小说能把植物人说活

——东西访谈录

王逸人（记者）：东西先生您好，先恭喜一下您文集的出版，对于您的作品我还是有一些情结的，1998年第一次在《花城》杂志（1997年第6期）上读到了《耳光响亮》，我记得那期杂志封面的颜色红红的一片，我觉得您赶上了"中国文学最好年代"的尾巴，《耳光响亮》能在那个时候出现，含金量还是很高的，正好借着这个机会问问您《耳光响亮》的创作背景。

东西：我承认中国文学有过最好的年代，也愿意承认我赶上了这个"最好年代"的尾巴。那时候的文学一嘴下去，满口生香，就像没有污染没有添加剂的食物。非常幸运的是我赶上了文学好年代却又一无所有，于是，用手死死地攥紧钢笔（当时还没普及电脑），以求在文学上找到安慰和回报。写了中篇小说《没有语言的生活》之后，我就想写长篇小说了。写什么呢？当然想写生活对胸口最猛烈的击打。检索成长过程，我发现对我人生打击最大的一次，竟然是毛泽东的逝世。他逝世的时候我才 10 岁,一个 10 岁的少年,开始关心国家命运,可见我被教育得多成功。20 年一晃就过去了,我发誓要写一本毛泽东逝世以后我们怎么成长的小说。

王逸人:《耳光响亮》里主人公牛翠柏最喜欢看的书是《毛泽东选集》,最爱听的歌是《红旗下的蛋》,告诉您我也爱听《红旗下的蛋》,这个细节可能也是让我把《耳光响亮》读完的原因之一,崔健真是太牛逼了,《红旗下的蛋》里有"肚子已经吃饱了,脑子也想开了,别说这是恩情啊永远报答不尽"、"权力在空中飘荡,经常打在肩上,突然一个念头,不再跟着别人乱走"、"现实像个石头,精神像个蛋,石头虽然坚硬可蛋才是生命"等等的唱词。为什么牛翠柏也喜欢《红旗下的蛋》,是您也喜欢吗?

东西:我曾经强烈地喜欢过崔健,从《一无所有》开始,到《红旗下的蛋》结束。他除了唱出我的心声,还解构历史、消灭崇拜、戳穿谎言。他在消灭崇拜的时候,却又把自己弄成了偶像。在牛翠柏的心目中有两个偶像,一个是被神话了的,一个是破除神话的。他读其中一个人的著作,却听另一个人的歌。我曾经被这样分裂过。我们这一代人恐怕都曾经被这样分裂过。

王逸人:《耳光响亮》从 1976 年毛的逝世写起,一直到 20 世纪 90 年代,中间的人物遭遇荒诞横生,荒诞是有美学价值的,后来的人们更喜欢恶搞,我觉得恶搞是荒诞过了头所致,可是恶搞的美学价值我个人认为是很低下的。您的荒诞师承自哪里?您又是怎么掌握这个度的,从而保证它不滑到插科打诨的一边?

东西:是生活告诉我这个世界很荒诞,而绝不是某个作家告诉我的。写《耳光响亮》的时候,我还没有像今天这样详细地阅读卡夫卡,完全是生活给了我荒诞的感觉。在我出生的乡村,童年时代天不下雨地不长苗都有可能是阶级敌人在搞破坏。今天听来恍如隔世,但这样的故事却真实地在中国大地上发生过。20世纪90年代,大多数的中国人都秉承了80年代的思考习惯,对生活认真,对未来期待。在一个认真的年代,荒诞有震惊的效果。但当现实全面荒诞之后,有人就试图用恶搞来突破荒诞。我是一个认真的人,认真的人只有荒诞的本事,却无恶搞的才华。所以,没有刻意地控制,而是性格使然。

王逸人:《耳光响亮》通过牛家家庭成员的命运流变来微缩一个时代,在最疯狂的年代里,一个人活着的最大价值就是用尽一切力量整别人,通过小说我看到您笔下的人物为了生存下去,要么也变得疯狂,要么就彻底沦为无赖,没有人能逃开。我想问问您个人曾经历过什么样的人生体验,才写出这些东西的?

东西:美国的一位作家曾经说过,他小说中的所有痛感都来自于后母对父亲的折磨。他的小说并不是写后母与父亲,而是写一个民族的痛。所以,在作家的身上痛感是可以移植的,哪怕是听来的痛,想象的痛。《耳光响亮》里的故事,绝非我的亲身经历,却是我的心中感受。我是生活中的弱者,常常被现实扇耳光。弱者能体会人的难处,能理解人的选择。

王逸人:还是说《耳光响亮》,小说的前面部分虽然疯狂,但牛家人在"爹失踪,娘嫁人"的情况下,使用各种策略似乎还能混得开;而后面部分社会逐渐回归正常了他们反而混不开了。这是个很有意思的事,我记得谢晋的电影《芙蓉镇》里秦书田也对胡玉音说:"活下去,像牲口一样地活下去。"结果胡玉音也真的活下去了。您是要暗喻人像动物一样以"丛林法则"能生存,但等到"文明"到来时却无所适从吗?

东西:这个小说的历史背景是从无序到有序的年代,时代在寻找秩序,人物也在寻找秩序。但当秩序到来的时候,不仅恶受到了惩罚,善也受到了惩罚。这些善恶之人都在为前面的疯狂买单,甚至在为文化大革命买单。今天为昨天买单,明天为今天买单,现在都还是这样。这是一本"后文革"小说,是"文革"的水中倒影,虽没正面涉"文革",但每个人的心灵都被污染。

王逸人:《耳光响亮》应该是您第一部长篇小说吧,每个作家第一次搞长篇小说多少都有些眼高手低的情况,那么您觉得这部小说最终的完成后实现了多少您最初的创作设想?

东西：这是我的第一部长篇小说。到现在，我也只写了两个长篇小说，第二部是《后悔录》。眼高手低不是写第一部长篇小说的专利，有的人一辈子都可能眼高手低。这是写作者的普遍现象。我写小说有预设的主题，却没能力预设效果。就《耳光响亮》而言，我觉得我想表达的基本上都表达了。

王逸人：对了，《耳光响亮》后来拍成电视剧改名叫《响亮》了，这是怎么回事啊，您没提抗议啊，说实话"耳光响亮"的名字起得很好，是多解的，谁打了耳光，谁被打了耳光，打别人耳光的最后也被打了耳光；另外，人被打了耳光都有短暂的"哑然"的反应，这些和您小说很贴近，可"响亮"是个什么东西呢，就不是个东西啊！

东西：拍成电视剧之后，开始用的剧名与小说同名，但播出时有关部门说名字得改改。电视台都预告两个月了，如果名字全改，预告就等于全废。从拍片到播出有一年时间，宣传用的也是原名。于是，弱弱地问非得改吗？回答非得改。打个比方，您的名字叫王逸人，如果有关部门叫你改名。您能全改吗？只能把前半截去掉，改成"逸人"。这样，亲人和朋友也许还认得您，甚至还觉得叫起来更亲切。哈……

王逸人：2005 年，您出版了长篇小说《后悔录》的单行本，封面那叫一个黑啊，故事也足够阴暗。小说讲述一个朴素的小人物曾广贤，在禁欲的时代里，因为无知恐惧，错过了向他大胆表白的少女；但活跃异常的欲望煎熬，让他蒙着眼睛进入仰慕的女人的房间，什么也没有干却被诬告成强奸犯，狱中十年，隔着铁窗他倒是获得了坚贞的爱情，可是出狱后性和爱情对曾广贤又成镜花水月……看完之后给我们一种心理暗示就是别做让自己后悔之事！这个带有普罗色彩的心理您是如何提炼出来的，并认准了它的可操作价值？

东西： 写作就是把自己内心里的那一小块切出来，放大。鲁迅放大自己的"精神胜利法"，加缪放大自己的"局外人"心态，卡夫卡放大自己的变形，加西亚·马尔克斯放大自己的孤独……提炼"后悔"，是从人性开始的，因为后悔是我的心理常态，后悔做错事，交错朋友，投错资，浪费时间和感情等等。我想一个正常人都应该有后悔的心理，只是强弱不同罢了。这种普遍心理如果能跟现实巧妙结合，小说就有可能成功。中国有一个从"禁忌"到"放浪"的性生活过程，就是我们的性生活曾经被没收，后来一步步放开，直到放浪形骸。一个人置身这样的现实，不后悔是不可能的。性生活虽然从"禁"到"放"，但一个人却是从年轻到衰老。这是两条逆行的线，禁的时候，我们有精力和体力，放的时候我们已经疲惫苍老。有了人性与现实的嫁接，我认为写作就可以开始。

王逸人： 您认为《后悔录》才是真正不同于"下半身写作"的"身体写作"，这是我兴趣浓厚的观点，愿闻其详。

东西： 这当然是"身体写作"，但它不是"脱"也不是"下半身"，而是强调身体的体验。爱因斯坦看到他的计算和未经解释的天文观测一致时,他就感到身上有什么东西响了一下。我想到"后悔录"的时候,身体也曾经"响了一下"。纳博科夫说他的作品主要是为那些具有创造性的读者——那些不是仅靠心也不是靠脑,而是靠心灵和大脑和敏感的脊背一同阅读的艺术家而准备的,这样的读者能从脊背的震颤中感受到作者想传达给他的微妙的情愫。纳博科夫"脊背的震颤"就是爱因斯坦的"响了一下",他们都强调身体的反应。由此可见,写作不仅是脑力劳动,还是心的事业,更是身的体验。所以,诗人米沃什说:"诗人面对天天都显得崭新、神奇、错综复杂、难以穷尽的世界,并力图用词语尽可能地将它圈住。这一经由五官核实的基本接触,比任何精神建构都更为重要。"

王逸人:《后悔录》里很多让人唏嘘的遭遇最后都是误会,曾广贤的一辈子被误会给废了,最后成了一个祥林嫂似的倾诉者,一个人的整个人生被建立在了这个上面,可是太惨了,您可以放大荒诞的效果,但在做法上是否太过残忍?

东西:不仅仅是误会,其实是曾广贤在承担。很多错误都不是他犯的,也不是他造成的,但是他全部都揽到自己的身上,甚至有了后悔强迫症。他没质疑过现实,也没质疑过朋友、亲人和恋人。现实和别人都对他都进行了强有力的伤害和破坏,但是他浑然不觉。这种来单照收的后悔,除了证明曾广贤的傻,也证明了他的自以为是。他太尊重自己了,太把自己当回事了,这丰富了后悔的内涵,也与今天我们把什么都不当一回事形成对比。这么写是残忍的,但现实比作家更残忍。

王逸人: 接上一个问题,尤其是曾广贤的一个倾诉对象竟然是他变成了植物人的父亲,这让我感觉很悲凉,这只是您要使用的一个艺术手段吗?

东西: 整个小说是用曾广贤来叙述的。大约百分之九十五的篇幅都是曾广贤在对一个按摩女讲述。他讲得津津有味,但按摩女却没有认真地听,她只在乎时间,因为她是按时间来收费的。这就像是作家与读者的比喻,写的只管写,读的却不一定读。最后,我把百分之五的篇幅留给曾广贤跟植物人的父亲讲述,他竟然用自己的"后悔"把父亲给说活了,可见他的后悔多么触动人心。如果前面是对读者的失望,那么这百分之五的篇幅就是希望,是曾广贤的希望,也是写作者的希望。我希望一部好小说能把植物人说活。

(原载《新文化报》2012 年 1 月 16 日)